财富的孩子

王大骐 著

2015年·厦门

图书在版编目（CIP）数据

财富的孩子/王大骐著.—厦门：鹭江出版社，2015.5（2015.5重印）

ISBN 978-7-5459-0923-4

Ⅰ.①财… Ⅱ.①王… Ⅲ.①纪实文学—中国—当代 Ⅳ.①I25

中国版本图书馆CIP数据核字（2015）第074045号

CAIFU DE HAIZI

财富的孩子

王大骐　著

出版发行：	海峡出版发行集团
	鹭　江　出　版　社
地　　址：	厦门市湖明路22号　　邮政编码：361004
印　　刷：	北京上元柏昌印刷有限公司
地　　址：	北京市海淀区温泉镇东埠头村北　　邮政编码：100095
开　　本：	880mm×1230mm　1/32
印　　张：	8.25
字　　数：	180千字
版　　次：	2015年5月第1版　2015年5月第2次印刷
书　　号：	ISBN 978-7-5459-0923-4
定　　价：	36.00元

如有发现印装质量问题请寄承印厂调换

目录

推荐序　我们都是财富的孩子 / 001

自序　父与子问答 / 006

引子 / 001

第一章　家族荣耀 / 009

第二章　灼热的光环 / 047

第三章　两代人的寻找 / 081

第四章　雌雄同体 / 105

第五章　醒觉 / 143

第六章　拖延症 / 179

附录　我们和父亲 / 225

后记 / 236

推荐序 | 我们都是财富的孩子

钱煜竹

感谢大骐邀请我给他的新书写序,但我写不成序,只是读完以后的确有一些想分享的话。

先说大骐。初见他的时候,他像一个已经给自己判了刑的人,以审判自己来裁定这个世界的罪。并且坚决不允许你修改他的刑期,否则他将为此去犯更重的罪,以显示起码在摧毁自己这件事情上,他还拥有发言权和掌控力。

在他的脸上,习惯性地写着拒绝或者忍吞,以他面对谁来决定这两种能量的切换。但是,你若不被他的脸唬住,坚决地走近他,就会发现所有夸张的招式背后并没有准备弹药,也没有攻击的意图;他只是强烈地表达"不允许"——不允许你了解他的愤怒,也不允许你安慰他的痛苦,就此留着印记,似乎等待被谁看见;似乎他一旦柔软了,便消散了,只有以别扭的姿态活着,才能勉强支撑起一个空间以标示边界;哪怕被你越界,他也会擦亮他的界碑。渐渐地，你会明白这是他的单纯，只不过想要一个界碑的单纯。那点倔强，不过是为争得一点点存在感。

读他的书，直接读到他的倔强。你分明知道他极渴望说些什么，却又一副不求着你听懂的姿态，以此避开被任何的观点驳倒；甚至于，似乎被你随便地懂了，便是他媚俗了。他就是这样，要你特用力地去明白他，以感受诚意和安全。他说话也是这样，刻意不用力的样子，似乎说话本身就是浪费，而你必须学会跟他在没有说出来的话里沟通。

但是这本书打动了我。

这本书看似是写富二代（或者如作者所说"创二代"）的。与其说这个群体很特别，不如说我们正置身于一个特别的时代，一个初尝财富的滋味的时代。作为"财富的孩子"，他们出生于父辈的成就与荣耀，也就出生于一台被调高了基准的秤上，一直处于称不出自己的份量的失重状态中。从记事起，眼前便是各种纷乱与传奇的脚步，似乎道路宽阔，却无法在那些已有的脚印上踩出自己的路径；为了看见自己的脚印，他们几乎都曾挣扎于寻找一条新的出路，为此不惜刻意地离开父辈的脚印；而这种寻找，在身边的人看来，是没有意义的，似乎抬腿便走就是路了。痛苦，就从这个地方开始。

我们眼中所见的，是一个现象的世界；在这个世界里，一切都按时间线索排列成因果的关系，所以我们时常因为对未来的不确定而焦虑于当下，拼命想做一个最"对"的选择，以奴役我们的现在去换取一个未来。而其实，所谓的过去、现在、未来，不过是同一幅画面里的不同部分，随着目光的推移而逐渐显现罢了，它们同时联系在一个焦点上，即我们对自己内在生命意图的领悟和感知。所以它们是同时显现、同时改变着、同时作用于当下的。随着我们对生命的感知不同，一切的现象瞬间便会显现出不同的意义，哪怕是那些已经发生、看似固定了的过去；经由我们对自己的不同认知层面，那些曾经被认为是成就的，或许会显像成一个狡黠的误会，以廉价的成果埋葬了生命的激情；而那些曾经以为是磨难的，却会显出成就你的机缘和巨大的善意。所以人生的一切发生，其实建基于我们每个当下对生命的认知，然后在时间的显影作用下被实现出来。

所以每一个生命的真正需求，是被看见，被如实地看见、被如是地看见；生命的欣喜，在于一朵花被当作一朵花去欣赏，而不在乎它是否达成"美丽"的标准，一棵草被当作一棵草去认知，而不在乎它是否显耀过周边的植物。一个生命如若被看见，被了解，被当作自己本来的模样去接纳，内在的生命意图才会真正绽放为一个有意识的认知系统和有方向感的行为系统。生命的意识越清晰，这份需求就越强烈。

这些年轻的生命，因为成长的背景，他们注定早熟；但是在一个已经形成规制并且强势的价值观背景里，他们又注定显得很幼稚。他们无法重复父辈的成长线索，却被期望着在这条线索里起步；而其实谁也无法成为另一个生命的延长线，因为那样他将没有必要作为独立意识而存在。所以，他们只能以向外推搡的方式宣告自己的独立性，而这种建立存在感的努力，通常都演变成一连串没有方向感的胡乱证明，有时甚至胡乱到自己都觉得无聊的地步。

说他们痛苦，显得很矫情，因为他们似乎比谁都缺乏痛苦的理由，特别是相较于他们艰难而显耀的父辈而言，他们的痛苦更显得像一种畸形的审美癖好。而正是这种没有权力痛苦的困境，令到他们唯有制造和放大痛苦，因为觉得自己嗓门儿太小，所以要刻意地大声。

我拿到这本书的时候，很担心通篇充斥着不满与投诉，像一个弱者对强者的滑稽而无力的攻击。所幸大骐没有，他只是作为当事人之一，观察着痛苦；不只是这些年轻人的痛苦，也是他们和父辈们一起的，甚至整个时代的痛苦，因为真正的痛苦从来都是集体命题。

有必要说一下不满和痛苦的区别，因为看起来太类似而本质上差太远。不满，是内在的生存恐惧向外投射，用不断地评判和否定向环境索要更多，所以我们追逐各种安慰剂：财富、情感、地位、成就、灵修游戏、信仰慰籍……我们吞食各种美味的价值符号以安慰我们的不满，我们借评价别人或评价环境以转移我们对自己的不安。不满是容易被安慰的，虽然每次只是暂时的，但我们总可以找到新的安慰剂。

痛苦，却是无法被消解的。它是一场内在的发酵，一场关于觉知的孕育；它有时候看似跟不满很像，因为它也要借助否定来开启质疑和思考。痛苦源于内在的生命意图与现实人生的摩擦，与任何的得到与失去都无关。所以痛苦无法被安慰，无法被财富、被关系、被世间任何的甜枣所满足，因为它不是对这个世界的评价，而是对自己的质问；它的不可消除，在于它如此真切，而你却几乎无法给它一个合理的名份存在。

我看见大骐在这本书里观察痛苦：那些不能承受期望的痛苦，那些渴望实现自己又无法忍受别人失望的痛苦，那些明明不是却要假装自己是的痛苦，那些没有出路宁可胡乱撞墙也不肯被现实招安的痛苦，那些顺从了所有人却无法安放心灵的痛苦……

但同时，还有那些在确定的财富面前不敢重新迷茫的痛苦，那些创造了成就却并未自由的心灵的痛苦，那些内在明明纠结着却要摆出确定的姿态以提供依靠的痛苦，那些无从寻找关怀的痛苦，那些失却了与生命鲜活的连接只能将爱隐藏在理性说教里的痛苦……

说到这里，已经不是关于富二代或者富一代的话题，而是关于这个时代的话题，这个看似充满机遇和资源的时代，我们轻易地养活了我们的身体甚至养活了我们的身份，但是在"财富"这件事情上，其实谁也无法站在一个更大的时空背景下，为那些旺盛的渴望提供指引。我们集体处于淘宝的狂喜中，我们甚至将整个人生投资进去这场掘金行动，但其实很少有人真正知道如何收回成本，如何在这场淘宝的征战里把自己的人生赢回来。所以，富二代们，是在替我们整个社会表达迷茫，因为除了财富和显赫的成功故事，并没有人知道我们真正要传承下去的是什么。我们集体地幼稚着，我们都是财富的孩子，我们都在经历成长的烦恼。

就在我写这篇序的时候，他拿来一幅字给我看，外公写给他和弟弟的。依然是没有温度的表情，想说点什么又觉得多余的样子。他拿着字的样子里，有坦然的富足和安全，或许那是他的财富，只是暂时不能变现罢了。

自序 | 父与子问答

王大骐

父

Q：你在不到 30 年的时间里创造了几代人都用不完的财富，当这个东西已经变成了数字游戏，你为什么活着？

A：我多年习惯了强大的自我，这是我给自己构建的一个求存模式，否则我无法活到今天，我也已经习惯了孤独，但我的心灵是长期超载的，它极其需要治愈和修复，我到最后竟然发现事业做得越大，我的内心越惶恐，早些年追求财富和社会影响力带来的那种快乐感已经荡然无存。另外一方面，你说我的这个企业能持续存活下去吗？它也许在时代浪潮中抓住了几朵浪花，但你能确保它在中国这个地方能一直持续下去吗？我肉身泯灭，但希望我的事业能继续运营下去，这也是对抗死亡的一种妄念吧。

Q：那么何谓成功？

A：很多成功人士的成功只是内心扭曲、压抑释放的结果，却被公众认为是成功的典范加以效仿，从而造成整个社会价值观的扭曲。例如乔布斯在历经世间百态生命沉浮后，性情发生扭曲，他的成功利用的是人们对美好事物的贪欲，产品本身无法给人带来真正的意义，而自己也始终无法面对真实的内心世界，晚年只能靠禅宗修行度日，最终英年早逝。

就拿我自己来说，我当时为什么出来创业，因为我想改造这个世界，我对它有太多的不满，我觉得我活得连人的模样都没有，而我最亲近的人也跟着我一起受苦，我完全无法接受这一点，我一定要冲出来，这不是一个选择的问题，这是我的本能。

Q：你现在如何应对内心多年的扭曲？

A：我经历过一个疯狂向外求的过程，这跟财富积累的模式是一样的，我上过的课、见过的大师远超出你的想象，我试图通过这些东西去解决和搞掂自己，但我发现这一切都只是通道和方法，没有什么比你自己内心的体验更为珍贵。五年里，我每天都在日精进，说起来非常简单，就是打开一个本子记录自己的感觉，如果今天就一个感觉，比如今天就是累，那么就写一个字：累。本子一直随身带着，如今已经有好几十大本了，身边人都佩服我的毅力，但其实我自己是乐在其中的，做企业做久了很容易麻木，心中能有一丝一毫的感觉，哪怕是负面的都显得很珍贵，有时候我甚至觉得这些感觉才能证明我还活着。

Q：这么做的目的是什么？

A：那你每天抱着手机不放的目的是什么？你每天拉屎的目的是什么？现在的人就喜欢问目的，眼睛都冲前看，我做这件事可能是我人生中唯一不带任何目的去做的事，你可以说我傻，吃饱了撑的，反正我自己觉得挺好。

Q：问个接点地气的问题，你会把财产传给子女吗？

A：我给儿子打过两千万，没起什么好效果，我后来转念一想，我给他这钱等于让他丧失了一次自己创造财富的机会，他还能再创造这两千万吗？他就没这个过程了，他就会颓废和虚无，因为他根本接不住这钱，钱直接把他拍死在那儿。我们这一辈人都知道凡事都是逼出来的。就像我，父亲不在了，母亲只是农村老太太，没人给你铺路，一切靠你自己，那么你五年里没有亲情、同学、朋友，你就干一件事，然后就成了，就这么简单。你随便问任何一个老板都是这样。

Q：那么除了钱，你觉得能给他留下些什么呢？

A：我不知道，我也不想去刻意塑造什么家风和家规，或者是一个伟大的父亲形象，能留给他的早就通过言传身教传递出去了，至于他是怎么理解的，我不想过多干涉，我想我为自己辩解了那么多，这也许是我目前最大的一个执念吧，兴许死后我的那些日记他会有兴趣去翻看，虽然毫无逻辑，杂乱无章，但我相信他能有机缘读出一个老头在晚年是如何强烈地渴望拥抱那个最真实的自己，那个全然的自己。我希望他也能有这一天，而不是如此多的愤怒和怨言。

Q: 你们有多久没联系了？

A: 我能不回答这个问题吗？

子

Q: 找了你很久，怎么会蜗居在这个小地方？

A: 麻雀虽小，五脏俱全，你看这座古城从东门走到西门只要 20 分钟，但以前曾经是一个王朝的首都，更重要的是，这里没人认识我，我可以从头开始，就像我父亲经常说的，他年轻时想要改造自己，改造这个世界，我没有改造世界的想法，我只想改造我自己。

Q: 为什么会有这样的想法？

A: 我不知道父亲跟你说了些什么，他也许是个成功人士，现在还着迷于自我修行，但在我看来，他是个彻头彻尾的骗子。

Q: 这从何说起？

A: 小时候，他对于我就是个陌生人，尽管他一直试图把我带在身边，参加那些项目考察和董事会议，但我感觉自己跟那一切都格格不入，新年家族聚会的时候，我们曾经有过独处的机会，但却不知道该聊些什么，他唯一上心的就只有自己的那份事业。

Q: 听说他给了你两千万，这笔钱对于你来说意味着什么？

A: 这是我从他手上收到过的最大一笔经济援助，但最令我愤恨的不是这个，而是那个什么狗屁家族信托基金。我仔细研究过这个东西,也知道它对家族遗产具有很强的"合理节税"功能,但他很明显是被私人银行业务经理洗了脑,他说这个东西你可以把家风家规都植入到里面,也就是说在预先设立的条款里,你可以增设很多门槛,例如后代如果考入了一流大学,他将拿到多少钱,如果后代生了多少个儿子,他又可以拿到一笔钱,为此还有个形象的比喻,就是类似你在玩《超级马里奥》,过一关就能收集到相应的金币,我当时就想:你当我是 flappy bird 啊?

Q:你不觉得这也是他表达爱的一种方式吗?

A:的确是,但不应该是仅有的一种,你知道这玩意儿的另外一个称呼是什么吗?"坟墓里伸出来的一只手",我现在只要一想到这个画面就直冒冷汗,我说得更直白一些,就是我父亲活着的时候,维系我们的纽带就是金钱,而等他死了,依旧是金钱,你能承受这样的宿命吗?

Q:可他毕竟给你了生命!

A:我们在母亲肚子里的时候是最舒服的,有充足的营养和温暖的环境,几乎感觉不到任何威胁,可一旦降生,接过我们的就是一双冰冷的手,然后是独自面对这个冰冷的世界,所以我们会"哇"的一声哭出来,因为这不是出生,而是死亡。我们男人最为明显,为什么老想着女人那里?因为我们一直想钻回去。

Q:他当时为什么会给你两千万?

A:因为我满足了他的条件。

Q：什么条件？

A：我跟我的未婚妻分开了。

Q：这笔钱你使用过吗？

A：我用掉了其中的一半，来了一次长达两年的全球腐败游，打遍了世界上最好的高尔夫球场，四处潜水，顺便拿到了名仕潜水员执照。夏天我还参加了国家地理杂志举办的亚马孙丛林科考项目，之后去参加了246公里的超级马拉松，奖品是一杯清水，随后是在科罗拉多大峡谷里漂流了几天。冬天我跑到惠斯勒和塔朗泰斯河谷两个地方去滑雪，那里有世界上最松软的雪，更重要的是都可以坐直升机玩野雪。

Q：听上去你很喜欢挑战自己，我以为你会四处泡妞和狂欢。

A：你看《华尔街之狼》看多了，我觉得如果有了钱只会泡妞和买东西的话，那么想象力就实在太过匮乏了，财富不是用来局限你的想象力的，而是让你的想象力真正插上会飞的翅膀，让你去和这个世界建立更深层次的联系，当然也包括把自己的潜力激发到最大。

Q：另外一半的钱你会如何处理？

A：我还没太想好，毕竟玩乐容易，但真给你一笔钱，让你去做一番事业，那你还真得好好想想。我目前没事就喜欢去湖里划皮划艇，一个人发发呆，看着云彩变化。

Q：会有想念父亲的时候吗？

A：想念，但想念的是理想中的那个父亲，那个可以像美国家庭一样创造父子时间的父亲，就两个人一起投投棒球，烤烤棉花糖，露营后肩并肩撒泡尿把营火熄灭，那样真的挺好。

引 子

2011年3月,我从加尔各答出发,坐了三个小时的火车前往一座神奇的城市,一座完全由信念和愿景构建而成的城市。

在塔塔钢铁私人俱乐部空空荡荡的"蓝姜"中餐厅里吃完一碗炒面后,我突然听到了远处传来的歌声,好奇心驱使着我追随声音而去。经过一排排标有"内有恶狗"的独立别墅后,眼前是一片巨大的停车场,里面停满了日产汽车,这显然是中产阶级以上印度人的一次聚会。走进体育场,两个高大的锡克门卫对我微笑(在印度作为外国人总能混进一些正式场合)。这座平日看起来无聊透顶的城市,在这个晚上似乎全城的达官显贵都到齐了,白色桌布铺设的自助餐台绕着标准足球场摆满了一圈,当中还分为素食和非素食类。

炎热无比的印度夏天已经开始,可是周围的人们依旧西装革履,其中一些人拥挤在场地中央的吧台旁,手里捧着无限量供应的酒水,已经喝得满脸通红。正前方一个裹着黑色头巾的摇滚歌星在台上嚎叫,但人们似乎更热衷于站着聊天。台前摆得整整齐齐的十几排白色凳子上，寥寥无几地坐着几个年轻人。

快要完场时，年轻员工们才逐渐涌了上来，随着音乐乱蹦乱跳，他们大声叫喊着"塔塔钢铁"，有的甚至冲了上台，这个时候演出已经比预定时间拖延了半个小时，台下绑着头巾的锡克族管理员不断让歌手停止演出，歌手摆出"摇滚万岁"的手势，愈发起劲地又跳又唱了起来。舞台后方的巨大横幅上写着这样一句话："向塔塔致敬，是他教会了这个国家去梦想。"而这座体育场，甚至我身处的这座城市，都是由塔塔家族从遍布老虎和大象的丛林里搭建出来的。在这个城市的任何角落，你都能看到钢铁厂的烟囱，这里也不例外，尤其是夜晚，它就像大城市里灯火通明的摩天大楼，象征着一个国家经济的脊梁。

身为塔塔人，他们有理由骄傲。我们住的私人俱乐部是全城最好的酒店，双人套房才三百元人民币一天，还包早餐和免费泳池、台球室以及图书馆，而在里面的餐馆吃饭签单从不显示价钱，为了保险起见我们看了账单，一顿中餐两个菜加一大壶奶茶才二十元人民币。这都是中高级员工的福利之一，塔塔一直都被认为是印度福利最好的企业，每一个我们见到的员工都这样自豪地认为。

这座城市叫做贾姆谢德布尔（Jamshedpur），pur是城市的意思，而前面的字母则代表着塔塔家族的创始人詹姆谢特吉（Jamsetji），它也被印度人称为"钢铁城"，或者"塔塔"。早在一百多年前，詹姆谢特吉就曾告诉他的儿子如何建造印度第一座现代化规划的城市，区别于早年他在美国拜访过的那些污染严重的工业城市："确保道路宽敞，并有大树遮荫。确保有大片绿地和花园，保留大片土地用以进行体育活动，给印度教神庙、清真寺以及教堂留下地方。"

引子

可惜时间没站在詹姆谢特吉一边,他临终前也没有看到一座围绕钢铁厂而建立的绿色城市的崛起。如今这座城市拥有一个13万平方米的绿地公园,其中有湖、喷泉和玫瑰园,这对于任何一座印度城市来说都显得过于奢侈。一开始计划容纳八千到一万人的工业城市,如今人口已经突破了一百万,可是你在这里却感觉不到印度其他城市癌症般的交通和令人窒息的污染,这全有赖于来自三个不同国家的城市规划师 Kennedy Sahlin、F.C Temple 和 Otto Koenigsberger,他们在上个世纪初就已经考虑到了城市与工厂之间的矛盾,以及建筑同质化的危险,并提出事先规划好的用地不得被临时改为他用。

当然这其中更少不了执行者的参与。钢铁城如今是全印度唯一由私人企业负责公共管理的城市,邦政府曾两次试图夺取城市的管理权,但均遭到了当地人民的反对。钢铁城的管理部门 JUSCO 同时也是印度唯一通过 ISO-14001(国际环境管理标准)认证的公共服务机构,它们为这座城市提供水电、医疗卫生以及教育和休闲,最为重要的是它们做得比印度政府出色太多。Beli 先生从父亲一辈就来到了钢铁城,他通过为塔塔建路、造学校成为城里最富有的商人,在他的私人别墅里,他骄傲地拧开了水龙头说:"这可以直接喝。"

任何国家和时代都有富商巨贾,但却几乎没一个能像塔塔家族这样在印度有着如此纯洁和光辉的形象,从印度人的口中或者文字中你几乎找不到一丝对于他们的批评。在2011年印度《商业世界》杂志推出的最受尊敬企业的评比中,塔塔集团旗下的三家企业一如既往地占据了三个席位。

如今塔塔已经步入第五代接班人的时代,也是在它142年的历史上，第一次由一个外姓人接掌了家族事业。但不容置疑的是，当年詹姆谢特吉·塔塔创下的企业依旧在顺应着历史的巨变持续壮大，并且同印度这个国家共同成长。

2012年下半年，我从杂志社请了半年假，试图走进和描绘一个草根老板群体。

当你真实地坐下来跟他们交谈的时候，他们几乎会毫不避讳地诉说自己的人生经历，以及他们对生命意义的看法，当然还有深埋于内心的恐惧和不安，一个个新的世界在面前展开。

其中一个老板的企业在2008年曾遭到过一次"审判"，当时地方开常委会，多一票少一票都关乎企业生死。左边公检法，查这个人的话公检法马上出动，如果是保这个人，右边的四大银行和财政局会出动帮你，按他的话说："那个时候过不去说完就完。"

还有一个老板酒过三巡后几乎是咬牙切齿地说道："我们生存的这个空间是非常恶劣的，平时都是被遗弃、被遗忘，而地方政府一旦遇到房产受打压，就开始密切关注我们，首先就是增税，我们就是纯粹的野生动物，什么样的困难都要企业自己消化，打碎了牙往肚子里咽。"

中国的企业家显然无法"立足未来，活在当下"，在这个国家，经营和战略似乎都不是最重要的，最重要的是生存智慧，按某位公知的说法就是"他妈的活下去"。

可事实上，正是这一群群的实业家们支撑起了中国经济的大半壁江山，他们每年创造一多半的国家税收，提供了大约75%的城镇就业，却始终处于话语权的弱势，在日常生活中，人们更愿意关注他们的财富数量，而不是他们的精神世界。而他们自己也习惯了孤独，疲惫地支撑着强者的形象，大部分受访的老板遇到危机都选择一个人待着思考，因为他们不允许自己的个人情绪影响身边的人。

久而久之，内心再强大的人也有崩溃的一天，尤其是当一个人实现了财务自由后，女人和酒精，以及金钱的挥霍似乎都无法解决生命中的痛苦，他们比一般人更渴望建立精神上的家园，破解财富积累与快乐幸福之间的矛盾。

这颠覆了我以往对老板的认知。从小与父母吃饭总是有老板和官员在场（其中不乏中国不同年份的首富），我一度对这个群体极其厌恶，认为他们是一群唯利是图、有奶便是娘的人，任何人和事都只是他们赚钱的工具而已。

但是在肯尼亚的一幅场景却让我铭记于心。

中巴车奔驰在马赛马拉草原上，天已经黑了起来，车上的30个老板（一共有300人）刚结束了一天的培训，正在回帐篷酒店的路上。

民营企业的老板也许是这个世界上最孤独的物种，存活率也很低，他们排解压力的方式往往是独处，或者对着大山大河发呆，但是这次培训课程上，他们找到了抱团取暖的感觉。

为此一个老板领头唱起了《小草》，似乎是在给自己和这个群体打气。

没有花香　没有树高　我是一棵无人知道的小草　从不寂寞　从不烦恼　你看我的伙伴遍及天涯海角　春风啊春风　你把我吹绿　阳光啊阳光　你把我照耀　河流啊山川　你哺育了我　大地啊母亲　把我紧紧拥抱

随着越来越多的老板在我面前叙述他们的人生故事,我发现了一个极其严重的问题,由于我自身的商业理解力和洞察力不够,我几乎无从判断他们故事的真伪,从而无法提出有营养和价值的问题。一场场的对话和走访下来,我始终扮演着一个后辈聆听长辈人生经验和感悟的角色,那么这又和我从小在饭桌上听来的那些故事有什么区别呢?

我渴望两者之间的对话与相处是平等的,并且是不设防的,更重要的是,我要能体会到对方身上的痛苦和喜悦,而不仅仅是简单地复述一些离我如此遥远的故事。

因为"一个人的实质,不在于他向你显露的那一面,而在于他所不能向你显露的那一面。因此,如果你想了解他,不要去听他说出的话,而要去听他的没有说出的话。我说的话有一半是没有意义的;我把它说出来,为的是也许会让你听到其他的一半"。

于是我把注意力投向了这个群体里同龄的孩子们,也就是社会上所谓的"富二代",这是我第一次与这个群体接触,但却有一种似曾相识的感觉,并且不用再担心会有人用有色眼镜看自己,因为我们都是财富的孩子。

书中的六个人物,他们的父辈是那个年代最纯正的屌丝,他们全部来自农村,从最苦最累的体力活干起,在经历了地狱般的试炼后,通过自己的智慧和勇气搭上了时代的列车,进而改变了自己的命运,同时也通过财富的积累改变了整个家族的命运。

尽管就财富总量来说,他们似乎与刚才提到的塔塔家族毫无可比之处,可奇怪的是,从他们身上,以及第二代身上,我总能嗅到一丝熟悉的味道。

交班是每个企业家在人生的最后关头必须回应的一道考题。

引子

我曾亲眼见到山东的一个父亲由于在企业里对儿子百般干预，最后儿子彻底丧失了斗志，他转而向身边人哀求解决办法的场景。还有一个老板娶了小老婆后，遭到了儿子的挑战，谈判的条件是父亲必须与这个女人离婚，否则他拒绝接班，最后这位父亲无奈之下，付了13亿的离婚费。

"如果儿子不接班，那么我这一辈子就白干了。"我相信这是很多企业家最后的心结，这也几乎是亚洲商人的一个死穴，导致一向强势的父亲，在面对儿子时变得如此软弱，这种身份的骤然调换确实耐人寻味。

因此二代只是本书的主干，我希望通过一棵树，再加上我自己小小的想象，映照出整片原始森林，从而反映出在一个价值观崩溃、信仰缺失的时代，一群人看似同样迷茫和麻木，却是在努力寻找幸福的过程。

这是个不小的野心，但我喜欢文中一个老板"悍马哥"说的那句话，尽管我们对种子的理解不尽相同：其实人生最快乐的就是种下这颗种子，然后天天浇水，呵护。至于它能否开花结果，其实已经不重要。

本书的标题来自《GQ》杂志2010年7月刊的一篇文章，这是我读过的对二代刻画最为细腻和充满力量的一篇文章，同时也在某种程度上激励了我去尽我所能地描绘这个群体。我知道唯有通过一次次的碰撞，当我们真正静下心来打量这样一群人时，才能摒弃所谓阶层之间的藩篱，还原事物的本真，人性的共通之处。

别急，这只是一个开始。

第一章　家族荣耀

雄辩的风带来洪水

胡同的逻辑深入人心

你召唤我成为儿子

我追随你成为父亲

　　　　——北岛《给父亲》

在西南的一个县城里,我待了一个星期,李斌在当地的楼盘已经竣工,正进入最为关键的售楼阶段。早在三年前,我曾到过他所在的城市,办公室位于城市的中心地段,整栋建筑都由自家公司承建,占据整一层的办公室无论从格局还是布置上,都与楼上他父亲的办公室一样,这样的安排利于平时汇报工作。

　　尽管格局一样,这一代人还是有自己的想法。办公室巨大的木桌子上放着几大盒雪茄,五湖四海来的人们一坐下,李斌就会扔一根古巴产的高希霸雪茄给他们,然后云里雾里地侃起来。那时的他脚上穿着一双两百块的山寨LV高帮休闲鞋,并为人们会把它当真而沾沾自喜,他上身套一件反光豹纹紧身衣,小肚子遮不住地隆了出来,手腕上的法拉利手表是买车时送的,最近他刚拒绝了一次法拉利公司组织的加勒比海之旅,因为实在是太忙了。

　　李斌无论去哪里,身边总是跟着一大群人,有外地过来的发小,也有当地未来的财富继承人,他们看电影按打买票,出门是轰隆隆的跑车车队,吃饭时摆满山珍海味的大圆桌围满了人,话题主要围绕减肥和新奇的"玩具",这显然是一个极其害怕孤独的群体。

　　一天晚上去大排档吃远近闻名的猪蹄子,我被招呼进了李斌的保时捷小跑车里,接着他以每小时一百五公里的速度在晚高峰的车流里飙了起来,我感觉自己就像一条灵巧的鱼,在河流中左穿右插,突然一个急刹停在了红灯前,"你看,保时捷的陶瓷刹就是好使。"他戴着墨镜,转过头来对我说。

办公室隔壁的会议室改成了一间小酒馆,平时会有当地的乐队免费在里面排练和演出,李斌自己也是一个有音乐梦想的人,在我拜访他的那段时间里,他正努力减肥,为了令自己第一张个人音乐专辑的封面显得更有明星范儿,为此他还在北京专门成立了一家娱乐公司。后来在三个月的时间内凭借几乎绝食的方法,每天只靠两片煮熟的蛋清和一点蔬菜,后期跑步健身,他迅速丢掉了60斤肉,告别了200斤胖子的形象。晚上面对着一大桌宴席,他身边的几个兄弟也信誓旦旦地要开始减肥,但筷子却没能停下来。李斌自己不吃菜,只是不停地往我盘子里夹,他对每一个新来的兄弟都是同样的热情。

李斌喜欢送最新最潮的东西给兄弟,那次 iPad 发售的第二天,他就从香港进了一打,见人就发,我临走前塞还给他,他硬是又从车窗扔了进来。对于他来说,"兄弟"的定义很广泛,有第一次见的朋友,发小,他家院子里的两个散打和武术冠军,还有他的前任少数民族武警司机(在随后的两年里娶了他的妹妹做老婆,这个曾经可以为他挡子弹的男人如今关系更亲近了),这些人都可以称之为兄弟。

兄弟们喜欢在他家的私人酒吧里喝酒,他每次总能拿出令人眼前一亮的东西,有时候是好几摞的雪茄,有时候是存放了60年的威士忌,无聊的时候,我们会比谁的雪茄烟灰最先掉。白天如果天气好,一大帮兄弟会跑去坐游艇,他们目前的想法是买一架能上天入地的潜水艇式快艇。

如果是在李斌所在的城市，你几乎很难跟他单独接触，因为除了睡觉，他的身边总是围满了人，话题也是破碎不堪，东一句西一句，我有时候甚至觉得自己在虚度光阴，这种表表面面的生活状态是我极其厌恶的。

乐队在舞台上表演，台下的兄弟里面还有一个外国人、两个开酒庄的中年老板。老外是个中国通，已经在当地混迹了数十年，据说还有吸食毒品的恶习，李斌得知以后，已经尽可能地开始跟他保持距离。

老外卷起了一支大麻烟，听说我在国外期间也曾飞过叶子，他似乎终于发现了一个同类，"哥伦比亚来的，非常不错"，说完就要递给我，李斌看到这一幕显得非常不安，"你最好不要碰这东西。"他说。李斌本质上其实是一个很自律的人，赌博和毒品是他绝不会碰的两样东西。我回应道："这在美国几乎人人都抽，尤其是大学里面，其实没什么大不了的。"

其实我自己本身并不享受吸食大麻的感觉，可无奈每次回到美国，在那个幸福而又贫瘠的小镇上，我总能跟这东西不期而遇。

第一次是在一个公园的停车场里，昏暗的路灯下，驾驶座上的哥们含住盛满大麻的烟斗，用火机点燃烟草后深深地吸了一口，接着吐到了一个空的矿泉水瓶子里，然后转手交到了我的手上。于是手里拿着魔鬼的契约，我在上面签上了自己的名字，收音机里播放着 JACK JOHNSON 的一首歌：

"I JUST WANT THE TRAIN TO BREAK DOWN, SO I CAN TAKE A WALK AROUND. TO SEE WHAT I HAVE NEVER SEEN, TO FEEL THAT I HAVE FELT."（我只想让这辆火车出故障，好让我出去走走。看我从没见过的，感觉我从没感受的。）

第一章 家族荣耀

混子

李斌如今在异地开疆辟地，为他开车的是同龄的前特警，人忠厚老实，寸步不离李斌，随身挎着个包，里面是现金和银行卡，买单收尾的工作都由他完成。除了忠诚，此人以前还曾组过乐队，担任鼓手，有些玩资。身处外地，李斌身边培养起了一帮这样的人，他们年纪都不大，但社会阅历丰富，知识结构也并不缺乏。有文身的前东北黑社会，玩吉他一流，还会拉马头琴；有14岁一人离家出走，到深圳闯荡的胖子，是个杂家，说起好莱坞电影和汽车头头是道。

这些人虽然平时喜欢插科打诨，但办起事来也绝不马虎，在一个气温将近35度的下午，就因为李斌头天晚上无意提到的一句话，他们开着皮卡，光着膀子，把楼盘外立在道路两旁，绵延5公里的广告标语牌统统修缮擦洗了一番。

混过社会的人知道执行力的重要性，这是笼络金钱和安抚人心的根本，他们把信誉也看得很重，至少比政府更爱惜自己的羽毛，这是个人号召力的重要组成部分。

与这些道上的人我曾有过两次长时间的接触，一次在东北，一次在海南。以至于到后来，我光看一个人的眼神，就能知道他的影响力曾达到什么样的层级。

第一次是去B城参加一个婚礼，到了地方，宾馆还没去，直奔新郎家里。当地的白酒用缸子倒，一人一满直升杯，"仁慈"地分三次喝。列席的哥们戴着统一的金链，十分腼腆，脱了衣服后身子上龙腾虎跃。酒席之后红日当头，十几个男人去夜总会接着喝，这次还有假冒伪劣的百龄坛威士忌助兴，的士高舞曲放起来的时候，五六个人在中央舞池的弹簧垫上跳跃。下午 5 点又到一个烧烤店里喝，直到晚上 10 点。

第二天结婚的庆典上来了十几辆车，绕 B 城一周，老规矩说车队不能停，必须一直向前开，于是前面警笛开路，畅通无阻。举办婚宴的地方立志于打造地区包席第一品牌，婆家娘家摆了 40 桌，落座后菜盘叠菜盘地摆在了圆桌上。米老鼠两口子打扮的吉祥物带着新郎新娘走入了会场，很快走完流程后，开始喝酒吃饭，半小时后，全场只剩两桌，另有一些大婶们拿塑料袋一桌桌地打包饭菜。

时针指向上午 11 点，外来的几个兄弟已经喝高，回到宾馆还没闭眼，又被叫去新郎家里打牌。晚餐的主菜是野外吃稻谷长大的鸭子，由新郎的老妈亲自做。几大杯白酒下去，开始扎金花。11 点刚过，第二顿饭又开始。这似乎就是县城普通人生活的全部，喝酒、吃饭、打牌，再吃饭喝酒，偶尔卡拉 OK 一下。

新郎的妈妈是个基督徒，父亲是个沉默的男人，我拿出手机念了一段《圣经》里的话："爱是恒久忍耐，又有恩慈。爱是不嫉妒……"老妈妈眯着眼睛，跟着在一旁轻轻地和。她说自己是个农村人，啥都不懂，就知道不能让儿媳妇吃苦，要照顾好这个家。她一个人收了 8 个干儿子，有一个犯了事还来家里躲了一个半月，老妈妈说着说着开始揉面，准备做面条给屋子里的 12 个大儿子吃，在她看来，只要到了家里，就都是她的儿子。

在那几天里，我遇到了朝鲜族人金，出于记者的职业好奇感，我通过朋友把他约到了一个狗肉馆里。他用了一个下午，讲述了他混迹海南的故事。这又证明了那个伟大的理论：这个世界上有两样东西最令人上瘾，一个是性，还有一个是分享。

如果想把三个小时的录音整理出来的话，那么估计按东北人的语速，是一部中篇小说的字数，在这里我把它浓缩成了一段文字。

金当初先是干宰客的活儿，通过美女"仙人跳"勒索游客。接着上面给了个机会，他要了几个人，拿着刀，坐着面包车到另外一个城市干活。证明自己的杀戮能力后，很快身边每天跟着20多个人，那段时间他对暴力上了瘾，不顺眼就开打，手上揣着土制霰弹枪四处"放炮"，其中还包括一个人对付10来个拿砍刀、嚼槟榔的本地人的光辉事迹。疯狂完后，他发现自己竟然没死，于是开始琢磨怎么赚钱，并傍上了一个韩国老板，认他做干爹，天天给他干"舔屁眼"的活儿，完成了原始积累，成了一名商人。

讲述自己故事的时候，金的眼神里一直散发着凶光，我们盘腿而坐，隔着两尺长的桌子，我假装镇定，但却有一股无形的力量令我紧张，那是我第一次深切地体悟到目露凶光四个字的真正含义。

第二次是在海南，我见到了当地的一个东北大哥，目的是向他了解一些岛上的旅游乱象。

他开着车亲自来火车站接我，我们花了半个小时才搞清楚见面的地点。上了车后，他显得有些不耐烦，但脸上还是挂着笑容，当天晚上他把我安顿在了80块钱一晚的旅店里。

光头，脖子上一串翠绿的玉珠，肚子隆起，很少喝酒，因为每次酒多了，场面都无法收拾。他登岛之初无非是想开个小餐馆，可为了家里人不受欺负，走上街头，打响了自己的名声。

只花了一年工夫，他赶走了当地的湖南老大，可随后他发现自己越陷越深，离初衷愈发遥远，随即到另外一个城市待了10个月，闭关思过，回来后解散了手下的"四大金刚"。如今他白天开着皮卡跑餐馆和工程项目，深夜降临，他就把我丢在旅店里，自己出去协调一些江湖关系，要不然就是上网通宵玩"血战"麻将，随着年龄的增长和孩子的降生，他眼神中的杀气正一点点褪去，但是江湖自信不改。

他说："我的名气够街面上的人消化个十几年了。"

一个与他每次吃大排档，能聊到通宵的朋友告诉我，他早年在东北就已小有名气，随后到广州更成了一个区的扛把子。登岛后，他经营过色情行业，年终了还会跟市里的几个社团头目一起开会，平时喜欢"溜冰"，还曾拉着这个朋友一起，朋友气愤地摔门而出。有一次在夜总会里事没谈妥，朋友出去上厕所，结果发现走廊和楼梯口的几个点上站满了穿黑T恤的光头大汉。那个时候他满眼凶光，路上混社会的遇到都要避让三分，但奇怪的是他出门从不带人，自己也从不动手。

谈到金，"玉珠"笑了，他们互相认识。他说："这种人顶多算是业余演员，我这是职业演员。"说着指了指自己的脑袋。

此时刚过3点，太阳刚好从窗户外照到我脸上，光线强烈得使我有点看不清对面他的脸。在一片光晕中，我问他行走江湖多年的心得，仿佛是要揭开一个谜团，他说："一般人都是混社会，而我是在玩社会。"

话音刚落，他的老乡敲门进来，仔细看的话，你能发现这个50岁的人其中一只眼睛是个玻璃珠子，楼下车上一个19岁，已经为他流产过三次的女孩正等着他，他有两张身份证，据说他刚从澳门崩牙驹老妈的寿宴上回来。

一年后，我听朋友说，"玻璃眼"在岛上玩弹珠机时被民警抓捕，很快就执行了枪决，也算是对之前拖欠的两起命案有了交代。

父与子

与李斌第一次见面前，听说我要去，他专门派了司机来接我。那是一个大雨倾城的下午，一辆悍马车停在了路边。随后两个小时的车程里，悍马车里异常寂静，之后的几天他曾向我展示过这辆车的特别之处，那是花费五十万打造的德国音响系统。当他把黑人说唱乐的音量调高，车窗降下，虽然身处一个三线城市，但却有了美国街头的感觉。几分钟后，我们感到心脏有些难受，占据整个后车厢的低音炮的震荡令我们毛发直竖，几乎要扰乱心脏的跳动频率。

在这辆车之前，李斌曾有一辆路虎，在一次午夜交通事故中，被拖车上砸下来的钢筋压扁，险些丧命，第二天他爸就给他买了这辆悍马H3。现在H3成了他的常用车，再加上一辆全球限量版的H2，在中国只有不到5辆。

李斌万里迢迢地把两个H开到了小县城里，平时一般开着H3去吃路边摊（因为H2已经停产，坏了几乎没有修的可能），坦克一般的身型，"轰隆"一声停在长城和富康中间时，总会引起食客们的注意，甚至还有人拍照留念。倒是老板都已跟他相熟，每次吃饭，他埋单都不要找零。

除此之外，李斌还有一辆法拉利（主要是老婆开，用于买菜，时不时会有刮痕）。我曾在他的院子里空踩过几脚法拉利的油门，引擎的轰鸣声一开始令人害怕，可逐渐会令人有一种肾上腺素上冲的快感，类似的体验在蹦极和跳伞中也存在，强烈地提醒着我们还活着的事实。

"你知道超跑里为什么没有装音响吗？"从车里爬出来后，李斌问我，我摇摇头，他说："因为超跑的引擎轰鸣声就是最动听的音乐。"

那时的李斌在北京成立了一家娱乐公司，正准备搞文化产业，并一直在某名牌大学举办的二代企业家培训班上课，据他说班里有100多个来自祖国各地的同学，而这帮社会未来的接班人们，大部分都手持外国护照，其中不乏一些花钱就可以入籍的岛屿国家。

转换身份自然是有着对家族财富安全性的考虑。在一个人人自危的国家，历史的教训无数次告诉我们，你可以一夜暴富，也可以瞬间失去一切，拥有的越多，恐惧感则越深，总有一只看不见的手在把玩着你的命运。

我也曾在一个初冬回到加拿大，为宣誓入籍做准备，以防在未来一旦发生动乱，还可以躲到加拿大大使馆里寻求庇护。作为一个在加拿大待过6年的人，再次回去，我竟觉得这个国家如此陌生。

"我一年半没喝吐过了！"

凌晨五点半，L从外面回来，嘴里不断重复着这句话，对马桶倾诉着。

"明天一定要把那小子找出来！"

又是一个夜晚，男男女女，KTV，满桌的骰子，10箱以上的啤酒，最后再来点雄性之间的暴力宣泄。

感觉又回到了高中时代。

这已经是 L 的第五个晚上，每天就这么喝，天微亮才回家，L 的反应开始变得迟缓，注意力无法集中，走路打摆，这种生活就像吸食毒品，明知道是为了排挤空虚，可却无法停止。

我为了入籍，这次准备在加拿大待两个星期，住在 L 家里，也曾参加过一次这样的聚会，空洞无聊的笑话，千篇一律的摇骰子，用性和谎言开玩笑，靠着这些，正如实验台上已死的青蛙，当电流通过身体，还会偶尔抽动两下。

每天早上当我起床，L 才回到家，然后他倒头就睡，我坐在他旁边上网，经常会听到他说梦话，有时还有绝望的叫喊。

数天前，当我坐在过来的飞机上，我是兴奋的，可是当上了的士后，我预感这座夜幕下的城市是一座下沉的坟墓，引领我们成为它的陪葬品。

我一刻都不想再待，脑子里只有国内混浊的空气、拥挤的人流、贫瘠而又神奇的土地，还有生活在其中或活色生香或挣扎求生的子民们。

两个星期过去，我的相机从没拿出来过，也从没真心地笑过一回，我在这座城市的朋友早已各奔东西，满街都是 90 后的面孔，只剩 L，可惜他已经陷入了生活的陷阱里，成为了空虚和寂寞的奴隶。

L 出去的夜晚，我喜欢午夜零点一个人，头戴 SONY 蓝牙式耳机，播放《YoYo Ma Play Ennio Morricone》的音乐，沿着 SHERBROOKE 街奔跑，从 DOWNTOWN 一直跑回原来住的 WESTMOUNT，Leonard Cohen 在这里出生和长大。

秋日的城市夜间气温只有 5 度，我大口大口地呼吸着新鲜透顶的空气，享受着在广州跑步所不曾拥有的奢侈，越跑越带劲，感觉自己像一头浓雾里缓缓前行的黑豹。

我当时已经回国 8 个月，这让我迫切地意识到，我已经是成年人了，正如 JOHN MAYER 在演唱会里说的，"I MADE SOMETHING HAPPEN FOR MYSELF."（我为我自己做了一件大事）。

那时我也希望有一天能拍着胸膛，坏笑着说出这样的话。

一个人的夜晚只能上网，那个时候 MSN 还健在，FACKBOOK 也能接通，于是我在网上又遇到了四散的兄弟们。

一个在卡尔加里全球第三大的食品厂当会计，"再没想过形而上的问题，男人还是要适应环境。"

一个在山东老家当会计，"身边连个说普通话的人都找不到，艺术真好，这里没人喜欢艺术，鸡巴社会。"

一个在伦敦，拿完两个硕士，"两天打 20 个小时的工，当 WAITER，累得跟狗似的。"

两周后，我放弃了入籍，在回国的飞机上，我把枫叶卡折成两半，扔到了厕所的垃圾桶里，我坐在马桶上，想挤出几滴眼泪，祭奠这些年的时光。

回国，对于我来说，就像父子关系，作为儿子，无论你走了多远，无论你多么想逃离，最后还是要归来，要面对。

李斌从小跟父亲很少见面，由于父母关系不佳，他跟着母亲在老家读书，任由父亲在南方打拼。那段时间书没读多好，倒是认识了一大帮社会上比他年龄大的人，天天带着他们玩。这么多年来，从来都是他带着身边人玩，他很享受主心骨的感觉。

而父亲缺失后，陪伴他的是柴油版的模型直升飞机和快艇，限量版的吉布森吉他，以及两辆哈雷摩托，未来，他还想在海南置办一艘游艇,这些玩具都能填补心中的那个窟窿。

他还曾开着悍马跟一帮兄弟进过原始森林,在没有路的地方硬轧出路来。回想起当时车轮贴着悬崖边走的惊险,他还心有余悸,但当路程最后那片人迹罕至的天鹅湖出现在眼前时,一切恐惧都烟消云散,那次冲破恐惧的经历令他终身难忘。

刚接班的几年里,回忆起父亲对他的评价,最大的赞美是一句"不错"。可就是这个凡事得不到父亲认可的孩子,短短的两年时间,操起了三个地产的盘。西南小镇的这个已经准备了4年,本来他的设想是做成岛屿状,每个岛屿住不同圈层的人,通过船来往,类似于迪拜棕榈岛的概念。可现在对照市场,回归现实,他只能把水系与陆地连接,更接地气一些。眼看预售期将近,他还没找到整个楼盘的定位,既不知道卖给谁,也不知道通过什么方式卖,为此他很困惑。

在男性二代群体里,父亲往往都是一个陌生的存在,也是一个你需要击败的对象,这有点像俄狄浦斯式的寓言。30岁以前大部分人往往只为了获得父亲的认可,至于之外要额外干些什么,他们既没充足的动力,也没足够的勇气和权利去实现。

而父亲对儿子的评价往往是极端的两面。犹记得高中我临时被传唤到一个饭局上,父亲身边照例围了很多成功人士,我进门悄悄地坐在一个角落里。父亲兴致来了,突然开始点评起我,言语中提到我的一些行为,最后以"废物"定性,我无法强忍住泪水,当着众多陌生人的面赶紧用湿巾捂住了眼睛,可身体的抽动还是没能挡住。

而在另一些时候,同样是面对一群陌生人,父亲又会过分地抬高我的价值,类似于才华横溢、阅历丰富的词语不停地盖到我的头上,身边的人不停地点头附和,而我内心只有麻木,我自己早都不相信那些鬼话了,这种感觉有些类似HBO电视剧《冰与火之歌》里"REEK"(臭佬)的角色,他本身是位王子,可在经受了严刑拷打和阉割,以及太多次希望破碎后,他变成了一条畏首畏尾的狗崽子,完全臣服于虐待他的主人。

在很多场合,父亲会让我上去唱几首歌,次数多了之后,我感觉自己成了职业走穴演员,于是我会故意选唐朝乐队的《国际歌》,其实内心是想操翻在座的中年人们,"英特纳雄耐尔,一定要实现。"

我的父亲一年打200场以上的高尔夫球,只要有时间,每天早上六点必定下场。有一次带上了我,那次老道的球童一直充当着心理按摩师的角色,鼓励我放松挥杆。

她问的几个问题也相当专业,"你怎么那么沉默?这么稳重跟你年龄不符啊。""看样子你并不喜欢打高尔夫球,你父亲喜欢。""你肯定也是从小就不在父母身边吧?"18个洞打完,我弄丢了20个球(进水或者无法找到),已是满头大汗,幸亏她没问"你幸福吗"这个问题。但我能想象得出,同样也是在无数个早上,有个还没睡醒的"小孩",跟着打球成瘾的父亲亦步亦趋地"锄着地"。

有时候我觉得自己是父亲胸口的一枚胸章(抑或一种谈资),当它发光的时候,父亲自然是骄傲的,但是当蒙上灰尘之后,随时会被扔到垃圾堆里。

那场球发生在三年前,如今年龄快逼近30岁,我突然爱上了高尔夫,并认为这是一项伟大的运动,尤其对于我这种天生充满愤怒的人来说,是再好不过的修行方式。2013年又有一次遇到个球童,我说和父亲一起下场压力很大,她说:"应该反过来吧,他的压力比你大。"

的确,当父亲跟人下场比赛,我顺带着蹭进一组时,我的发挥直接影响到了他的发挥,有一次三个洞还没打完,他就咆哮着让我到另外一个场去打,于是我像是被发配似的,跟球童两人拉着包打完了18洞,结果不但发挥不错,而且感觉天地无限宽广。

还有一次跟父母去美国西海岸打球,父母对于曾经在美国留学的我期望很高,办理各种事务也是需要达到高效的标准,可明显我不是当生活助理的料,再加上中美规矩的差异,于是每天一早我就开始就被狂骂,"无用!""能力差""笨得要命"不绝于耳,几乎让我忽略了眼前绝美的自然风光。

一次实在无法忍受,我扛着两万元的相机来到圆石滩球场的海边,阴云密布,太平洋的浪循环往复拍打着大地,突然一个大浪过来,直冲脚下,鞋裤尽湿。

我脱了鞋袜,反而身心放松,这时上帝造福,乌云散去,日光倾城,正好晒晒沾满盐水的行装,也难得第一次一个人静静地坐在石头上看千万年不变的海,聆听它的呼吸和诉求。有人跟我说过:面对大海,不应该感到渺小,而应该感到博大和宽广。

回到会所,夕阳西下,戴着墨镜的苏格兰女风琴手正踏着步子,吹奏着古老的民谣,这仿佛是一个仪式,虽然在美国,可还不忘这座林克斯球场的根。

当时我无法理解每天一场球的意义何在,如毒瘾般令人招架不住,于是我半夜订机票,五个小时后就飞赴西雅图,逃离这一切的荒谬。

姑姑一家在关键的时候总给我家的感觉,上一次是女友在旧金山劈腿后，我坐了 11 个小时的灰狗巴士到拉斯维加斯找他们。跟他们一起我很放松，丝毫不焦虑，这很重要，也不觉得自己是废物，这也很重要。

来的下午正好是安息日，在微软拼命工作，也无非只是拥有一个格子间的姑父去隔壁借了辆自行车，打好气后一起出发，行进在森林中的城市里，两旁常有全副武装的单车运动员擦身而过，双眼直视前方，专注之极。还有许多父子，爸爸在后面，儿子骑着小单车在前面走，累了就一起在路边坐下来休息。

去的路容易，回来全是大上坡十分难，咬着牙往上骑，虚脱的快感到家后才倾注全身。当时我跟在加拿大的弟弟通电话，他也被母亲莫名其妙地骂了一通，最后还摞了电话，他知道来美国后只会吃力不讨好，于是干脆没来。

我唯一一次记得和父亲单独从事的活动是在清迈，那是在有着众多神庙和稻田的月光女神酒店，我们曾经一起骑车出发去探寻下榻之地的细节，当时我每天都在心里默念：去他妈的高尔夫！

假装老板

白天我和李斌主要在他楼盘的会所里待着，那里的一个茶室里有上好的茶叶和香灰，不管头天晚上折腾到多晚，九点前李斌都会准时来到这里，头发打理整齐，黑衬衫稳当地扎进西裤里，皮鞋锃亮地坐在大木桌前，点上一炷香，又或加热一炉沉香，然后亲手泡上一壶各地搜罗来的好茶，开始一天的工作。

随后各个工作人员轮番进来汇报情况，他们的岁数都比他大十岁以上，有的甚至已经白了头发。比起两年前在家乡的办公室就着雪茄的烟雾，当着一帮兄弟心不在焉地处理工作，如今的他显得老练了许多，更多时候是听，然后做出判断。某些特殊时刻，他会直接拨通父亲的电话，通话都很简短，但却都是战略性的决策问题，尤其是在处理政商关系上，末了，他总会提醒父亲多注意身体。

除了工作上的事情，也有老员工来表示感谢的，为了孩子上重点中学的问题得到圆满解决。据李斌的秘书说，多年来他从没见过老板垂头丧气的样子，只要出现，必定精力充沛，这点似乎是继承了老李总的精神，十几年前，他还只是一个拉板车的。

闲暇时候，他带着我来到楼盘内的楼王参观，房子的面积是其他别墅的两倍以上，室内的透明恒温泳池还正在装修，酒窖正等着红酒入库，院子里用纱网隔开了一个区域，里面一只孔雀正悠闲地散着步，未来他想把这栋房子打造成自己的私人会所，接待各方友人，他也曾跟一个朋友开过玩笑，用这栋楼王换朋友手上的一辆帕加尼跑车。

一个下午，李斌忙着在楼下大厅接待一家省城国有银行的领导班子，就融资的事进行商讨，我则换上跑鞋，沿着楼盘外的国道，跑入了旁边的乡村。在乡间的田野上跑步别有一番情趣。此时正值农忙季节，田地里摆满了稻谷垛，空气中一股焚烧麦秆的味道，运猪车从身旁经过，满眼大奶子一晃一晃，偶尔还有赤裸上身的农民跟你搭讪，接着是由近及远的声声炮响，繁忙的一天就这样划上了句号。不知道这幅场景还能存在多久，房产的开发热潮正席卷着这座县城。

站在农田和房地产会所交界处的马路上，我突然想到，李斌虽然在这个地方驻扎数年，但肯定没机会一个人跑步出来，呼吸田野间的空气。在不到30岁的年纪里，肩上担负着两个数亿元的楼盘重压，如果这么看来，呼朋唤友，不断换新的玩具，这完全不过分，因为无论他外表再淡定从容，其实内心还只是一个孩子，这种单纯和简单是我在很多二代身上体验过的，他们说话直接，爱憎分明，内心总是充满一种善意。

晚上的饭局由几拨人组成：准备来当地投资的老板，几个一起从外地过来的官员，还有当地的一把手和纪委书记。为了表示诚意，也为了在"老板"面前表现，外地的几个低级别官员们拿着分酒器干了起来，短短的半小时里，"逼着"当地的一个官员连喝了六个分酒器的白酒。坐在主位的一把手滴酒不进，微笑不语地看着饭桌上的混乱局面。倒是其中的一个女官员脸色很不好看，她拿出胃药，还是被硬灌酒，数次推托后差点翻脸。

毫无实质内容，靠喝酒撑场的饭局之后，负责张罗的李斌在车上抱怨起来，"你看这帮官员，我说难听点，没一个好东西，从来不干正事，天天就是喝酒，想着怎么占你便宜。"之前不久，县城的前一把手由于贪腐问题刚被换掉，这直接导致当地的一个大楼盘停止了发展的脚步。

海峡两岸官员的作风截然不同。我跟随父亲考察台湾一个县的时候，县长的晚宴上有阿美族的舞蹈演出，接着是一段关于县长的简报，最后这个全台民意支持率最高的县长才大步跨进房。他亲切地与饭桌上的每一个客人握手，并谈到了每周三的接访日，任何民众有问题都可以来跟他以及领导班子交流，所有问题必须在规定时间内解决，日据时期的也不例外。最后，他还赠送了一串项链给我母亲，并破天荒地由父亲亲手为她戴上。

第二天在机场，县长一直送我们这群大陆来的客人走到了机舱口,你能感觉到他内心承载着脚下的这片土地,而他也深知未来的发展在某种程度上取决于岛外的力量。

卡拉 OK

几天后,在县城的夜总会里,几打啤酒下肚后,李斌突然凑到我耳边说:"其实我根本不喜欢做房地产,太无聊了,天天装成个老总坐在办公室里,累啊,我的梦想一是进军娱乐业,当歌手,开一场万人演唱会,二是玩跑车。"他指的玩跑车是等三个盘做完之后,把赚到的钱投入到建设中国第一条国际级的技术赛道中去。这是受法拉利赛道的启发。他曾亲自体验过,那里的赛道可以在 15 分钟内干燥,15 分钟内变湿。在具备测试跑道的基础上,他更希望整合各方资源,打造中国自己的超跑。至于娱乐,他曾经在北京投资几百万成立的娱乐公司,尽管旗下有几个签约艺人,但现在似乎已处于停滞的状态。

这是李斌少有的表露自己真实想法的时刻,与同龄人相处,他更喜欢旁听和观察身边人的反应,偶尔也会抛出几句话来,但往往都浮于表面,更多与吃喝玩乐或分享一个物件有关,这个物件可以是跑车、玉器、雪茄、沉香、美酒、游艇。与他相处,虽然事事服务周到,几乎是想要什么都能满足你,但你能感觉到他内心是收紧的,无法真正走进。

在一个夜晚,李斌还曾给我打过一次电话,他那时正在山里穿行,信号时断时续,他说自己这么多年来太累,而且见识和眼界有限,他非常希望能出国几年,充充电,他开始咨询我的看法,我对此表示出了百分之百支持的态度,并给他提了许多学习英语的方法,他在电话里很兴奋。

半年过去了,他成了父亲更为紧密的战友,他们几乎是轮换着盯守着新楼盘的开放,一天都不能离开,银行的人要洽谈,政府的人要处好关系,就连工地打架都要李斌亲自下去处理,随着几个新盘的开张,他是无论如何也没法松绑了。

说出这两个梦想的时候,夜总会的女孩正唱着《伤不起》,这是她们所知的最新潮的歌曲,除此之外都是一些20年前的歌,因为她们平时很少接待同龄男人。女孩们赚钱的动机截然不同。其中一个穿着黑色松糕鞋、露着乳沟的女孩,就因为弟弟喜欢阿玛尼的衣服,于是她可以花两万块买一套,而她一个月工资才五千块(由于不出台)。而另一个穿黑丝袜、白裙子的女孩,则是为了让父母和弟弟能在省城生活下去。当然也有长得洋气、穿普拉达高跟鞋的女孩,她的目的世界通用:用年轻貌美换取物质享受。

作为商人的后代,夜总会是必去的场合,李斌的一个兄弟,平时为了应酬,一周有5天都跟叔叔辈们待在里面,而且就是城里主要的两家地方轮流换,他说"都已经恶心了",但闲得无聊自己还是会同朋友一同前去,这个时候更能打开自己,唱一些属于自己这个年龄的歌曲。

在逢场作戏的场合待久之后,人很容易丧失爱的能力,这其中包括付出和责任,而真正的感情却需要持续不断的沟通、两个世界的磨合,以及共同前行的力量。

金钱可以换来一夜的陪伴,或是甜言蜜语的抚慰,这种快速消费的感觉和吸毒一样,来得快,去的时候却很容易掏空你。这是一种逃避,逃避面对真实的自己。

圈子里另一个家里搞收藏的富二代,曾经在女友出轨后,连续去了三个月的夜场,从此逐渐丧失了对女人的耐心和信任,稍有看不过眼,便会让她们滚蛋。饮酒过量导致他的身体免疫力系统失灵,在静养了一段时间后,他终于敲定了一个认识多年的女孩,据说很能理解他,主要是父母都很满意,接着他们领了证,准备未来的几年里生4个孩子。

性、纸巾、女优

有一段时间我曾经在半个月里断断续续去了8次夜总会,而且遍布全国南北,同样的歌曲和内容一次次地重复上演,"女人"在你世界里的定义开始被扭曲,她们变成了一次性消费品,你跟她们只能通过"性"产生联系,除此以外你手足无措,而你似乎也只有到了那个场合才能找到真实的自我。

王尔德曾说过:节制是不幸的,适量就像顿普通的饭菜那么糟糕,过度才像一席盛宴那么尽兴。

对于"性"的理解,我第一次是从初中宿舍隔壁床的一个哥们处学来的。每天早上,我都能看到他的床前堆积着小山似的白色纸巾,这令我十分好奇,因为他身体非常好,几乎从来不感冒。

"我要传授一门技艺给你,从此你的世界将再不一样。"他有一次终于同意解开自己身上的谜底。"把手放在上面,就这样摩擦,"他拿着一个橙色的杯子,演练起了手法,"一个手顶着,另外一只手保持摩擦,要有韵律和节奏。"我如饥似渴地盯着那个杯子,心里想:"这东西真有那么过瘾?"

夏日午夜的梦里,我隐约感觉有只手在我的下半身游荡,他抓起了我的阳具,开始重复白天教导里的动作,睁开模糊的双眼,是同屋的舍友，一种触电般的感觉席卷全身，夹带着海浪般柔蜜的温暖，惊讶的同时，我却不愿打断这美好的感觉，那是一种我从来没有体验过的舒适感，随着节奏的加强，我的下半身犹如海边的沙子城堡，被温热的海浪彻底冲刷殆尽，并随着回潮被带入了大海，隐入了一片意识模糊的天国之地。

从此，身体的一道大门被开启，随时随地，我都可以拿出钥匙，打开这扇大门，而等在后面的，往往能让我飞离周遭不尽如意的世界，体验一两秒自己全然的存在。

渡边淳一为此曾写过：

到了初中一、二年级，性成了男孩们生存过程中必不可少的主题。自此时起，男孩们便迎来了动荡的时代，他们将会与萌动于自身内部的性欲发生种种纠葛。

在这种时期的某一天，男孩会突然感受到潜藏于自己体内的性欲正以无可名状的态势躁动开来。

我也曾有过大腿之间感受到从未有过的、莫名其妙的疼痛感的体会。有一次，我坐着翻阅字典，当"性器"这个词眼跃入眼帘时，两大腿间像被弹了一下似的有一股热流滑过。我定了定神，发现自己的阴茎已挺立起来。在那一瞬间，我觉得自己似乎做了什么错事便慌忙用手去安抚它，可就在手接触到它时，又引起了一阵近乎麻木的快感。至今我的脑海里仍保持着那种慌乱的记忆。

当时我想："不能碰它！"便用双腿去挤压那直挺着的东西，可是，这又引起了快感，而且比刚才更为猛烈。到了这种份上，我的体内似乎养了一匹无以驯服的烈马，我不知该怎样做才好。等我缓过劲来，发现阴茎早已被握在掌中揉搓着。

就是这样，男子的自慰行为与其说出乎自然，毋宁说是理所当然要发生的。

这种最初的体验确实称得上惊心动魄，它是那么强劲、剧烈而又鲜活，以致使我感到在男人的一生中没有比它更令人快活的快感了。

初中未发育完整的女同学很难成为这扇大门的钥匙，女老师一直是我眼前的红布，我喘着粗气，要把她碾倒。

南方的夏天酷热难挡，我们的英语老师是个丰满的30岁女人，总喜欢往身上喷浓重的香水，几米开外就能闻到她的出现。另外一个教物理的老师刚从师范毕业，戴一副精致的眼镜，五官小巧，个子不高，平时喜欢穿黑色铅笔裙加白衬衫，脚踏一双高跟凉鞋，偶尔她还会换上一身半透明的连衣裙，这个时候当她走到课桌中间来，班上的男同学就会把笔故意扫到地上，俯身去拣，课后为了内裤颜色的问题争论不休。

中国的教育制度使得学校里的女生没有丝毫女性的感觉，这也迫使一些性早熟的家伙不得不把对女性懵懂的渴望寄望于女老师身上，伴随着夏日宿舍天花板上电扇的嗡嗡声，不少人的春梦里都会出现那两个老师的身影。一次我因早恋的问题，中午被物理老师叫到了办公室训话，偌大的办公室只有我们两个人，那半个小时是如此的难熬，她的批评之声竟然在我脑海里变成了调情之语，而翘着的二郎腿，以及一晃一晃的高跟凉鞋，更是让我面红耳赤，当时我真想跟她说："老师，你惩罚我吧！"

这股勇气直到5年后才爆发出来，跟我同班那些早熟的家伙们比，迟了太多，这也再次证明我不是一个实干主义者。

女老师从我的生活中隐去了很长时间，她最后的归宿是电脑的硬盘，尤其是一个叫穗花的女人。

青春期的遗憾回忆在穗花的"教师三部曲"里得到了完美实现。观影数年，我始终没发现任何女优可以超过穗花的演绎。不同于其他人空有叫声和制服，她的表演是立体和细腻的，有一种颓废、成熟而又倔强的魅力，尤其是那种从骨子里散发出来的"小恶魔"气质更是别人所无法模仿的。尽管她的身高只有160cm，可是其中却蕴含着无尽的爆发力，她黝黑的皮肤散发着一股健康美，坚挺的双峰配上毫无赘肉的小腹，这是曾被万千AV迷评选为最为性感的身体，而也难怪她最后还专门出了一本教女性如何"驯服"男性的书。

她在书里这样写道："作为一枚准小恶魔，女人们要想魅力无边，首先要舍弃的一样东西就是对男人的依赖。虽然每个姑娘都多多少少会幻想，希望伴侣可以保护自己、让自己尽情撒娇、疼爱自己，可是回头想想自己从情窦初开到穿梭一段又另一段感情中，有悟性的姑娘们都会思考，这样的恋爱会不会因为自己对男人过度依赖而变成'只是在实践自己的梦想'。"

可惜2008年穗花退出了AV界，之后拍过几部电影，客串过一些娱乐节目，还当过电台主持，负责回答少女的困惑。2011年，她出了一本名为《笼》的自传，其中关于她成长中的一些细节，其阴暗程度丝毫不逊于饭岛爱的《柏拉图式性爱》。

书中说，在她1岁到3岁的时候，她的父母因为要照顾患先天疾病的哥哥而把她寄养在亲戚家。2岁的时候她哥哥死了，父母离婚，她被迫与母亲和外公一起生活。当时母亲欠了一个高利贷公司的人很多钱，这个人多次在穗花面前对她母亲扯头发、怒骂，可奇怪的是母亲竟然还保持与他的交往，为此外公与母亲断绝了父女关系，穗花被送入了儿童福利院。

幼儿时期穗花被那个男的绑架并一起生活了近一年。讽刺的是：这男的对穗花还非常照顾，结果穗花居然在这男的身上找到了从未体会过的类似父爱的感觉，穗花在回忆中一直用父亲来称呼他，最后男的死在狱中。母亲再婚后，继父居然一样也是个欠了一屁股债的人，从6岁到15岁的9年里，继父经常对她施以性侵犯，母亲视而不见。

由于抽烟与家庭等问题，穗花遭到专科学校取消奖学金，因此背了八百万的债务，只有选择退学，并曾一度考虑自杀，继父知道后对她说："如果去被卡车什么的撞死的话，反而还有钱拿呢。"2003年，一间刚成立的艺能事务所社长找上了她，利用穗花想成为歌手的梦想，引诱她签约之后才告知："这个契约其实是拍AV的。"社长以六百万的违约金威胁她，穗花就这样走上了AV女优的道路。

NHK做过一期20分钟的穗花访谈节目，她带着主持人回到了自己的母校鹿儿岛垂水市南中学校，在已经废弃的音乐教室黑板上，她用粉笔写下了"我爱南中……爱"的字样，那是她的真名，就像她所扮演过的那些角色，我总能隐约地感觉到，她是在用生命去演绎和承担生命不能承受之痛，并以此抚慰了世上一个又一个孤苦的灵魂。

"自我成长的方式是手淫，而自我毁灭也许就是答案。"

在去日本前，我一直以为自己对日本AV女优的了解胜过好莱坞明星，可是当我在东京歌舞伎町的一家AV专营店里站定时，我才发现自己认识的只不过是沧海一粟。

四层小楼的柜子里摆满了各色 DVD，过道窄得只能允许一个半人通过，而片子的口味从一楼的略带小清新，一直上升到四楼的血腥暴力、人与自然和屎尿屁，脚下的旋转楼梯嘎吱嘎吱响，一路上行，我仿佛在人类欲望的巴别塔里穿行，刺激的强度在不断地增强，以至于到了四楼，我竟不敢直视。

回到一楼的时候，我看到一对中年日本夫妇正在挑选光碟，那感觉就像是在买一枚婚戒，我有点太大惊小怪了。

而在 15 年的观影史后，我终于有机会见到了片子里的真人。

嘉龙片场位于风景秀丽的元朗地区，这里有着中国 30 年前的原生森林风景，据的士司机说，成龙以前也在这里拍戏，可现在已不复昔日风光。

投资上千万的划时代大戏《3D 肉蒲团》即在这里拍摄，演员包括有德国血统、身材丰满、演出风格粗暴的原纱央莉，以及可爱有余、灵气不足的周防雪子。她们的出现令无数国人心头一震，为此剧组还组织了一个粉丝团，一个大巴的眼镜男们在车上兴奋地鼓掌，下车待影棚的铁帘缓缓向上打开，一众影星身着古装齐齐露出真容，男的可谓是身材高大，威猛之极，女的则是袒胸露乳，美腿林立。

由于前一晚才温习过两位日本演员的作品，面对真人难免心跳加速，女主演是个被香港人称为 F 奶的靓模始祖雷凯欣，并故意弯腰呈拾柴状显露身材谋杀菲林，可我的眼睛始终没离开过两位岛国的居民，大中午的太阳尤其猛烈，也加剧了荷尔蒙的分泌，当然多年的梦想也得到了实现，无数个孤独的夜晚之后终于迎来了大团圆的结局。

两名女演员端坐在遍布古代场景的影棚里，往左边看去，一个巨大的香肠耸立于水池当中,突然在导演的要求下开始喷起水来,引起众人欢呼雀跃。

蹩脚的日语翻译似乎并不能传达我问题的精髓,而疲惫的女优们也不与挺立的我进行眼神交流,而是低着头玩弄自己身上的饰物,以掩饰不适,这令我心中充满了哀伤。

对于第一次拍AV,面临的最大困难是什么?

最不适应的就是有那么多人看着,第一次紧张地都哭了。

两个女孩几乎给出了相同的答案。

你们私下跟男优往来吗?

工作结束后就不再来往了。

你们的理想是什么?

央莉的回答是无论如何,这辈子就想演戏,并要为此一直努力下去。

而雪子的回答充满了日本漫画的感觉,"让观众开心,身边的人开心就好。"说这话时,她脸上挂着纯真的微笑,两个小虎牙令每个男人都能产生极强的保护欲,她之前还提到自己很享受拍摄AV的过程,因为那可以让人快乐。

更触及心灵的问题还没问出,(其实都涉及具体操作和演员的基本修养)外宣人员就开始倒数时间了,没办法,顶硬上。

对性如何看?

女优们似乎从没被问过如此深刻的问题,先是尴尬地笑,接着用"这是展示女性魅力"的回答搪塞。

突然身后电影监制大喊一声"请停下来!(止めて〔yamete〕)"女优们被强行夹走,电影即将开拍。

卡拉永远 OK

夜总会的小姐们背后都有故事，父母离异、初来乍到招工被骗钱、家里有人重病，但她们一般没有穗花决绝，一过12点，她们的手机就开始响个不停，那是她们的年轻男友，一群好吃懒做、吃空女人的家伙。

在一轮轮小姐进来，"选妃"过后，夜总会其实还遵循着一丝传统：我的女人你不能碰。这种暂时由金钱搭建的伴侣关系一般很牢固，而能否带走则取决于小姐自身的意愿，以及你的沟通技巧和个人实力。这似乎是台湾和日本一些高级夜总会的前身，除去酒精和身体上的刺激，有些顾客已经开始寻求一种精神上的认同和交流，甚至会有遇到红颜知己的幻想。

我曾经和竹联帮的兄弟们一起坐在台湾的一家夜总会里，大家围坐在半开放式的包厢内，舞台的中央一架电子琴加一把女声就是表演的全部，桌上的酒水是加冰的陈年格兰芬迪威士忌。老男人们兴致来了会上去用标准的英语演唱 Frank Sinatra 的《My Way》，而喝到一半，赶来的是身着便装，正在竞选区议员的政客，他们的投票少不了社团的支持，几杯酒下肚后，立马匆忙离去继续拉票，扬言要握遍选区内的每一双手。

最后竹联帮的一个老大站上了舞台，唱了一首闽南语的《朋友》，使我顿悟了台湾的政治。

有朋友的扶持　我什么拢不惊　朋友来做阵　着爱逗相挺　有缘做兄弟　着爱重情义　有你斗扶持　一路行来拢顺利　因为

尚好的朋友就是你　朋友来做阵　着爱逗相……啊不管路多崎因为有你做阵行　啊讲话会大声　因为朋友你作伴　啊有你我尚大　啊有你我一定赢

在日本的歌舞伎町，在一个五百强咨询公司日本合伙人的带领下，我终于得以以外国人身份进到了一家以坦克大战为主题的陪酒酒吧。吧台后面的日本姑娘只会说日语，平时也只接待日本人，她拿出了一个电动转盘，上面的指针指向哪里，就需要喝酒或者做一些暧昧的动作，半个小时过去，我杯子里的酒还没喝完，我这才意识到喝酒是佐菜，交流才是主要目的。

可在中国，大部分人毕竟才刚洗脚上田，唱歌和搂女人还是主要的发泄渠道。最受欢迎的歌曲主要是节奏单一、韵律易记的口水歌，人们之间的交流也仅限于插科打诨和调情之语，伴以筛盅机械化的敲打声。这一切都有农业社会的味道：村子里，白天人们一边劳作，一边唱着荤味十足的山歌，天一黑或农闲时，男人们就开始琢磨女人。

也有已经玩腻了的，开始自创玩法。三个人坐着，叫上十几个小姐看着他们斗一宿地主。两个人来坐着喝酒玩，另外带上40个女孩一起，但却连碰都不碰一下。还有人凌晨四点半来，一次叫六个小姐进房，轮番玩筛盅，输了就耍赖，直到面前的小姐一个个喝得不省人事，他才满意地离去。

在国外，KTV是留学生们的主要娱乐方式，我所在的那个城市里有个同学一手创办了"猛狼会"的组织，一开始只是一帮孩子天天去KTV玩，后来实在无聊，于是开始系统化、正规化。

先是每人发一条美军专用的"狗牌"挂在脖子上，刻有自己的编号和花名，同学外号叫"参谋长"，首要任务在于每次圣诞节、新年这种大型节日，他必须要判断是否会在KTV里遇到仇家，打起来绝不能输。

这个组织的男人叫狼，妞儿叫羊，一开始的武器配备是防暴警察用的甩棍，一般去KTV"羊"的名牌包里都会放上这些武器，随时拿出来用。

虽然在正规黑社会眼里这都只是些小屁孩，可暴力和权力毕竟是能令人上瘾的东西，尤其是当你的"羊"从自己冬天的靴子里抽出一根甩棍，啪的一声甩出来后，递给你时对方被吓傻的表情。

同学一次见到一个好友被越南帮的人爆了头，变成了《喋血街头》里张学友的痴呆模样时起了退意，他所认识的一个刚出狱的都开始转行做餐馆，他们这样自娱自乐实在没有意思。

可也有成员愈发入戏，自从同学走后，他的两个朋友通过意大利黑手党的途径搞到了一把德制鲁格手枪，上膛之后，头戴恐怖分子面具站到了仇家面前，一人举枪威胁，一人手提甩棍逐一打爆了跪在地上的"屁孩们"，无比酣畅淋漓。

也许是我们几个人在那段时间已经压抑到了顶点，好几次在夜总会，我们不但没有把小姐们扒光，反而自己先脱光了衣服，小姐们只在一旁傻笑和看着，我从来没有问过他们是否见过相同的场景，一群年轻人却显得比老男人们还压抑，而一旦释放，只有脱光。

女人

李斌喝到高兴的时候，会点两首自己的歌，一首是柔情慢板的城市情歌，据说由他自己创作，画面里他一会儿含情脉脉，一会儿故作深沉，导演还是行内的大牌。当时制作专辑时，本来可以从歌库的两万首歌里直接购买，其中不乏现在烂大街的口水歌，可以迅速把无名小卒捧红，但他还是拒绝了这种选择。另外一首中国风的MV里面，他的老婆欣然出镜，这个16岁就决定跟他一辈子的女孩，如今已是两个孩子的母亲。

女孩是李斌的初恋，16岁的他曾一个人跑到女方家里提亲，说服了她的父母，他遵循着先成家后立业的古训。

可对于一个完整的男人，该经历的总会经历。李斌一直是我们公认的模范丈夫，当我24岁第一次去他家的时候，一进门，两个孩子已经开始叫爸爸了。但他之后长期扎根外地，我们一直对他如何摆脱男人生理上的局限而疑惑，在一个雪茄烟气弥漫的房间里，他道出了自己如今百毒不侵的原因。

李斌婚姻第一次出现危机是在几年前，公司里的一个女孩令他神魂颠倒，整整一年，每一天都只想跟她尽可能多地在一起。可是跟女孩在一起的时候，他总对家人充满愧疚，而在家的时候，他又不可避免疯狂地想着外面的女孩，于是两股力量不停地撕扯着他，他的脾气变得暴躁。

四部诺基亚手机被他从阳台上扔到了江里。一次出拳狠击墙壁，导致右拳小拇指边上的骨头断裂，直到一个月后去钓鱼，右手突然疼得不行，他才去看医生。术后不久，他的右拳又一次猛击在了墙壁上，骨头再一次断裂，这次他没打算做手术，算是给这段感情做个记号，留个回忆。

因为跟这个女人在一起，他的生活变得支离破碎，疏远了兄弟，荒废了生意，一回家就溜到楼下打电话，一直到半夜困得不行了才去睡，为此父亲对他发出了最后通牒："你再这样下去就废了！"

这句话份量十足，父亲在他生命中一直扮演着极其重要的角色，他曾多次对我说过，自己没有别的信仰，家族的荣耀和壮大是他唯一的信仰，语气中有着一丝悲壮和无奈。最后他来到了父亲的办公室，扑通跪倒，泪流满面地向父亲认错，发誓自己回去一定要做个了断。

四五次反反复复的分手后，他们去了一趟国外，以旅行的方式结束了这段感情。我开玩笑地问他给了多少分手费，他笑着说："没多少，但那一年里我算过，因为这事至少少赚了一个亿。"接着他伸出自己的右拳，小拇指处果然有凹陷的痕迹，这成了他日后拒绝诱惑的护身符。

百年前，三妻四妾还是社会的常理，而这个梦想从未在中国男人的心中断过，尤其是当你拥有足够多的社会资源之时。年轻貌美的姑娘和秃顶老头的搭配并不令人意外，这是父亲在外频繁能见的场景，倒是他总带着母亲一路同行，以至于一些老板百思不得其解，他最后只好回答："我身体不行。"

16岁去美国之前，我是一个连跟女孩说话都没勇气的人，至今我都没搞清楚原因何在，那个时候父亲非常紧张，他经常鼓励我和弟弟走出去，甚至还叫一些叔叔带我去酒吧里，为的是让我打开自己。

第一次去酒吧我已经17岁，带着我去的叔叔自己端着酒过去跟四个女的聊了起来，把我一个人扔在了原地，我那个时候戴着顶白帽子，显得手足无措。突然服务员走了过来，还端着一杯红酒。"先生，那边的一位女士想请你喝一杯。"

我顺着他的手看到一个比我大的女孩在招手，于是我端着酒就走了过去,具体聊了些什么我已经记不清楚了,可时隔一年后,我回到那个城市,又找到了她,我们一起去了夜店,还站上舞池的高台,两个人的身体紧贴着扭动了起来,那还是我第一次在公共场合跟一个女孩缠绕在一块儿。自此之后,每次我去夜店,都会一个人走上高台,旁若无人地跳起来,以至于有一次早上起来,我发现自己的两个膝盖全部磨破,组织液和血沾满了被单,我隐约记得自己似乎在前夜做了一个贴地滑翔的动作,事后我一个月没有出门。

有一个老板在关于女人和后代的话题上,曾给我上过一课。

"你四年至少要赚一个亿,记者也别做了,否则谈什么财务自由?"这已经不是第一次有人跟我这么说了,他们总是弄不明白我的父亲有那么多的资源,为何不做点实在的事情。

坐在我对面的老板五十出头,但样子显得不到四十,此时他正跟家里最小的老婆发着微信,为了打消我的怀疑,他把免提开着,开始了一串对话,今天他给英国留学回来的她的任务是学会做一种特制的米饭。

"这里有个小兄弟,他不相信我们家过得如此和睦。你谈谈自己的看法,为何一个女人无法接受其他女人的存在?"

话筒那边传来一阵娇滴滴的声音,"那只能说明这个女人还不够爱这个男人。"

与四个老婆同床而居的日子是快乐的,这里面包括银行行长和法院法官,他说如果哪天他死了,其中两个甚至能陪他一起。他喜欢那种睡觉时往任何一边一摸都是暖和的感觉,说这比得上任何保健药,令人光彩四射,幸福无比。

每次出去旅游，他都会与她们一起开一间大房，然后一起吃饭逛街。不出意外，他马上会有第五个老婆，他还发牢骚说本来想找个艺术方面的，结果最后还是个搞金融的。

"我以前就不愿捅破这个底线，但最后想通了，你与其在外面偷偷摸摸找小姐和情人，还不如都娶回家，你这是要对她们负责的，你们是一个大家庭。第二个老婆最难被洗脑，但是后面就水到渠成了，我的目标也许是20个吧，到时一个大家庭一起生活多快乐，这比独生子女孤苦伶仃地强多了，而且你的赌注也不会压在一个人身上。"

赌注很明显是指下一代人的接班任务，目前他8岁的儿子每年会拿到200万的资金，用于做借贷和各种投资，而这笔钱受着严格的控制，他必须每年拿赚到的钱出来抚养老人和亲戚，以及安排大家平时的旅游消费支出，最后到手的也只有2万块钱，但10年以后，等他成年了，这笔钱加起来有2000万，这个时候他就可以自己出去闯了。

"首先我要教会他负责任，这包括孝顺老人和养家，二呢就是我要确保他在任何地方都有活下去的能力，而至于能混多大，这就要看他自己了。"

脱光

同龄的兄弟对于富二代们似乎比其他群体更为重要，这些孩子们平时接触的都是叔叔辈的人，听他们汇报工作，掌握他们的命运，在饭局上向他们敬酒，给他们送礼，奉承他们，在夜总会里陪他们唱上一辈人的歌曲，以至于同龄人之间的关系显得如此稀缺，也如此重要。

于是喝酒，猛烈地往肚子里灌入各种颜色的液体往往会成为聚会的主题，我曾见识过12个人在20分钟内消灭掉10瓶白酒的惨烈场面，也亲自体验了冲浪的乐趣。冲浪在这里与阳光沙滩无关，它指的是依次与同桌的每一个人打关，无论你选择的是摇筛盅还是划拳，但你必须取得胜利，输了则罚酒并退回到前一个人继续闯关，直到你踏过他们所有人的尸体。当然最后一个人还可以成为"大浪"，如果你不幸输了，则要重头再闯一次关。

中国应该是全世界喝酒最暴力的国家，我想每个人都会认识一个因喝酒丧命或残废的人。我的一个哥哥，一家自己创业、道路系统监控网络公司的小老板，喝完酒后突觉胸闷，心口疼，于是去了兰州的医院诊治，照例医生给他上了万能的吊瓶，之后他胸口巨疼，无法忍受，医生姗姗来迟，哥哥就这么走了。

喝酒误事，喝酒伤人，可尽管如此，还是有无数人前仆后继地奔赴酒场，以至于到最后，没有酒大家似乎都不知道该怎么交流了。父亲一年300顿宴请，酒场经历无数，从新疆3斤白酒酒量的座山雕，到蒙古包里歌唱不停的一家人，再到大小官员和四套班子，最后还偶尔有社会大哥准备做正行的，可那么多年下来，他一次都没醉倒过，每次都是全身而退，几乎可以说是一个江湖奇迹。

酒品即真实的人品，也有装疯卖傻之人，尤其是一些饭局上，为的是引起同桌的注意，显示自己的利益地盘。

我曾见过一个媒体人，喝酒从来都是自斟自饮，拍起桌子骂娘也绝不含糊，尤其是对于那些有钱的老板，谈不拢就叫人滚，并声称钱都是自己赚回来的,虽然最后大部分上交,也谈到愤青的无用,还是搞点风花雪月好。最后一哥们聊到了一个名人,并对她的作为颇有微词,认为她赚钱太狠,于是这位媒体人斜瞪眼看着他说:"你知道我跟她什么关系吗?只要她有一口饭吃,我就有饭吃,只要我有一口饭吃,她就有饭吃。"

还有一个音乐人,几杯酒下肚后,他说自己中国乐器样样精通,可以从几千年前一直玩到现在的,世上就一个,并正在多处拿地,准备建公馆,还要开发衍生产品,包括服装和茶叶。最后他兴奋地拿出自己随身携带的iPad,放了一段自己上某娱乐节目的视频,又从包里掏出一叠见人就发,关于自己辉煌过去的资料。

新一代人喝酒很少谈事,因为聚在一起的时间有限,在最短的时间内,如何灌醉自己,放倒别人才是最重要的体验。

由李斌做东,在森林酒店的房间里,我们等待着马三的到来。为了相聚,他硬挤出两天时间来南方。开了一天的会,还没顾上吃口饭,他刚下飞机就直奔过来。由于脱离了日常的生活圈子,因此人特容易放开,没有任何顾虑。不到一个小时,两瓶红酒和一瓶洋酒已经在马三的带领下喝干了。他每次举起满盈的红酒杯,一边说"你们随意",然后自己就咕噜咕噜地倒进了肚子,这令身经百战的王铎第一次感到了害怕。

酒是为"苦逼的一代"而喝,马三酒风彪悍,吐起来也不含糊,先是吐到了厕所里,接着又吐到了地板上,他说吐是为了能喝得更多,而喝酒比的不是酒量,比的是持续喝酒的能力。听到身边的王铎在抱怨自己的生活,他抬起头就喊:"你们都别抱怨,谁也没我苦逼!"接着我向王铎简单阐述了他的苦逼生活,一旁的王铎听完说:"我终于快乐起来了,因为有你这个最苦逼的垫背!哈哈！"接着大家开始互扒衣服，赤身裸体地在床上蹦了起来。

王铎的父亲对他保护得很严重，不让出国，不让开车，就连他现在开的公司都是跟父亲的朋友合作，可最令他气愤的是父亲对母亲的背叛。一次饭局上，我坐在父子之间，每当父亲张嘴，王铎就当着一桌人的面打断他，"就你干的那些事，你现在还有脸发表看法？省省吧！"父亲尴尬地笑笑，只好闭嘴，母亲在一旁也不说话，默认了儿子为自己辩护的做法。

最近他们突然喜欢上了被扒光衣服的感觉，一开始很别扭，但当裤子褪去，底裤褪去，竟有种解脱的感觉，用王铎的话说："太爽了！"半场过后，几个男人光着屁股，还喊着要吹掉三瓶新送上来的国产拉菲红酒，端着面条的服务员进门后迅速退了出去。

突然之间，马三倒下了，那是我唯一一次见他断片儿，以往喝完三顿酒，他还能开车送我回酒店。可这次，他的头侧卧在自己的呕吐物里，旁边躺着同样不省人事的李斌，而另外的人则悄悄关上门，光着脚回到了房间。我由于过于兴奋，第二天大拇脚趾奇痛无比，接下来的几天只能跳着走路，后来才知道是我人生第一次痛风发作，那时我27岁。

狂欢在短短的一个半小时内结束。

第二章　灼热的光环

在一个平庸的时代里，没有动荡与变革来证明自己的出众才智，缺乏精神领袖而丧失灵魂皈依的源动力，我们都在麻木地饰演自己的社会角色，忠诚地履行自己的社会责任，而事实上大多数人都无法理解自己所为之奋斗的目标究竟是什么，上学，工作，恋爱，结婚，生子，生老病死，一切都是按部就班，你跟其他生物同样都是有机物，我们只是来世界走一遭罢了，和其他生物没有两样，在你的世界你不自觉地被限制住，你的衣着被外界所定型，为了生存遗忘本身的才能，当往下看着密密麻麻的小生物，高速公路只是空荡荡的。

——《搏击俱乐部》

马三是个工作生活已经被安排到了45岁的男孩,鼻梁高挺,平时常穿黑灰色调的衣服,他曾调侃说这反映了他一直以来的心情。最近他刚跟相处了5年的女朋友分手,事情起源于母亲的坚决反对,随后家族里的长辈们也轮流开始做工作,而他如果一意孤行,结果只有一个:被家族所驱逐。

我第一次见马三是在去美国的航班候机楼里,那时我跟着一群老板去海外上课,同批的年轻人不多,由于父辈的友谊,马三的父亲主动介绍了我给他认识。飞机进入平飞后,坐在商务舱的马三主动走了过来,跟身处经济舱的我身边的人换了位置。接下来的10天里,他还主动跟同组的学员换了房间,我们两个搬到了一起,以至于最后在草地上上课的时候,我们两个人也待在同一个角落里,有时甚至泡在泳池里,远离听课人群。

曾经在加拿大留学的马三从小在酒精里泡大,他所在的城市酒文化相当强势,饭桌上必备筛盅,一顿晚饭可以吃5个小时,主要是喝酒,用当地话说是"屁股沉",马三还在上小学时,放学后背着书包就跟同学们拿着零花钱进了酒馆,一晚上每人可以干掉三瓶啤酒。

长大之后的马三还是常常以酒精为伴,自从两年前回国后,他失眠愈发严重,酒精在某种程度上缓解了这种痛苦。在加拿大的时候，马三一开始还能找到几个人喝，到最后一年，就只剩下了自己的一个老乡，他们两人经常一晚上就着六斤装的洋酒玩筛盅，对饮，这样棋逢对手的感觉不是在每个人身上都能找到。

小型飞机在拉斯维加斯上空盘旋了五个来回，每次钻入气流都会引起机身巨大的震荡，我紧闭双眼，感觉这架飞机还没降落也许就会在空中解体，耳边回响起了中国老板们的鼾声，他们占据了这架飞机超过一半的机位，任由飞机如何左右上下晃荡，他们还是睡得很香甜，能从日常生意中抽身而出，对于他们已经是最大的享受。

最终，飞机降在了跑道上，美国乘客鼓掌庆祝这次成功的着陆，惊醒了睡梦中的中国老板们。窗外的沙尘暴开始肆虐，遮蔽了大半个天空，在这个距离龙年还有一天的日子里，正是这座赌城一年里最为萧条的时期，不过即使是繁忙的夏季，它的光彩也早被紧挨大陆的澳门夺去。可是这么一群中国老板（人数达130人之多，分两班飞机），却偏偏在除夕夜来临之前，抛下家人，飞越半个太平洋，来到了他们第一次踏足的美国。

在拉斯维加斯的赌场里，马三拿起纸和笔，玩起了轮盘赌，十把下来，他的筹码已经翻了一番，这是他在加拿大赌场里，交了很多学费后掌握的规律技巧。半夜两点，我们从冷清的赌场里走了出来，找了间越南河粉店坐下，这是每个加拿大留学生的共同回忆，因为在那个寒冷的国家，越南河粉总是最暖心的食物。

这次同行的还有马三的父母，但我很少看到他们之间交流，就算是说话，也是安排工作和讨论行程，按马三的话说，"就是上下级的关系"。马三的父亲早年在南方一带闯荡了数十年，完成了原始积累，因此他的成长中几乎没有父亲的身影，一直到现在，他还是一个陌生的存在。两代男人之间的沟通从来都是天底下最微妙和困难的事情。

木船行驶在平缓的科罗拉多河上，两面是六百万年的陡峭红褐色岩壁，老板们拿出相机一张张地拍合影，几乎没停过，安静的峡谷里回荡着一阵阵"Yeah"的声音，印第安人船长最后也成了摄影师。一天的峡谷观光下来，一个穿着西装、带着浓重方言口音的老板嘟囔着："啥破山啊，还没我们河南的山好！"

有的老板觉得一下飞机眼睛突然变明亮了，因为从没见过蓝得那么透彻的天空，还有的老板走在街上看到美国小孩毫无拘束地打招呼就很感叹，这种绽放是在中国小孩子身上看不到的。最令他们觉得不可思议的一件事是美国的车子竟然会主动停下来，让行人先走，这足足让他们兴奋了一路。可这一切对于有着留学背景的马三，是司空见惯的事情。

洛杉矶的中国导游直接告诉游客们买干细胞保健品和名表，先是以自己举例，说自己站一天都不累，就是因为吃了补钙的药，从中国来的老板们几乎人手一大袋。在名表店里销售小姐拼命地推销："这个配得起你的身份，一块10万的平时戴，一块20万的重要场合戴。"一个老板在买了一块30万的百达翡丽之后立刻戴上，他说奋斗了那么多年，这还是第一次有时间买东西给自己。

在旧金山，导游介绍情况像演二人转，但也不忘间接地介绍这里的高科技结晶——干细胞胶囊，最后大巴停在了九曲花街，紧挨着一家保健品店，一切都在悄无声息地进行着，人们似乎对吭哧吭哧地爬上景点不感兴趣，他们更热衷于在保健品店里消费，每人平均都消费了2000美元以上，带回去的是肝药、肾药、性药、干细胞药。

马三的父母也买了几大袋干细胞胶囊，这起初遭到了马三的强烈反对，因为他知道这东西的药效并没导游说的那么神奇，他更是对导游总是让大巴停在景点旁中国人开设的商场前颇有微词，这种走马观花加半强制性购物的旅游方式，令他感觉非常低级。

一个大巴车的老板身家加起来怎么也超过50个亿了，可走的却是北美老年人旅游团的路线和待遇。马三跟后座的三个同龄人试图发起一场政变，可惜无人响应，其他人似乎非常满足。就是每天的行程稍微满了一点，四点起床，八点回到酒店，起早贪黑，最后一天更是提前四个小时就被送到了机场。

三天的旅程里每顿饭吃的都是中式自助餐，马三曾要求自费吃些当地的正规西餐，但被导游拒绝了。之后在思科总部的餐厅里，由大中华区的一个经理讲解思科的发展历程和理念。屏幕上都是最基本的商业概念，讲到企业的使命和理念，无非也是帮助顾客成功，为顾客、员工和商业伙伴创造前所未有的价值和机会。130个企业家听得津津有味，并称这是几天以来最有收获的两个小时，他们最后还在思科的标志前合影留念，有些人甚至围着经理要签名。

马三实在看不下去，中途走到了停车场里，因为只要在国外上过商科的人都知道，刚才的演讲内容实在是入门级的商业常识，他说自己更愿意去思科内部参观，跟他们的员工交流，这比空谈企业文化靠谱多了，毕竟远赴重洋并不是为了来看几个幻灯片的。二代的眼界和见识决定了他们的作为会跟父辈有很大的不同。

还有一次，父亲的36洞高尔夫球场项目请了一家景观设计公司来操作，因为有某位国外大牌设计师的参与，设计费达到了千万的级别，可当马三用英语跟设计师亲自核实过后，才发现原来大牌拿到手的只是挂名费而已，可中介收取的却是具体的设计费，这中间的差价有 10 倍之多，于是这场骗局此时才被揭穿。

之后在夏威夷的海边，伴随着一轮明月，我们每天晚上喝到半夜两三点。马三是一个很有服务意识的人，除了总抢着买单之外，当身边的人提出要求，他都会尽量满足，例如每天晚上的酒水，都是他从度假村的小卖部里拎过来，还有好几包零食和几根小雪茄。这点来自于父亲的言传身教，老马总从第一次做生意就跟人合作，有钱大家赚，哪怕自己亏了也不能占人便宜，这种人生哲学多年来从未变过。现在他是一个资产百亿合资集团的董事长，里面的股东有资产实力比他大的，但都认他为大哥，冲的就是他的为人。

马三平时跟不熟的人话不多，回公司两年，干的基本上都是些杂活，还远远达不到李斌独自操盘的自由度，更别说分派部下干活，常常受到抵触和漠视，他的想法也很难在集团内部推行，这是二代通常会遇到的问题，尤其是当老一代还在持续影响着这个企业的时候。

马三有一辆 2011 款的奔驰 G55，闲时他会把这个方盒子开进旁边的沙漠里，同时按下车内的前中后三差速锁的控制开关（这样一来马力会在四个轮胎之间，根据抓地能力自动转换，以防陷胎），在起伏不定的沙丘间"冲浪"。按他的说法，如果只是在城市里开这辆将近 200 万的野兽纯属浪费，车对于他来说就是男人的玩具，应该拿来揉捏。

以前对豪车的狂热，在回国的三年里被工作慢慢磨淡了。有一次他借朋友的兰博基尼开了一个星期，才发现超跑会给生活带来如此多的不便，到哪里都被人围观，在城市拥堵的路面上驾驶起来非常不舒服,还要因为无法提速而使得发动机积碳,之后他对超跑丧失了兴趣。

野生动物

第二次出国,我们一起在非洲和迪拜度过了半个月的时光,他跟温哥华的酒友随身带了两个筛盅。一个晚上的时间,我们一共五人采用三对二的斗酒方式,在非洲草原上喝光了一个餐馆里所有的啤酒,最终以我方三人剧烈呕吐告终,可他们两人似乎才刚开始热身,我在那一刻才真正明白了他们为何在加拿大只能对饮。游戏的一开始还是输了喝一杯,很快就加成了三杯,后半夜半睡半醒间,马三每次喝酒前的口头禅萦绕在我耳边:"今晚喝死算了!"

堕落和放纵,这本身都是极度愤怒的一种报复,愤怒的是自己的无能,也愤怒自身价值如此微不足道,在内心的深渊,马三其实一直在求救。

我所接触的所有二代,他们的父辈无不是从死人堆里爬出来的幸存者,一辈子几乎没有任何困境不是顺利地被突破,他们的口头禅往往是:"我不知道'难'字怎么写!"可由于有这样强大的父亲,下一代往往生活在一个被过度保护的环境里,跟父辈相比,他们平凡得没有牛逼故事可吹嘘,野性全无,而活着也没有一件事能让父亲满意,读书不成功,恋爱不靠谱,就连帮父亲打理业务也不到位,唯一的指望也就是物质享受上能玩出花儿来,每个人都需要成就感,否则就如风中飘散的柳絮,可有可无。

父亲在极度失望后,往往关注的不是儿子的持续失败,而是自己的面子问题。

"他这个怂样,叫我如何见人?"

"我的面子都给他丢尽了!"

"他这样做简直是大逆不道,我只能斩断这条线了!"

"赶紧生个孩子,也许孙子辈还有戏。"

西方有俄狄浦斯的传说和弗洛伊德所谓的恋母杀父情结,他们潜意识里有"杀父"情结,而在东方,由于"望子成龙"的期望和压力,最后往往会演变成"杀子",如果犬子无法突破虎父的关系牢笼,他一辈子都只能缩在镶金的龟壳里。

第二天早上,带着严重的头疼,我们出现在了沙土路铺就的机场跑道上,眼前是一架美国赛斯纳飞机公司研制的非增压座舱、双发涡轮螺桨式6座406型行政机,价值200万美元,俗称Caravan,翻译过来是大篷车的意思,也指穿越沙漠的商队。

20世纪初是人类第一次征服天空的年代,那个时候飞行员是最伟大的英雄,英国殖民者为肯尼亚奠定了现代航空业的雏形,尽管那个时候基本不存在机场的概念,因为非洲遍地都是平坦的土地。

100多年后的今天,肯尼亚上空主要飞翔着的还是小型飞机,它们就像空中的士或巴士一样。我们包的小飞机就曾降落在高尔夫球场和黄土高原一样的跑道上,很少能有水泥地的待遇,有一次落错了机场,机长调转机头,立刻又冲上了蓝天,向另一边飞去。

看似自由的飞行环境也带来了危险,2012年8月份就有一架12人座的小型飞机坠落在了马赛马拉公园里,两名机师和两个德国游客不幸遇难,这也许是由于动物大迁徙的季节,过多的游客导致飞机频繁起降所致。

第二章 灼热的光环

比这更危险的应该算是直升机，2012年6月，非洲总统候选人的座机就坠落在了森林里，机上六人全部遇难。据同行的肯尼亚最大华人旅行社的张总说，好利来的老总罗红经常来肯尼亚摄影，他所坐的直升机就曾坠落过，所幸他爬了出来，继续呼叫新的直升机，最终完成了当天火烈鸟的拍摄。

在内罗毕的机场跑道上，来自英国，已经在肯尼亚定居30多年的飞行员乔治接过了我们的拉杆箱，与他的副手，一个当地黑人小伙子，一起将它们塞进了飞机的腹部。他身穿带条杠的白色衬衫，金边雷朋眼镜在阳光下闪闪发亮。

我们几个人钻进"大篷车"之后，乔治快速地钻到客舱里来介绍了一些基本情况，竖起大拇指后，他回到了驾驶舱里。引擎开始在耳边轰鸣，马力加到了最大，调整机头，冲着天空的方向，"大篷车"逐步加速，颤颤悠悠地飞了起来。

上一次坐这么小的飞机还是在新西兰皇后镇的天空上，飞机也是颤颤悠悠，感觉随时会解体似的爬升到了4000米的高空，那时我的嘴唇已经开始发白，可是此时舱门已经打开，红灯闪烁，后面抱着我的人伸出手抵在我面前，比了个三、二、一的手势，我们就向前翻滚出了机舱。

肮脏混乱的内罗毕被远远地抛到了后面，很快东非大裂谷出现在了下面，其长度相当于地球周长的1/6，硬是把肯尼亚劈成了东西两面，来之前我一直以为这是一条幽暗的峡谷，可飞近了我看见的却是茂密的原始森林覆盖着连绵的群峰，山谷间还有小瀑布在流淌，一派生机盎然的景象，难怪这里是人类的发源地之一。

"大篷车"继续向前飞行，与大客机不同，当遇到气流的时候，飞机不但会上下颠簸，甚至会左右摇摆，伴随着机械部件尖叫的声音,似乎一阵强风就能像苍蝇拍一样,把"大篷车"拍个粉碎。我努力地把注意力投向机底,阳光透过云层撒向下面无限宽广却贫瘠的土地,可能由于高度的原因,我竟然见不到一丝生命的痕迹,可就是这平坦无垠,黄褐色为基色,带着大理石白斑的大地却能让人有回家的感觉。

我不禁想起了《走出非洲》里,丹尼斯第一次带着凯伦驾驶着双翼单螺旋桨飞机飞越肯尼亚时的景象,凯伦望着金光闪闪的湖面上飞翔的万千火烈鸟,激动地流下了热泪,而我此时,竟莫名地有了同样的感觉,类似的感觉我只曾在呼伦贝尔大草原上有过。

途中偶尔有几个圆形的马赛族村庄点缀其间,"那时你才会领悟从小就听说的那些事:曾经,这个世界上没有机器、报纸、街道、钟表,而它依旧运转。"

飞机降落在马赛马拉大草原上之后,我们换乘上了流行于第三世界国家的老旧版路虎。临近中午,草原上的气温在不断升高,动物们都在自己熟悉的地方乘凉,突然汽车的广播里通报,说有人发现了三只狮子正在金合欢树下休息,于是十几辆吉普同时冲了过去,人们不约而同地拿出了"长枪短炮",围着懒洋洋的三只狮子发起了"攻击",而我此时再也忍受不了沿路的颠簸,拉开车窗,早上吃的一点水果和麦片粥全部从嘴里喷了出去。

转过头来,我对身边的马三说:"我操,每次跟你见面都要喷!"

转念我想起了纪伯伦的话:当一个人沉醉在一个幻象之中,他就会把这幻象的模糊的情味,当作真实的酒。你喝酒为的是求醉;我喝酒为的是要从别种的醉酒中清醒过来。当我的酒杯空了的时候,我就让它空着;但当它半满的时候,我却恨它半满。

据随行的一个在肯尼亚待了5年的导游说,有好几次,猎豹正准备猎杀它最喜爱的瞪羚,可是由于围观的车辆多达20多台,一下子搅乱了局面,最终无功而返。因为猎豹本身以最高速度(110-120公里/小时)奔跑的极限只有400米,一旦超过,就会导致血液酸度提高,代谢产生的体温会达到难以承受的极限,这时机体会产生保护性的"惰性",有力使不上,迫使它停下来喘息。

每年上演万匹角马"天堂之渡"的马拉河此时只是一条臭水沟,散发着动物尸体的腐臭味,里面的鳄鱼和河马友好地各自躺在泥水里享受着清凉。

也许是受了《走出非洲》和《夜航西飞》的"毒害",我并不相信坐在吉普车里能真正地感受非洲的真正魅力,因为当时的英国殖民者们是背着猎枪,以骑马或徒步的方式发现这片土地的。

除此之外,身边自然少不了马赛随从,因为据说就连狮子都怕马赛人,只要见到远处有披着枣红色蓝条格袍子,右手持长矛,左手持圆棍的人,它们就会害怕地躲起来。因为马赛人有自己的规矩,只要伤害一个马赛人,他们会将整群狮子斩草除根,而在以前,男孩长到15岁时,必须独自出去杀一头狮子,作为成人礼的最重要部分。

马赛人以牛为伴,从不吃除牛羊以外的动物,不吃蔬菜,以牛血代替。一般是当太阳升起的时候,把牛牵到篝火旁边,然后用皮条将牛脖子绞紧,对准显露出的静脉,刺上一箭,接上芦苇或其他管状的东西,鲜红的牛血便从血管喷射而出,几分钟至十来分钟,牛血即流满用牛皮或葫芦之类制作的罐子,足有2斤左右,随即,将罐里的鲜血用箭杆加以搅动,再另加入一倍的牛奶,便成为粉红色的乳状液体。这时，围坐在旁边的主人们便拿起牛角杯依次痛饮，这就是一顿丰盛的早餐。在一头牛身上抽血的间隔时间，一般为一个月到一个半月，每抽一次血，可供五六个人饱饮一顿。

有一天，几个中国老板在族长的带领下看完土地之后（他们想在这里建设旅游综合体），在我的要求下，我们的车队专门停在了其中的一个马赛族村庄前面。族长懒惰而又骄傲的儿子，在众兄弟的包围下走过来向我们收取门票，一个人15美金。由于他们是游牧民族，住临时简陋的茅屋，是用一些五六米长而柔软易弯的木杆在地上插成椭圆形，再将木杆上端弯成拱形，固定在两端用柱子支撑的横梁上，上面铺一层干草，干草外面抹上泥土和牛粪合成的泥巴，便成房屋。

圆形村庄的中央白天是小孩们玩耍的地方，晚上则是牛羊的栖息地。同样的人畜同居场景，我曾经在四川甘孜的藏族民居里见识过。牛羊可以说是当地人唯一的财富，数量的多少决定了你的地位，也决定了你能娶到什么模样的姑娘。

看我戴着电子表，一个马赛人指着自己的项链说要换，遭到拒绝后，他把我全身打量了一遍，似乎是在寻找任何有价值的外来物。随行的导游说，中国大款游客们的到来在某种程度上毁掉了马赛人的精神和生活，激发了他们的惰性和贪欲。一些有钱的游客看着在地上爬、满脸苍蝇的小孩，善心大发，于是把钱包拿了出来，让其中的一个马赛人随意取走里面的美金，结果钱包被夺了过去，最后要回来的时候，里面一分钱都不剩。

游客经常光顾的马赛村庄里面会有一个小型集市，售卖一些粗陋的手工艺品。我们对这些似乎产自广东工厂的东西不感兴趣，族长儿子的左膀右臂带我们上了山坡,走到了水泥搭建的学校里,偷偷地拿出了狮子和猎豹的牙齿,想要卖给我们。

马三对这一切很感兴趣,几乎没怎么议价,就以两百美金成交了一颗狮子牙,回来后本身家里从事野生动物买卖的导游一看,立刻告诉我们是假的,这只不过是被磨尖了的牛的牙齿。马三不服气,接着去南非又买了一颗鲨鱼牙齿,挂在胸前,可惜回国前就不见了踪影,他说全当做慈善了。

第二天,面对着马赛马拉草原上的日出,我们之前约好一起出去看动物的马赛人导游还没出现,头天我们曾用一个国产的俄罗斯军用望远镜"贿赂"了这个黑人小伙子,因为酒店原则上不让住客走出周围划定的安全区域,但看着远处起伏的山坡,在改装过的路虎里游玩了几天后,我们渴望徒步观察这片土地,正如当初英国殖民者所做的,那个《走出非洲》里的女伯爵,她一个人带了几个黑人仆人,牵着牛车支援前线,途中还用鞭子抽退了一只狮子。

眼看非洲大陆上巨大的太阳已经成了一只熟透的鸡蛋,马赛人还是未见出现,我们两人壮了壮胆,上了路。太阳升起之前正是肉食动物狩猎的时间,现在草原恢复了平静,也许可以容纳两个外乡人的闯入。

我们全神注视着草丛里的动静,刚翻过一个小山头,身后远处一个套着马赛红蓝格子围裙的守夜人叫住了我们,他举着手中驱逐狮子专用的长棍,走了过来,表情严肃地训斥了我们一顿,让我们赶紧回去,因为我们的行为会令他丢掉得之不易的工作。

马三为此十分沮丧,这是他生活的写照,"越界"对于他看似易如反掌,毕竟钱能解决许多的问题,但这又是一个悖论,财富挥霍之后，不但无法通过叛逆证明自己的存在，折腾完后，反而削弱了作为个体的自我价值，以至于最后只剩一个空壳。最后一天的热气球之旅他没有参加，五点钟起来后，一个人坐在门外的折叠椅上发呆。

离开非洲前的晚上，我们坐在酒店的大堂里，点了一杯海明威最喜爱的"大象酒"（除了莫吉托之外），我说："既然你身上有如此多的束缚，为何不交出车钥匙、银行卡，一个人出去？""我办不到。"他皱皱眉头，一口喝干了小杯中的甜酒。

之后另一个已经彻底接班的朋友跟我说，"马三是圈养动物，已经被惯坏了，他没那种野性净身出户。"

在内罗毕我和马三充当翻译，陪同两个老板来到了由国内的一个大律师介绍、当地最权威的一家律师事务所，他们想咨询一些关于购置马赛马拉土地的事宜。途中我们的中型客车遭到了石块的袭击，外面一所大学的学生正成群结队地在街上大喊大叫，手里捡起石块就冲马路上的车辆砸去，更多的是一种宣泄，而不是示威，军警出动后，他们才开始四处逃散，那个时候我才意识到，也许这里的草原比城市更加安全。

律师事务所坐落于一片拥有高大围墙，24小时监控摄像头，以及保安严密保卫的商业区里，办公室的感觉跟我在印度感受到的一样，无论外面的世界是如何的混乱和破烂，可一进到房间里，你就仿佛来到了伦敦的一家办公室，会议室的墙上悬挂了一圈英国历史上著名律师的幽默肖像画，秘书端来了冰冻柠檬水。事务所的负责人是个身着正装的丰满非洲女人，一口英国口音，举止优雅，谈吐专业，身边落座的是她的男副手，这倒显得我们几个身穿运动服的人土气了。

随着中国政府在非洲的投资比重增大，越来越多的民间资本也正涌入这片大陆，在遭受了早期西方殖民者的一轮资源掠夺过后，这里又成为了世界人民的淘金圣地，可惜除却拥有国家背景的大公司在这里承接巨大工程之外，一般中国人的生意仅限于旅游、小商品、山寨手机和假发，至于购置土地开发旅游地产项目，韩国人似乎早在20年前就走在了前头。

通过了解，我们发现在"地球最后的净土"购置土地显然是很不现实的想法，一是土地资源的紧缺，二是审批流程的严苛，当然还有随后经营之中与当地文化法律的冲突。这让手上握着大把钱的中国老板着实憋得够呛。会议的最后一个问题，其中一个老板让我们问女律师这次咨询是否需要收费，我拒绝为这种"愚蠢"的问题进行翻译，可马三还是又做了一回"传声筒"。听到问题后，为了化解尴尬，女律师大笑回答："不用，不用，It's on the house（我们请客）。"

海市蜃楼

白色游艇在沸腾的海面上开了将近半个小时，印度裔的船长关掉了引擎，世界恢复了宁静，偶尔有几声海鸥的长鸣。头顶的太阳变得愈发毒辣，似乎要把皮肤烤焦。一脸严肃，留着络腮胡子，穿着泳裤的拉贾这时已经架好了烤架，今日的午餐由他一手操办，主食是牛肉热狗，外加冰凉的碳酸汽水。

拉贾是迪拜最大的建筑承包公司Arabtec的常务董事，他毕业于美国德州大学工程系，1990年代初来到迪拜。出海的前一天，我们在他的下属家里吃了一顿正宗的黎巴嫩家常菜，大家扔掉刀叉，用手抓着烤鱼，扒拉着米饭和豆子。拉贾在一旁充当服务员，用中文喊着："啤酒？白酒？红酒？"

拉贾的家就住隔壁，这是一个新兴小区，如果不是室外40度的高温，你可能会以为自己是在美国加州的某个中产阶级社区里。饭后，他带着我们参观了他的房子，目前他的两个儿子都在国外读书，老婆也在外地工作，两层楼八间房的别墅只有他一个人住着。起初购买时，周围还是一片沙漠，售价70万美元，占地四分之一亩，三年后，价值攀升到200万至250万美元之间。

同行的廖先生和拉贾是十多年的铁哥们，廖先生当初因为一场招标会来到了迪拜，被眼前无数的吊车和建筑工地所震撼，这跟他退伍转业后初到深圳淘金的景象十分相像——那时的深圳也是一个大工地，他在那里赚到第一桶金，足足蹲在马桶上数了两个小时，虽然只有区区两万。

商人的直觉告诉他，这里将是公司未来业务的有力增长点，于是他带了大队人马再次来到这里，准备在迪拜设立分公司。只会说几句英语的廖先生随后结识了拉贾，委托他帮助打理在中东的生意，拉贾把这个分公司纳入了Arabtec。现在，这家公司刚被阿布扎比王室收购，承担了阿布扎比新机场将近30亿美金的建设工作。

数十年过去，廖先生的公司已经成了全世界最大的沙盘模型制造商，2008年金融危机后，中东其余四大沙盘制造商全部离开了迪拜，唯有廖的公司存活了下来，而且逐步壮大。只有中国人的劳动密集型生产才能赶上迪拜速度，这满足了当年迪拜房地产泡沫的需求——很多房子在开工日期都没确定之前，光靠沙盘卖房，就已被倒卖了四五手。

第二章 灼热的光环

在廖先生公司的北京总部，我曾参观他的"假房子"，其中有哈里发塔和迪拜世界，还有麦加的清真寺，目前中东大部分清真寺的模型都出自他手。

几番搏斗后，一条幼鲨挣脱了我的渔线游了开去，拉贾脱去上衣，跳入阿拉伯湾里。紧接着，我也跳了进去。此时正当响午，海水的温度高达32度，这曾经是迪拜人的天然空调，他们在最热的时候，会让身体漂浮在海面上，享受清凉。

波浪从我头顶淹没过去后，我的嘴里塞满了盐，皮肤和眼睛变得刺痛。转过身去，迪拜的天际线在升腾的热气里若隐若现，哈里发塔直入云天，似乎连接了天地。

我揉了揉眼睛，想确认我眼前的不是海市蜃楼，而是人类创造的伟大奇迹，可我总担心一场巨大的沙尘暴过后，这座人类的未来之城将从地图上被彻底抹去。

在帆船酒店的套房里，我被洗浴间内覆盖四周的五彩马赛克给迷住了，还有几颗蓝宝石点缀其间，水从镀金的花洒里落到我身上。

从进入酒店开始，我抬头仰望中庭穹顶，就已经为五彩洞窟似的走廊屏住了呼吸。可是一句"老张，上楼斗地主去！"的吆喝，又把我拉回到了现实里，我突然意识到这里几乎已经被国人同胞们占领了。

在自助餐厅，我要了一碗二细的兰州拉面，就着鱼子酱吃了起来，这种冲撞的混搭别有一番风味。同行的马三已经是第二次入住帆船酒店，据他说，这间2000年就开业的酒店十几年内从未被超越，而且始终保持着崭新的面貌。当初正是通过帆船酒店，世界上绝大部分人认识到了迪拜式奢华的存在，这座已经耗费了

26吨黄金打造的酒店，每年都还会更换各处的镀金，以期保持永久的光辉。光说酒店大堂的喷泉，就是德国一家公司专门研制的，水从一个孔喷到另一个孔，中间不会漏一滴水出来。

第二天，我们搬到了隔壁的朱美拉海滩酒店，它比帆船更早开张，波浪形的夸张设计曾引起过一阵关注，并且是迪拜的第一家五星级酒店。可是当帆船开业以后，这里逐渐沦为普通的商务酒店，也就是说，如果你是总经理，你的董事长会住在帆船，而你只能待在朱美拉海滩酒店。

的确，帆船的光环实在过于强大。我们在海滩酒店的水上乐园玩耍时正值黄昏，我爬到最高的一架单人滑梯上，夕阳投射在不远处的帆船身上。那一刻，我似乎见识到了迪拜的野心。这就是酒店设计师汤姆·莱特所宣称的，世界上所有的地标式建筑都可以用寥寥几笔勾勒出来，从埃菲尔铁塔到悉尼歌剧院，从金字塔到金门大桥，那些极简的形象让人过目难忘，迪拜就是想用这样的方式在世界版图上牢牢占据一个位置。

而这是财富积累到最后的终极野心：在人类文明的进程中留下永恒的一笔。

玩偶

在迪拜 MALL 里，马三开始大量采购服装，他最喜欢 Dolce & Gabbana 的 T 恤，虽然要三千块一件，但经过他的手洗和保养后，可以穿五六年。据马三说，上次来迪拜的时候，同行的还有几个官员，其中一个在名牌店里逛了一圈后买了一大堆东西，但只支付了一条领带的钱，接着便走了出去，马三的父亲赶紧过去埋单。

接着到了名表店，官员看上了其中的一块表，低调并且不容易被人认出牌子，便叫上马三的父亲一起买了一只一模一样的。

马三说他平时没时间逛商场，一年也就在国外旅行时采购两次服装，一次春天，一次冬天。他的父亲曾经说过："我太了解商业世界的游戏规则了，你进入了商海，其实也就选择了一种无路可退的生活方式。因为你不可能停下来。"这种生活方式指的是时间表上按小时排列的各种会议安排和商业洽谈，你从创业或者管理企业的那一刻起，自己的时间其实已被掠夺干净，更多的是为别人而活。

45岁的时候，老马总检查出了心脏问题，手术后休养了足足半年，当年一个从农村奋斗进城，之后借助时代之势成长起来的亿万富翁，心中的欲望之火突然之间熄灭了，他不知道做事业的意义何在，他更不想儿子接手企业后重走自己的老路。

"经过这么多年虽说我很幸运，但人格也有受到践踏的地方，曾经也有几次都觉得有些撑不下去了。你想，作为一个成熟的男人，越成功对尊严和个性肯定越看重，如果你去一个地方办事，科长、科员故意刁难你，你就会感受到强烈的心理压力，以及强烈的人格尊严的缺失。我曾发誓过不能让我的儿子继续干这个事，搞房地产是求人的事，要过一道道关卡。我觉得我的人格已经丧失了很多次了，因而不想让我的儿子再像我一样。"

马三考虑得更多的倒不是人格的丧失，他更忧虑的是自己就算再努力，在房地产这行，他恐怕是永远也超不过父亲了。

逛了三天的迪拜MALL，最后我们来到了纪伊园书店，里面有好几本关于迪拜酋长穆罕默德的传记，我们渴望从中找到一些前行的力量，其中关于他父亲的事迹是这样记述的：

1833 年，当时由马克图姆（Maktoum）家族所领导的巴尼亚斯部落（Bani Yas tribe）只有 800 人。在"没有抵抗"的情形下，他们离开了阿布扎比，从沙漠绿洲迁移至迪拜，成立了新的王朝。那时，迪拜还只是一个千人左右、被泥墙包围着的破败渔村。这次迁徙是这个家族做出的第一个大胆决定，后来的历史证明，这种魄力一直存在于家族的基因中。

马克图姆家族的统治延续了 182 年，历经 11 任酋长的和平交班，在中东历史上可谓罕见。政治上的超然稳定成为了迪拜商业发展的基石。

1894 年，胡塞尔酋长上任，那个时候他的脑子里就有了自由港的想法。当时阿拉伯湾对岸的伊朗正在自己的港口增税，胡塞尔为了吸引伊朗商人，取消了 5% 的关税，并派人去游说伊朗的几大商人，给予他们免费土地和政策支持。1901 年，伊朗最大的几个商人全部把生意放在了迪拜。两年后，原本一年停靠迪拜五次的英国商船，将迪拜设为了固定停靠港口，每月停靠两次。几年后，迪拜就成了国际港。

在接下来的岁月里，由于伊朗保守的经济政策（1970 年部分商品的进口税高达 40%），大批商人横跨海峡来到了迪拜。在迪拜，伊朗人和迪拜人的比例是三比一。仅在 2007 年，据估计就有 150 亿美金从伊朗"流失"到了迪拜。

到了近代，迪拜的历史上又出现了一位雄心勃勃的领导人，他就是现任酋长穆罕默德的父亲——拉希德酋长。

当拉希德还是王储的时候，他就通过各种渠道筹资三百万美元（相当于当时迪拜数年的经济收入），用于拓宽河道，方便大船进入。

继位后，他又把建造迪拜的工作交给了英国人，从金融到饮用水系统，从城市设计到货运，这些英国人受拉希德酋长的个人魅力感召，相信终有一天，全世界都会知道迪拜的名字。

与此同时，那些曾经向拉希德酋长贷款的商人们都成了亿万富翁，这是一个共赢的结果，正顺应了拉希德的座右铭：对商人有益的，也必将对迪拜有益。

1971年，港口建成，英女王伊丽莎白二世亲自来剪彩，随后拉希德又建起了5亿美元的造船厂，跟一直以来的最大竞争对手巴林对抗。1979年，他在一大片荒漠里开工建设39层迪拜世贸中心，这成了当时中东最高的建筑。接下来是世界上最大的人工港，这个项目正如之前的所有项目，遭到了一致反对，包括年幼的穆罕默德，当时也想说服父亲，他担心此举将令迪拜彻底破产。他的父亲悠闲地吐了一口烟，说道："我之所以现在建造这个港口，是因为以后你会彻底无力支付这样的项目。"这句话深刻地影响着穆罕默德，在这之后，他的大手笔甚至超过了父亲。

从1960年到1980年，迪拜经历了爆炸式的增长，市区面积翻了16倍，人口增长了5倍。而阿布扎比、沙特和科威特这些石油大国，资源大部分投入到了王室的奢华生活和庞大的官僚体系中，为数不多的投资也仅限于海外的股票和债权。"这种投资1美元能赚10分，但迪拜从每1美元投入基建的钱里都能获取5美元的回报。"迪拜股票交易市场的主管曾这么分析。

存在的价值

当天在杰尼亚的专卖店里，我们恰好碰到了从意大利专门飞过来的裁缝,于是马三叫上父亲,一起订制了四套西装,外带几件衬衫,据说要比国内便宜三分之一。他马上要去上海从事金融业,行头必须备齐,这是他给自己未来定的一个目标,以后他将有一半时间留在家乡,一半的时间用来开拓新的疆土。(据最近了解,这个目标似乎又要延后了,走出家乡并没那么容易)数年前他曾在温哥华的一个意大利西装店里做过一套衣服,当天一个矮小的老头又跪又站地给他量身,商量布料选材,足足花了两个小时,令他十分感动。最后拿到名片一看,才知道眼前的裁缝是品牌的北美分部总裁。

隔壁的 LV 店里挤满了抢包的中国人,女售货员小姐甚至连票据都开不过来。我们在店里遇到了一个来自重庆的售货员小伙子,他从事奢侈品行业已有 10 年,本身也有家族企业,但已没落,只得靠自己打拼。

我们坐在凳子上听他讲路易威登如何从帮法国皇室叠衣服、收拾行李箱开始,一步步发迹,还有 LV 为何要进军机械表业。接着,他戴着白手套,拿出了 LV 帆船赛的纪念表,开始讲解它专门的比赛功能,一晃眼一个小时过去了,部门经理时不时过来看一眼,然后又皱着眉头离开,估计是在纳闷怎么还没成交。说到激动处,小伙子眼里竟泛出了泪光,旁边不时有挎着腰包、戴着金链的平头男人凑过来,指着柜子上摆放的挎包询问价钱,那架势似乎是在菜市场买猪肉。马三最后看上了其中一块价值 6 万的帆船赛纪念表,在询问父亲的意见时,联名信用卡没有得到批准使用,因为父亲只认百达翡丽,因为那东西不但保值,还有升值的空间。

入夜,阿玛尼酒店的窗外,世界上最大的露天喷泉演出谢幕了。

喷泉由美国 Bellagio 赌场喷泉的制造商 WET 公司设计，总投资 2.18 亿美元，比美国的 Bellagio 喷泉大 25%，最高可以喷到 150 米，相当于 50 层楼的高度，并配有 6600 个灯光以及 50 个彩色投影机，喷出的水柱有一千多种变化。

16 岁的时候，我曾经在拉斯维加斯的 Bellagio 喷泉边驻足过，水柱和灯光音乐所营造的浪漫气息深深地打动了我，正如电影《十一罗汉》的结尾，一行人偷盗赌场成功后，齐聚在 Bellagio 喷泉边，有一种人世间的圆满。

马三拿出电脑，开始查看自己回程后的工作，几乎每天都排满了各种会议，他又有些失眠了。因为一个地产项目的关系，马三跟着父亲走遍了中东所有的国家，住遍了各大酒店，光是阿玛尼就住了三回，但是酒店只有黑棕灰三色的设计令他感到乏味，试想一个渐入暮年老头的设计又怎能吸引年轻人呢？他印象最深的一次是在圣城麦加，跟父亲躺在清真寺的地板上，看着数万人围着天房转圈，这场活动千年来从未中断。困了，他们就和衣而睡，早上被阿訇的诵经声叫醒，宗教的永恒感感召着他，他一直在思考着自我存在的价值。

为了脱离这种庸俗至极的旅游方式，我们下了楼，在迪拜夜间 38 度的高温里横穿数条马路，走进了一家当地的餐厅。临近午夜，里面穿着白袍的迪拜男人们刚吃完晚饭，正悠闲地抽着水烟。这个国家的居民们不愁吃穿，因为但凡在迪拜经营生意，必须要有当地人的担保，而担保人的条件则是从生意随后的利润里抽取提成，这也是大部分迪拜年轻人的经济来源，几乎相当于零花钱，因为除此以外的生活基本开销，这个国家都包了。

迪拜人和几倍于他们人口的外来劳工几乎生活在两个世界里。

给我们开车的印度人拉吉朗已经在迪拜待了十几年,作为一个素食主义者,他每天饭量极少,往往就是自己带点饭,上面撒点豆子汁,或者再加个馕。六天的行程里,他的车上总是响着只有一句话的印度语经文唱诵,我问他这首曲子有多久,他说:"你是问能放多久还是能唱多久?放可以放8个小时,唱则可以永远唱诵下去,因为这是赞美湿婆大神的。"

我问起那么多年他对迪拜的印象,他说:"这个地方什么都没有,只有钱,你自己看看,有什么啊!?如果不是为了赚钱养家,我早回去了!"

走在回酒店的路上,举债建起的哈里发塔直插夜空,似乎要拔地而起冲破一切束缚和障碍,电视里美国总统竞选的第二场辩论马上就要开始直播,我们还无心睡眠。我翻出微博上克里希那穆提关于独处的一段话跟马三分享,马三则似乎更喜欢关乎热爱的一段:"你必须亲自去发现什么是你爱做的事,不要从适应社会的角度来选择职业,因为那将使你永远无法弄清楚自己到底爱做什么。你心中有爱,让爱自己去运作,它就会带来正确的行动,因为爱是永远不会追求成就的,它也永远不会陷入模仿之中。"

午夜刚过,我们来到了印巴居住区的夜店,交纳了150迪纳尔(相当于40美元)入场费。这里是迪拜的另一面,中东压抑了千年的性能量在其中爆发。在阿拉伯电子乐中,靠墙站着一眼望不到头的女人。她们摸你的屁股,过来和你搭讪,埃及、乌克兰、俄罗斯、黎巴嫩、中国女人,统统450美元一夜,回酒店或者去她家,随你。

一个来自福建的女人走近了我们,按她的说法,以她的年纪和长相,在中国的人肉市场里已卖不起好价钱,可在迪拜却能卖出将近3000人民币的价钱，皆因老外对东方女人的年龄不太敏感。很快，她的出现又招来了四五个同样从中国过来的女人，她们几乎都只会用英语报价和说自己家的地址，其他外语一句不懂，也许是语言沟通上的障碍让她们客源不多，倒是酒店外面站街的中国女人生意更好一些，因为她们从不挑顾客，价钱更是低廉。

作为中东的性都，迪拜曾经严厉打击过卖淫业。本地最出名的夜店Cyclone曾经上过《名利场》杂志，还出现在好莱坞电影《谎言之躯》里。由于国际名声太大，2007年被迫关闭。早在拉希德酋长执政期间，他就曾下令严厉打击卖淫业，其结果是当地的英国银行差点倒闭，因为排队来取现，准备离开迪拜的女孩实在太多了。

我曾经在台北、曼谷、悉尼、拉斯维加斯、芝加哥、蒙特利尔、东京、巴黎、中国南方某小镇的红灯区都混迹过，从脱衣舞店到高级应召女郎，人类最古老的行业蓬勃发展，可以满足每一个性瘾患者的需求。

大部分中国人其实对脱衣舞酒吧只是一时的好奇，但一般不会再去第二次，因为外国女人健壮的身材和赤裸裸的表演往往会糟蹋了来客的心情。但一旦遇到水平高超的钢管舞女郎也能欣赏到一出艺术化的演出，蒙特利尔的脱衣舞全世界出名，女郎们往往只靠单手就能悬挂在钢管上，并像杂技演员般绕着柱子旋转，偶尔头朝下用双腿缠绕着柱子，头发散落一地，眼神却锁定着每一个男人的心。女郎们有些是大学生，兼职来跳舞，但平时也必须去健身房锻炼身体，以至于大部分的女郎们身上无一处赘肉，屁股浑圆高翘，极富弹性，但不知道为什么，她们身上总有一种爽身粉的味道。

如果眼神对上了，女郎们就会走过来问你需不需要"特别的注意"，钞票塞进内裤后，女郎就开始当着你的一帮哥们儿，用身体的各个部位在你身上蹭起来，这往往伴随着尴尬和兴奋，这是被人注视能带来的两种情绪，一首歌的时间过后，演出结束，女郎轻轻地在你脸颊上献上一吻，然后踩着市场上能买到的最高的高跟鞋离去。

巴黎的脱衣舞店最为讲究，里面是不能像美国一样扔钞票的，进门前你必须先购买代金券，拿着这些券你才能消费，免去了赤裸裸的金钱交易味道，女郎们也很有礼貌，眼睛里没有野心和膨胀的欲望，反而真把这件事当成一门艺术，而如果你真想看这种形式的最高表现，可以去疯马俱乐部，不同于老旧的红磨坊，那里是法国人对女性胴体的新时代想象。

而在拉斯维加斯和芝加哥，女郎们则更为狂野和激进，当你付了更多的钱，来到小房间里，享受一段私人时光时，她们抽打自己的臀部，发出嗷嗷的叫声，不停地让你延长时间，甚至提出吹奏一曲的请求，这令我很难接受，毕竟我不是一名驯兽师，这也不是箫瑟和鸣的场所，可尽管如此，私处在哪里都是不让触摸的，这是行业为了保护舞者定下的规矩，也给金钱交易留下了一丝底线和尊严。

高级应召女郎则是另外一个世界的事情，你可以在带密码锁的私人会所房间里挑选，其惊艳程度令你直冒虚汗，然后交易一般会在五星级酒店里发生，而且调情是必须的，她们往往是察言观色的大师，也见过不同的世面，更懂得如何摆弄男人的心理，最重要的是，她们从不添麻烦，也不会找麻烦，简直是男性心目中完美女性的代表。

第二章 灼热的光环

一无所有

无论是在高级酒店还是商场门口,我们总能见到几辆显眼的白色奔驰 G55,沙漠城市由于污染和雨水少,车还是崭新如初,马三说迪拜的酋长自己就开一辆这样的防弹吉普,每天游走于各个世界级项目之间,早上起来,他还喜欢坐着直升机在空中俯瞰自己的杰作。

这个长着鹰眼的男人显然是找到了自己的热爱,就是通过售卖梦想,把这个名不见经传的沙漠民族带到人类社会的另一个高度。迪拜的车牌从 0 到 100 号之间均属王室,在马三看来,中国的有钱人面对这些人的时候,几乎都成了屌丝,因为人家的王室尊崇感并不是金钱可以买来的。

可他所不知道的是穆罕默德酋长也曾多次拒绝接班,直到他的长兄——马克图姆酋长强令他成为王储,而在穆罕默德酋长小时候迪拜其实也并不富裕,就像马三小时候也是在农村长大,直到房地产成为中国经济创富的发动机之后。

在马三的老家,有一次为了去沙漠看日出,我和他凌晨三点出发,行驶了一个半小时来到了沙漠的入口处,其中经过了好几个穆斯林村庄,戴着白帽子的老回民已经走在了去清真寺的路上,他说自己从小就在这样的村庄里长大,院子里可玩的东西特别多,可惜土地最后被政府征收,院子也被推平了。

穆罕默德曾经是一位 F14 战斗机驾驶员,喜欢喝绿茶,在沙滩上慢跑。他喜欢在阿拉伯海里钓马林鱼,去非洲和巴基斯坦打猎。他是长距离赛马冠军,拥有世界上最多的纯种马。他坐拥 180

亿美元的财富，落后于其兄长哈里发酋长的230亿美元。

20岁的时候，穆罕默德酋长已经掌管了迪拜的警察和安全部队。22岁的时候，迪拜取得了独立，他成了世界上年龄最小的国防部部长。

他有两个王妃，19个孩子（包括收养的）。大王妃是包办婚姻的产物，她的样貌不为外人所知，一直安居在深宫里负责照料孩子。二王妃是2004年穆罕默德酋长从约旦迎娶回来的公主，平时经常跟着酋长全世界收购马匹，她在迪拜会议中心有自己的办公室和私人电梯。

试图打造人类未来都市的他，喜欢用手吃饭，这是贝都因人的习俗。他们把大块的羊肉（包括羊眼球和羊脑）混着米饭塞入口中。饭后将手伸入香薰当中清洁，任由烟气在头巾内升腾。

穆罕默德酋长小时候住的房子由四个互相连通的房间组成。早年，室外的热气透过厚实的珊瑚墙渗入到房间里，一家人往往选择在屋顶度过大多数夜晚。唯一有门的房间是厕所，里面的地板上有一个洞，下面是挖出来的坑，旁边有个浴缸，洗澡的时候，王室一家从一个泥缸里往外舀水，冲刷自己的身体。这在当时的迪拜已经非常奢侈，因为大部分人都在海里沐浴。1958年，当穆罕默德酋长十岁的时候，他全家搬离了这个地方，现在，他还会时不时回去拜访这栋老房子。

这会让他想起那个困苦的年代，当中东各个国家都已经靠地底下的石油暴富的时候，迪拜还在苦苦地寻求自己的出路。马三曾开着他的黑色奔驰G55带我到沙漠里看日出，我们凌晨3点动身，在经过伸手不见五指的乡村时，隐约能听见清真寺第一次祷告的诵经声，他说自己从小就出生在这样的小村子里，可惜家里的大院子早已被推平征用,童年的回忆也因此一去无复返,他成了一个没有故乡的人。

在出国的头天晚上,马三喝多了,在酒店和从外地来的女友睡着了,手机一直处于无人接听的状态,直到他的姐姐跑到房间里来。等他醒来时,他的姐姐正站在床头看着他,第二天他乖乖地回家收拾行李,一路上跟父母打起了冷战,但他很清楚自己再继续这段恋情的结果,被家族驱逐,或者乖乖顺从。

但他放不下这个在加拿大就认识的女孩,他认为以后很难找到一个能共患难的女人。到底是活出自己的价值,还是为家族而活,这是他最纠结的地方。滋养我者,必将毁灭我,在拥有财富的同时,马三似乎被拷上了枷锁,他认为目前自己手上的筹码还不够,不足以与父母谈判,他期望能在去上海后开展属于自己的金融事业,更重要的是获得自由。

回国后,他在午夜的微信上发了这样一句话:

"感觉自己什么也不缺,仔细想想又什么也没有。"

马三的手机里一直存着几段他在古巴哈瓦那街头录制的音乐人音频,里面还能听到波涛的声音。那是一个穷开心的国家,夜店里的一瓶啤酒就能换来女孩子一夜的芳心,5美元就能让街头艺人们乐在其中,满头大汗地唱上一晚曲子,两美元就能抽到刚从烟地里卷出来的上等雪茄(到了中国价格翻20倍),汽车坏了有人义务帮你修一个小时,最后还拒收酬劳,这是实行了市场经济化的国家所不再拥有的,马三一直渴望在古巴变革前再回到那个他心灵的故乡。

2012年的元旦，本来计划去大雪纷飞的俄罗斯与昔日的同学滑雪，可临时调整的公司年会日程又一次挤掉了谋划已久的出行。新的一年，马三收到了由国内一些业内顶尖企业家二代组成的协会的邀请，可父亲告诉他要先把根基打牢，还不到抛头露面的时候，于是他拒绝了组织的邀请。

无畏的勇气

阿联酋航空的空服人员端来了香槟，肥大的A380飞机整个二层甲板都被头等舱和商务舱所占据。阿航的总裁是阿迈德酋长，穆罕默德酋长的叔父，同绝大多数马克图姆的家族事业一样，它必须优质、获利，当然还要耀眼。

当初阿航向政府贷款1000万美元启动公司业务，它只有2架租来的飞机和3条航线。短短5个月后，阿联酋航空就将自己的第一架飞机送上了蓝天。第三年起即连年盈利，十年内每三年半增长一倍，幅度惊人。截至2012年年底，阿航共运营191架飞机、30架空客A380，还握有209架飞机的巨额订单。未来它将成为空客A380和波音777的最大运营商。

正在建设中的迪拜新机场名为"迪拜世界中心国际机场"，位于杰贝阿里港东侧的沙漠中，建成后将成为世界上最大的机场和整个中东地区的新地标，和英国伦敦希思罗国际机场和美国芝加哥奥黑尔国际机场加起来一样大。年客运量预计可达1.5亿人次，将彻底打破航空界普遍认同的机场客运量上限为一亿人次的共识。

平躺在舒适的座椅上，我脑海里回忆起了这些天和马三在迪拜的种种经历，我曾经在阿玛尼酒店旁边巨大的喷泉边陶醉，泛舟于朱美拉运河酒店的曲折水系中，从阿联酋MALL里的世界第一大滑雪场直冲而下，并体验了朱美拉海滩酒店水上乐园里的世界第一个站立式出发水道，当然最令人难忘的还是帆船酒店的水下餐厅，隔着一层玻璃，里面有上百种珍稀鱼类在其中游弋。

这一切过后，我的记忆最终停留在了马路边的幼苗上，它们每天依靠以色列的滴灌技术顽强地向上生长着，只有在那时，我才意识到这里是沙漠，也是全世界降雨量最低的地方之一。迪拜的水是由海湾地区众多的海水淡化厂淡化而来，这里的水是世界上最昂贵的水，生产淡水的花费超过了生产汽油的花费。而生产淡水的同时，大量的二氧化碳排放进了大气层。这就是在所有国家里，迪拜居民的平均碳足迹最多的主要原因——其平均碳足迹超出美国人两倍以上。当然，你也不能忽略这里还是世界上最为炎热的地区之一，为此一栋栋的摩天大楼和巨型商场只能让空调开足了马力，以至于来到室内甚至需要穿件外套，而室外则变得越来越热。

有专家测算迪拜的水仅够维持一个星期，也就是说一旦经济崩溃，首先遭殃的并不是个人的收入，更为严重的是这座城市将会因断水而无法存活。外刊曾评价中国为脆弱的超级强国（Fragile Superpower），那么迪拜就一定是脆弱的超级城市（Fragile Supercity）了。

经历了2008年的金融危机，借助老大哥阿布扎比100亿美元贷款的帮助，迪拜此刻似乎又活了过来。尽管迪拜乐园项目依旧没有破土动工的迹象，棕榈岛和世界岛的工程也告暂停，但穆罕默德酋长和这座城市却已无法停下脚步。2015年迪拜的石油资源将全部用尽，也许是为了庆祝这一时刻，名为"迪拜眼"的全球最大摩天轮也将于那一年竣工，它属于一项投资98亿元人民币的"蓝水岛"项目，高210米，比英国的"伦敦眼"高出76米。

迪拜从来就不相信自己会倒下，正如2008年底耗资15亿美元的亚特兰蒂斯酒店盛大的开张典礼一样，耗资2000万美元的烟花汇演足足持续了两个小时，让不久前北京奥运会开幕式上的烟花成了儿戏。而2009年底马克图姆更成为了英国塔特萨尔花格纯种马拍卖行上的最大买家，他的顾问们花费了约195万美元为他购入了8只马驹，其中最贵的一匹小雄马价值约30万美元。至此，凭借着手中700匹正在接受训练的赛马（每匹平均投入103万美元），穆罕默德酋长成为了赛马史上最大的赛马拥有者和饲养者。

飞机开始进入平飞状态，我拿出电脑，点开了电影《欲望都市2》，片中来自阿布扎比的神秘酋长在用英语形容迪拜的时候突然卡词，在和翻译用阿拉伯语沟通了一番后，翻译对着女主角说："其实酋长想表达的意思是：迪拜已经完蛋了（Dubai is over）。"酋长马上接着说："对，阿布扎比才是未来所在。"

可你却不得不佩服穆罕默德酋长的勇气，而那些对众多世界第一的追求，多少是基于一个残酷的现实——迪拜的石油和天然气蕴藏即将在2015年用尽。在迪拜，目之所及都是冒险，穆罕默德酋长在一次对少数人的演说中说："我身为领导人，到底要让迪拜维持原状，做一个传统的国家，还是走一条完全不同的路，放手赌一把，摆脱桎梏？"按他自己的解释就是："人们永远只会记得第一，没人会记得第二。"

旅程即将结束，我给座椅旁的马三念了《夜航西飞》里的一个段落：

可能你过完自己的一生，到最后却发现了解别人胜过了解你自己。你学会观察他人，但你从不观察自己，因为你在与孤独苦苦抗争。假如你阅读，或玩纸牌，或照料一条狗，你就是在逃避自己。对孤独的厌恶就如同想要生存的本能一样理所当然，如果不是这样，人类就不会费神创造什么字母表，或是从动物的叫喊中总结出语言，也不会穿梭在各大洲之间——每个人都想知道别人是什么样子。

他似乎没有听懂，因为"红火"历来是他的生活态度。在他看来，女人不能缺，酒局不能停，金钱不能少，旅游不能断，父亲不能叛，可是他却没有留一点时间给自己，我又一次想起了迪拜公路边接受滴灌的小树苗们，正如这座沙漠城市：

感觉自己什么也不缺，仔细想想又什么也没有。

第三章　两代人的寻找

前往某个地方，寻找完全的孤独，寻求心灵上的空，让自己成为一个超然于一切观念之外的人。

——杰克·凯鲁亚克《达摩流浪者》

在一次企业家的游学课堂上,短短的四天里,光子最后被全班100多人推选为最绽放的学员。她很少抱怨,更不指责社会和他人,说起话来,总是面带微笑,充满正能量。我从小就讨厌这样的人,他们往往是班主任的宠儿、教育体制的走狗,以及祸害同班同学的纳粹,在我看来,纯粹的善和纯粹的恶在本质上是一样的。

光子一家五个孩子,她是老大,其他几个分别在澳洲、英国和法国留学,上的都是名校。这跟父亲的教育有关,作为一个从农村建筑工地干起,开过车马店,当过铸造厂技术员,养过奶牛,目前是北方三线城市的资源行业老板,他的国际意识出奇地强,从小就告诉他们地球村的概念。当初光子在国内报考大学的时候,莫斯科大学和英国的一个学校曾录取了她,但是出于一种愤青的想法,她决定去日本帮助民间对日索赔第一人王选打官司。

从小语言天赋突出的她,在日本待了8个月就拿下了日语一级,剩下的4个月里考上了日本的四所大学,其中包括东大。可最后她还是选择了有日本哈佛之称的庆应大学,那里一年只招36个留学生,1000个中国人能出来10个。去日本的时候,家里只给了30万日元,很快钱花完了,光子不好意思问家里要,于是开始打工，与此同时，她还拿了四份奖学金，一个人支撑起了自己四年的全部学费和生活费。

开学典礼上，新生们都正值人生最好的18岁，大学把毕业了50年的校友们请回来，于是就有了这样的场景，大礼堂里黑压压地坐着的是黑发的小孩们，台上则是白发的老头老太太。典礼结束后，两代人搀扶着在校园里散步、照相，有的老人走之前将全部遗产托付给了学校，刚进校的学生从中感受到了属于庆应人一辈子的骄傲。

毕业典礼上，学校又把毕业了25年的校友请了回来，意思非常明确，即这些各行各业的中流砥柱从此开始，需要照顾和提携后辈，当时就有几个老板捧着鲜花欢迎光子入职。尽管日本的失业率一直居高不下，但庆应的毕业生从来就只有择业的困惑，而无就业难题。在日本的大企业里，每当入职典礼结束，其他人都各自散去，"庆应帮"就开始互相招呼聚在一起。

同样是18岁，光子已经成了天之骄子，可她的父亲当年由于家里有六个兄妹，家庭环境很差，他只得放弃了考大学教书的愿望，转而去公社当砖瓦匠养家，一干就是两年，之后的三年还开起了100多亩的车马店，身兼会计，专做过路马车驴车的生意，一驾马车收5毛钱，一天能收100来块钱，几间房的大炕上加起来能躺100多人。

虽然环境不同，可是两代人其实都是在进行原始积累，一种是财富上的，另一种是思想上的，而且他们都有饥饿的鞭子抽打着，只不过一个被动，一个主动。

和尚的修行

在中国，历史上难得的30年政治稳定期和经济高速发展期催生出了第一代富豪们，这里面只存在西方定义的"新钱"的概念，因为未来10年，财富的传承高峰期才正式拉开帷幕。

在此我们似乎只能定义第一代老板，他们中笼统地可分为两类，一类是草根，他们文化教育程度低，出身贫寒，几乎在没有任何社会资源的条件下，在传统产业里建立了自己的商业王国。而另外一类则是精英，他们受教育程度高，其中不乏海归和高学历者，往往专注于金融和互联网两个"性感"的产业。

人称"和尚"的老板是草根的典型代表，他的经历与光子的父亲如出一辙，但更富传奇性。

"今年的地产项目开盘就销售了将近两个亿，另外一个自治区的商业地产大佬的楼盘，抄袭我们的打法，但同期相比，只卖出去60来万，差得没影了！"面前的老板信佛近20年，为人温和厚道，人称"和尚"，说起自己今年的业绩，他两眼放光。

我们坐在一家高级会所的园子里，夏天即将结束，树上的蝉鸣达到了高潮，这种动物一生中绝大部分时间都在黑暗的地下度过，唯有最后一次蜕皮和初次交配之时才飞到树上，新生命诞生后便死去。

"我总结过自己的一生，前半生活出人样，后半生活出人味。"

和尚是村里的第一个高中毕业生，毕业后为了养活一家7口人，被迫去外地打工。对于一个毫无背景和技术优势的农村娃来说，出路只有两条，一是卖体力，二是卖嘴皮子。当时身高1米

57、体重83公斤的他加入了霍林河煤田的建设队伍。

首先是每天四人一组,从冻土里挖取4立方的沙子。然后是卸火车皮,四人小组一天能卸3车,也就是180吨的建筑材料,最高纪录是在15分钟内卸掉了60吨水泥。又由于个子小,和尚在采石场干起了掏炮眼的活儿,脚上绑一条绳子,戴着风镜钻进40多公分长、30多米深的洞里,往里面填满炸药,炸出来的石头足够一年时间清理。这些工作的工钱是一块钱一天。

住的地方就是部队用的活动板房,冬夜在中间立一个汽油桶,中间掏个窟窿,然后把煤放到里面烧,大家穿着棉衣棉鞋睡觉,白毛风带着雪顺着墙缝往屋里刮,早上人从雪里爬出来。工人们做饭用的是冰泉水,化完后,大铁锅里的牛羊粪就有半盆,呈红茶色。尽管浑身都是虱子,可睡觉却很香,这种工作一年到头没有休息,只有春节回家十几天。

回想起那时的生活,和尚觉得"连驴都不如"。

命运的转机很快到来,工地上的水暖师傅生病回家,队长把活儿交给了和尚,工资提到了3块一天。和尚于是领着五个人,白天去旁边的大队偷师学艺,晚上回到自己的工地上,竟然照猫画虎地也按时把水暖装了起来。

脑子灵活加上敢干,和尚在矿区闯出了名声。第二年建筑队为了培养后备人才,要派一个人去学习,队长想派弟弟去,副队长想派小舅子去,会计想派情妇的儿子去,这三个核心人物互不相让,后来全票通过让和尚去学。

学了三个月之后回来,薪酬成了一个月180块钱,和尚23岁就收起了大师傅的钱。接下来的一年,他更是通过溜须拍马,例如帮技术员拿拿图纸,洗衣服,当跟班,从而借来了《质量检验标准》、《图集》、《施工验收规范》等书籍,晚上点着灯学习,一天休息4个小时。

上世纪80年代初全国开始推行承包责任制,这极大地释放了生产力,也造就了最早的一批万元户,和尚也不例外。

建筑大队的队长们由于吃惯了大锅饭,不愿意承担风险,没人愿意承包工程,当时的规定是如果是由建筑队介绍的工程,一年上缴一万,如果是自己找的,一年交五千。最后镇长急于完成任务,决定将权力下放给工人,27岁的和尚这时跳了出来,包下了摊派的指标。

朋友的同学本来在更北的林区里当基建科的科长,可由于身体原因已经提前退休,本来铺设好的关系突然中断,面对其他实力雄厚的公司,和尚手上揣着从徒弟那里借来的1000块钱(徒弟结婚用的),一夜无眠,第二天鼻子和嘴上长满了水泡,他准备赶在招投标之前往里塞钱。

他首先从公司领导那里借了5000块,然后拿着2000块(相当于现在五六万的作用)和礼物到了新基建科科长的家里,科长最后只留下了水果和酒,还有一句话:"反正都来了,希望不大,你们去听听吧。"

第二天开标,最后竟然给了和尚一个9万块钱的活儿,他马上打电话让家里人带着工人来干。这一下子来了20个人,可是对于学校的平房建设这种项目来说,人力过剩,于是他就安排多余的人去给其他公司挖沙子。当时林场又增加了一个小医院没人干,林业局局长坐着小火车来视察时,看到和尚的队伍人多,干得红火,走近看施工质量也好,还发现他作为工头也在挖沙,就把活儿给了他。

最后年终土建工程干了33万,挖沙子干了17万,交公司5000,利润有40%,还清了3000块的外债,给工人开完工资后,剩下的在和尚和另外两个亲戚间平分,一人到手了7000块现金。当时都是小钱,10、5、2、1块的,满满一布兜子,和尚拿回去以后交给老婆,老婆数了一宿,愣是没数过来。

过年的时候,和尚花5000块钱买了一车6吨多的煤,村子里的人从没见过,往常都是用小毛驴车运回几麻袋,生土炉子,用玉米芯引着,上面铺点煤。他站在村口开始分,只要张嘴,不管有仇没仇都给,最后分了半车,自己留了半车,那个冬天村里家家户户的炉子都烧得很旺,那是最幸福的感觉。

第二年和尚干了90万,三个人每人到手6万块,最后每个人还一共要扛22万元现金回老家发工资。在吉林白城火车站的时候,和尚和几个兄弟住在一个中转旅馆里,快过年了,在检查烟火爆竹,他们到了站台,候车室里都是人,车站的公安过来就要检查他们的袋子,和尚说:"我这个东西不能看,如果非要检查要到你的办公室去看。"公安一听更认定是爆炸物,非要开包,拿开包上层的衣服之后,里面全是现金,公安命令和尚把钱全部拿出来摆在站台上,摆到一半,和尚以为可以了,公安说不行,要全部摆出来。

装好上车后,和尚一行人本来是硬座,后来去求列车长塞了200块钱,换成了软卧。一路上吃饭都是一人去端回来吃,上厕所也是轮流,白城到赤峰没合过眼,草原列车上人太多。下来换了好几家旅馆,怕人盯上,进了屋里待上一会儿再换,换了好几家,一宿总算过来了,白天就不怕了。第二天从赤峰坐上车回去才真踏实了。

转眼间，火车站惊魂的一幕已过去了10年，凭着过硬的施工质量，和尚承接了政府大楼的建设工程，事后工程款转换成了两块地，他这才从乙方变为甲方，开始了地产商的创业之路。

2010年，随着财富的增长，家里人的关系变得越来越紧张，恰逢当地政商两界大地震，当地的副书记被抓起来后，50多家企业，70多个领导都受到了牵连。小环境和大环境的同时恶化导致和尚想彻底放弃自己的事业，直到在一个培训课堂上，他突然悟到了文章开头所说的那句话，已经决定放弃地产，转而整合当地的文化旅游资源。

我曾经到过和尚所在的草原城市，从飞机上就能看到地上螺旋状的巨坑，挖煤车像蚂蚁一样排着队前行，周围的草原早已贫瘠多时，呈现出沙漠化的倾向。

开车行走在宽阔无比的马路上，这座四线城市竟然有98栋楼都是和尚这个民营企业家所建，而且据说没有出过一次安全事故。

驱车一个小时，我们来到了一片纯净的草原，这里还没有挖煤车和巨大的风力发电螺旋桨的痕迹，站在山头上，远处的一户牧民正在搭建蒙古包，和尚说起了自己对于未来文化旅游的畅想，憨厚的脸上两眼放光，这种状态我曾经在课堂和饭局上无数次见过，那是对知识的渴求，也是一种实现自我价值的欲望。

以日为师

在名校读书的压力非常大，一周三次，每次三小时的研讨会是庆应闻名日本的教学模式。20个人分成四组，五个人一起写篇论文，到了最后的攻坚阶段，五个人甚至会住在一起奋战，每天到凌晨三四点才躺下。最为残酷的是论文答辩阶段，需要接受来自真实企业员工的挑战，剔除一切过于书本化、不切实际的想法。到了三年级，四年级的前辈会来点评论文，老师做裁判，表面上是研讨会，往往会发展成论战，三点钟的课到晚上八点都结束不了，前辈们一般会把后辈花了三个通宵写出来的论文批得体无完肤，很多女生在课堂上当场被气哭。回想起那备受摧残的四年，光子觉得从中学到了太多东西，也为步入残酷的社会竞争做足了准备。

光子一直是各个学习小组的组长，还担任学校高年级学生会的主席，负责组织每年的各大活动。在跟日本同学并肩奋斗的时光里，她对日本社会了解愈发深刻，并开始用日本人的思维逻辑做事，最后连日本人都佩服，说她"比日本人还日本人"，这不但表现在她令日本人无法分辨的口音里（曾被评为全世界日语最好的10个外国人之一），还有她努力进取、永不言败的精神。

已有不止一个长辈曾跟我说，西方归来的留学生往往会变得自我、放纵和情绪化，而从日韩回来的留学生，他们更注重集体合作、自律和刻苦奋斗。这个武断的结论自然不是基于科学的调研基础之上，但是你依然无法否认，在这个时代，日本确实是中国最好的老师，它所经历的泡沫破裂后失去的20年似乎就是中国的未来，而它的文化传统却衍生自中国，并不断地在生根发芽。

在樱花季节一次10天的旅程里，光子一个人安排了我们20人的团纵穿京都、富士山、东京的旅程。随行的还有欧姆龙公司的全球最高秘书长宫川博司先生。白发苍苍的日本老人身着LV西服，全程陪伴我们进行了一次日本全接触，他曾辅助过欧姆龙公司三代经营者的顺利交接班,在日本商业圈子很有影响力。在一些高级酒店,经常能见到有熟人过来和他打招呼,而沿路的一些安排也由于他打过招呼后变得便利。例如会见京都知事,见识了日本官员的待客之道:一进大门,所有职员同时起立鼓掌,连节奏都掌握得一致。之后入住的欧姆龙内部酒店,是只有中层管理人员才有的待遇,酒店大堂窗外正对着的就是雄伟的富士山,造价15亿人民币的酒店,占据的是遥望富士山最好的位置。

但最让人印象深刻的是京都艺伎居酒屋内的一场穿越。

窄巷内,艺伎们化着浓白的妆容,身穿花费一小时缠裹而成的和服(通常造价在5万元人民币以上),头顶更为耗时耗力盘缠而成的发髻,展开了色诱。裂桃式的发髻令人想起了女性的性器官,而全身唯一裸露的细白后颈则被称为日本女人的"第三条腿",留给男子以想象的空间。

三个艺伎里最小的只有19岁,从14岁开始了诗书琴艺的练习,日复一日。她们由已褪去妆容的"姐姐"们带着,其中一个还曾是田中角荣以及稻盛和夫每来必点的红牌。金色的屏风被撤去,我们被要求不得照相和说话,只需静静地欣赏。

舞蹈中艺伎的动作很小,面无表情,似乎是极简主义的写照,反映的是京都近郊农田里农家女孩耕作的场景,一旁的老艺人手捧日本鯠笛,吹着乡间小调。第二个舞蹈则反映了艺伎的生活,她们清晨即起,练习歌舞,午后开始梳妆打扮,夜晚为客人助兴。最后老艺人开始独奏,是一首名为《鲫鱼》的曲子,我们被要求紧闭双目,寻找曲子中鲫鱼跃起的那一瞬间,座中一位年轻人流下了眼泪。

由于不通日语,无缘见识艺伎们千锤百炼的谈话艺术,与艺伎的交流也仅限于杯盏交错之间，喝到一定份上，艺伎会温柔地问你可不可以交杯，这时你要豪迈地将杯中酒一饮而尽，然后伸出右手托付空杯于她，并大声说一句拉长音的"好！"（伊伊~~~哟）

正当我们频发穿越时空、梦回唐朝之感时，座中的一位大叔站了起来，走到了前面的榻榻米上，不顾众艺伎的惊愕之情，攥着拳头，眉目紧锁，气运丹田地朗诵起了王维的《送元二使安西》，接着他又唱了一遍，然后默然回到了座位上。原来这是他从小入睡前，母亲总会对他吟诵的诗歌。

大巴穿梭在京都的道路上，这座仿制唐长安城修建而成的日本精神文化之都，如今依旧在最大限度上保存着昔日的模样，城里的居民以从事传承千百年的祖业为傲，在参观介绍的最后，他们都会谦虚地加上一句："中国是我们的文化母亲。"而市区内几乎五步一个的1877个寺院和神社随时能让你驻足、出离，这在全世界是独一无二的。

这么多年来，我们一直把日本当做假想敌，却遗漏了这个国家真正值得现在中国学习的部分，而光子似乎正是深刻地意识到了这一点。

除了参观和体验，抛去这些常规旅游项目，最有价值的是与宫川先生沿途的沙龙和对话。每顿饭，每个穿着和服盘腿而坐于榻榻米的夜晚，中日两个国家开始互为镜鉴，我们一行人提出了很多问题，全程由光子一人负责翻译，从无卡壳，始终面带笑容，令沟通如行云流水般流畅。白天高强度的翻译和协调工作过后，入夜她还要落实后面的行程，一般半夜两三点才睡，但是早餐前她总是最早出现在餐厅里。还有一个则是年过六十、穿戴整齐的宫川先生，这种旺盛的精力和敬业精神令我们不得不佩服。长时间缺乏睡眠对于光子已是家常便饭，而白天她也从不犯困，甚至会有愈加兴奋的感觉，见过她的老板们都认为光子更像一个创一代，而不是富二代。

创二代

这种对自我的严格要求和上进心是有来由的。在庆应，学校一直提倡精英教育，教育系统从幼儿园一直贯穿到大学，学生都是日本精英的子女。光子的一个同学是日本大财团伊藤忠商社老板的女儿，平时去麦当劳打工，两个月后得到店长赏识，升她做副店长，她当时觉得证明了自己，转身离开。在光子看来，日本的精英后代独立意识很强，并且谦虚早熟，就算一年给他们几百万花，他们也会规划得很好，一部分用来满足物质需求，一部分用来旅行，不够的话自己打工赚，不会花完了再问父母要，因为这是很可耻的行为。

光子每天脸上的妆容都很精巧，职业套装干净利落，做起事来雷厉风行，但从不得罪任何人，总是笑容可掬，心中的方向却很坚定，坐下来聊起过往时，自信十足，却不带狂妄，"我对日本人的思维逻辑和文化习惯了如指掌，我可以做很好的翻译，尤其是商务谈判的翻译，因为我能作为一个转换器，良好地传达双方的意思。"

大学毕业前光子已经在埃森哲和高盛实习过，这些公司的实习特别苦，每个月个人都要有成绩交上去，还要组成一个团队，从团队里选出精英去面试PK。毕业后，光子锁定了两个行业：咨询和银行。理由非常简单，这两个行业特别能锻炼年轻人，优秀的人也特别多，竞争激烈，她特别想成为其中的一员。

最后在四家企业，包括前面提到的两家，三菱商社和一家英资百年银行里，她选择了英资银行。在日本的外资企业文化比较活，没有日本传统的论资排辈，而工资第一年一般是其他公司的三倍，第二年还会涨30%，那家银行在东京的工资更是香港分部的三倍。但录取率也极低，如果在社会上录取，两万个人里只选10个，但光子通过几封推荐信和一张毕业文凭就进去了。

在第一年里，光子利用银行内部的跳槽机制，一年内把公司内的所有四个部门全部干了一遍（一般人需要两年的时间），并且把各部门内部的工作流程简化，提高了效率。年末公司在全球范围内选70个人到伦敦总部实习和培训半年，她凭借优异的工作能力，破天荒地代表日本去了。

在金融城的培训是各种不同肤色的人坐到一块，共同商量解决一个问题，这个过程中存在着很多冲突和摩擦，尤其是西方人惯有的咄咄逼人，为此光子说："气势如何并不重要，不用一个月，自然就知道谁是领头的了。"一个月后光子的世界观变了，她发现不同文化之间，人的思维方式确实有极大的差异，这需要个体之间极大的理解，否则无法高效地共同完成一个目标。

作为一家百年银行，光子非常佩服它的内部机制，PK无处不在，项目之间，人与人之间，每个人就像一台机器，都必须把自己的潜能逼到极限，创造最大的价值，尽管很多人都有忧郁症，但在公司里看不出来，因为工作起来每个人都奋不顾身。

第三年，光子被派去香港担当中层管理人员的职位，但这种火箭式的三级跳并不能满足她，因为之前选择这个领域只是为了锻炼自己，银行工作从来就不是她的终极目标，她只想看自己做到行业的顶尖是个什么样，可当最后美国 CEO 的生活方式每天出现在眼前，她决定不把人生的后几十年浪费在这上面。

我对于金融从业人员的想象，均来自于电影和身边朋友的讲述。

我上海有个搞金融的同学，入行一年半的光景，一年就可以入账 30 多万，当然这在同行里还属于差的了。他分析原因，一是跟对了师傅，也就是认对了大哥，二是老鼠仓要搞好，这个行内公开的秘密既有风险，也有机会，搞不好就像电影《华尔街》里的 Gordon Gekko 一样，锒铛入狱，要知道作为一个刚入行的小职员，基本工资才 2000 元，年终的红包和自己的私活儿才是王道。

同学年初倒卖了一套房子赚了 60 多万，可他还是嫌自己钱少，买不起上海的房子，自己一人还蜗居在 40 平米的房子里，因为做这行一定要低调，花钱有的是机会，不在这几年。而一谈到赚钱的机会，他的两眼就开始放光，说到自己的最终目标，就是跟一帮哥们一起把个东西搞上市了，套现以后彻底离开金融界，就像电影《华尔街 2》里所描述的，每个在华尔街混的人心里都有一个退出的金额，我问他是多少，回答竟然跟电影里的台词一样："越多越好"。

跟同学出去玩从来不用花钱，他的钱包里有一沓卡，从游泳健身到电影院，再到餐馆加油站，公司每半年就发一次，而年终的抽奖一等奖是 Bally 的包一个，这种以物质激励员工去创造更大物质产出的做法在金融公司里可谓屡见不鲜。

但由此也有代价，代价就是 The Money never sleeps（金钱永不眠），那么不管你是在吃饭走路上厕所，甚至睡觉，你脑子里一直要想着如何赚钱，必须留意一切的风吹草动，由于同学做的是美国的市场，他为此还必须了解当地的税法和政治政策变化，并随时跟进彭博社的信息，再加上跟大哥们搞好关系，拿到内幕消息，这才有赚钱的可能。

同学的一个同事是行业里的冠军，可惜30岁不到头发就已经快掉光了，每天中午也不吃饭，就爱举哑铃，实在找不到了，一个人跑到街上去捡砖头。

工作三年后，同学终于咬牙买了一部50多万的奥迪，车就停在小区的地下车库里，而与他一起居住的两位同事竟然都不知道他有车，平时他也不敢开出门去，因为在不久前证监会刚找上海各金融从业人员开过"警醒会"。要知道，2010年11月18日，国务院办公厅转发了证监会、公安部、监察部、国资委、预局五部门《关于依法打击和防控资本市场内幕交易的意见》，重拳一出，做人要低调更显得是至上的生存法则。

既然做人不能张扬，那么在生活方式上自然也只能往家里扎，平时曾试过三天三夜不睡觉去夜店的他也只能天天待在家里，要不然就是陪领导和"大哥们"打打牌，一晚上赢个千把块的，当然还收藏各种器物，做这行的"物欲"都特别强，但买了都往家里摆，也从不炫耀。

同学喝下几杯清酒后，脸一红，开始诉说：做金融的人生活是枯燥的，平时上班都是先把手机没收了，QQ更是被直接屏蔽。而面对屏幕上的输赢，生活上朋友的得失，心理素质更是重要，真正要做到不以物喜，不以己悲，要知道这一切都是在一个最大的合法赌场里发生的事情，一天以内输丢了一辆奥迪车并不可怕，接着再丢掉了几个"朋友"也不可怕，可怕的是丢掉了眼里的那点光亮。

带着眼里还有的光亮，离职前，光子跟美国老板聊了一次，老板非常支持她的决定，"管理人员到处都有，但是像你这样拥有创新意识、试图改变中日关系的人少之又少，你只要能干出来，影响肯定比你在这里大，到时候我帮你介绍人，缺钱了也可以帮你。"

几乎是同样的年龄，光子的爸爸这个时候已经结婚，同时伴随着改革开放带来的个人创富机会的释放，他从公社里出来，承包下了一家国有奶牛场，一干就是五年，每天凌晨四点起床挤奶，接着一天下来四处送奶，数年如一日，尽管最后没赚到大钱，但却被他认为"是人生中最为重要的一段时间"，因为有了这种磨练，后来再苦的事也有了跨越的能力和决心。

光子似乎也在重复着同样的道路，离开银行体制后，她决定自己创业，创办一家全球企业游学机构。当初选择创业，她的父亲就跟她说："好多人都是半路出家创业，成功了就是伟人，但好多人一辈子为之奋斗，最后也是默默无闻，你要想清楚了。"

认识光子两年，我一直试图去理解她的存在，可还是充满了困惑，有一个问题我一直得不到答案，我不知道她这些年勤奋刻苦和远大理想的出发点是什么。她似乎一直受环境的影响，作为家里的老大，她更背负着成为榜样的压力，与她的多次聊天里我更多感觉到的，是一大堆的资历和概念，我想你也会有同感，她的经历闪闪发光，可却如此无聊，里面总是少了些什么。

孕育

在我所接触的同龄二代里，女性接班人似乎比男性觉醒得更早，她们会在 25 岁左右抛开玩乐，全身心地开始思考和实践自己的事业，这源于女性的孕育本能，以及保护父母的责任和义务，而男性接班人只有年龄接近30岁，或者经历了巨大变故（例如父亲早逝、自己身为人父）之后，才会真正宣告自己玩够了，开始老实地干事业。

宋总年纪不大，却掌管着一个占地400亩、耗资1.5亿的幼儿园。她发起成立的原因很简单，有一天孩子回家尿裤子，她发现是因为老师限制了孩子们上厕所的时间。不但如此，她发现幼儿园的小朋友还要一起排队喝水、玩耍。第二天她就不让自己孩子去了，接着开始全国找合适的幼儿园，结果发现都不行，很多幼儿园园长都回答不上来教育的目的到底是什么。

最后她跑去问柏林禅寺的净慧老和尚，教育的目的是什么，老和尚笑而不语，她接着问：人活着是为什么？老和尚还是不语。最后净慧说："你把刚才问我的所有问题回去自己倒着想一下就明白了。"后来她感觉到要从生命的角度去谈教育，要追寻活着的意义，这才醒悟教育先要理解生命是什么。

在她看来，现在教育注重脑袋，但在幼儿期间灵性是最重要的，小孩是用身心去感受这个世界的，只不过最后被各种概念和世俗的东西泯灭了，其实任何人都不能教给孩子什么，教得越多，孩子泯灭得越快。

她曾经看到过一个故事，对自己触动很大。一个孩子问爸爸什么是麦浪，爸爸什么都没说，有一天开车带他来到秋日的农田里，跟孩子说这就是麦浪。

光考察幼儿园，宋总就去了不下20个国家，最后她找到了德国的华德福教育，创办者是鲁道夫·史代纳，老师是歌德，晚年受老子《道德经》影响很深。她认为华德福的教育理念跟她的想法不谋而合。接着选址用了9个月,并确定了幼儿园的主要教学方法:让孩子们自己去体验,直接进入,不用概念和言语去讲,然后自我显现。

园里有动物养殖区、跑马场,让孩子在园里直接养小动物,跑马场是为了恢复古代六艺。还有梯田,自己种植农作物,最后能够自给自足。里面还有光的实验室,让孩子自己去体验。其中的建筑占地面积很小,大部分都是绿地。打算初期招600个孩子,20个孩子一个班,一个班三个老师,老师的要求是纯净、有灵性、生命力旺,文凭只是次要条件。

一个刚毕业就成为家庭主妇的人为了幼儿园跑遍了政府各大部门,当她跟政府官员说自己要投资1.5个亿在山沟里建幼儿园的时候,几乎所有人都认为她是在圈地,只不过是卖一个故事。本来有条路要从幼儿园边上过,为了这事她亲自跑去说服书记,她说如果自己是开发房地产,那巴不得有条道路,但幼儿园就是要清静,不受外界干扰,而且这个项目是有长远社会效益的,书记听了之后说:"你把这个幼儿园一定办好,这也算是我的政绩。"那是她跑项目以来,第一次得到政府的鼓励和支持。

宋总从小家庭关系并不好,父亲常常在她的手臂上搓灭烟头,一起吃饭她会紧张地不敢夹菜,她认识的一个孩子就这么跳楼自杀了,她认为自己生命力够强,因而一直推到了今天。但童年的阴影让她长大成人后父女关系形同路人,这也是为什么她认为学前教育非常重要。

而光子因为在日本待了8年,感悟到中日之间的互补性太强,尤其是企业方面。日本经济泡沫破裂后的20年,几乎可以说是中国不远的未来,细查历史,其中有太多相似之处。可是由于近代一段灰暗历史的阻隔，这两个国家始终无法真正建立一种良性的沟通关系。

利用自己学校和银行的资源，她开始从日本切入，目标群体是中国的老板。短短的两年，这个平台的价值正逐渐得到认可，从一开始被人误解为旅游公司，遭遇砍价，到现在学员100%的满意度，中日企业和社会互为镜鉴的威力正逐步凸显，人才也在不断聚拢，其中一个东京大学的金融学博士几乎是不计报酬地加入到了公司业务中。

这背后不可或缺的是父亲全力的支持，他的公司正在进行产业结构调整，逐步从重资产转变为轻资产公司，专注于金融投资，当然主要还是配合几个孩子未来的创业，"我的这些钱还够赔一段时间的，再说这几个孩子脑瓜子也不笨，吃饭是没问题的，如果努力的话肯定能做好的，而且年轻的时候赔几个钱才知道怎么赚钱。"

接着我顺带着问了他对失去财富、一夜回到从前的恐惧的看法，他说："财富别人可以夺去，但是你的个人能力和思想无法被夺去，在我看来遍地都是钱，怎么都可以生存下去，那些缺钱花的人无非是思路不对，或者太懒了。"

在一个年轻人频繁抱怨社会不公、利益集团泛滥、上升空间堵死的年代，老一辈人却总是告诉我这个世界满眼黄金，机会多得都有点顾不过来了。

要做到这一点自信，除了能吃苦，我觉得更重要的是一种商业天赋和嗅觉，这点一个跟我同龄的农村孩子曾用亲身经历证明过。

在浦东曾经接待过邓小平和江泽民的游轮上，伴随着窗外灯火通明的两岸夜景，自强聊起了过往。外面甲板上，他的员工正对着两岸大声唱歌，高喊公司的口号，通过几年的奋斗，他如今拥有了自己的贵金属期货交易公司，办公室就设在陆家嘴的核心区域。

自强来自山东农村，上高中家里没钱，他说服校长做了减免，老师也发起过全班的捐款，可至此每次他吃得稍微好一点，也就是一包方便面，同学就指着他的鼻子说："你也配吃方便面，你的钱都是我们捐款捐出来的。"他一个星期伙食费10块钱，除了早上两个馒头，其他都是问食堂师傅要剩饭剩菜。

临近高考前的第28天，他父亲由于太过担忧，脑溢血发作，被急送到医院。家里用所有的粮票换了1800块钱，做了一次引流，暂时脱离了生命危险。接下来自强的母亲求遍了全村人，没有一个肯借钱给他们家，因为家里的主要劳动力倒下了，这代表他们已经失去了还债的能力。

不给钱，医院就不给治，自强的父亲只得回家待着。30天后，由于无法进食和进药，自强眼睁睁看着父亲死在了面前。他当时就把弟弟叫过来，跟他说："父亲是一个好人，我们也一定要做个好人，一定要挣钱。"接着他们在墙上写上了"挣钱"两个大字。

当年自强曾问自己追求过的一个校花，她的梦想是什么，她说自己想去上海。从此，上海就成了自强梦想的代名词。

在上海，自强卖过房子，跑过贷款，给周星驰当过替身，他睡朋友的地板，一天花10块钱的伙食费，每天吃麻辣烫吃得胃溃疡。可是不到两年时间，他就成立了自己的贷款公司，三年后做出了中介贷款服务公司里全上海放款量第一的业绩，一年30多个亿，2009年最辉煌的时候，放款额高达100多个亿。随后，当国家又开始调控房地产市场，他立马转行做起了现在的贵金属投资。

如果他最后成魔，或者一夜之间垮掉，这会是一个典型的穷小子暴富故事，上一代人里有很多往往能吃苦，可却接不住财富暴增后的膨胀，他们失去了方向。可是自强却有着异于同龄人的淡定。一个老板告诉我，有一次在海外上课，由于员工操盘失误，一不小心赔了600万，他接到电话后，一路从没跟任何人说过。而尽管目前他在上海已经有了十几套房子，可谈到财富，他想得更远。

"我对财富没追求，理想还是做一番轰轰烈烈的事业。我很崇拜毛泽东。我的人生要做三件事，第一件是医院，我们的医院，是先看病再收钱。第二件是学校，我们的教育机制有问题，就是我身边的大学毕业生学出来，到社会上没用，四年都是浪费，我的好多研究生来这里都不行，要改善教育机制。如果没有心态的培养，大部分人都会随波逐流。第三块就是敬老院，我们中国的老人没有精神生活，大部分都是等死，我就是要成立一个高级敬老院。但要做成这三大块就要有政治地位，所以我的事业要做得足够大。"

抉择

从大学起，直到进入银行，再到自己创业，光子一直处于竞争极端激烈的工作和学习环境当中，平时排解压力的方式是"出走"，在大学和工作期间，就算有三天的假期，她都会飞回老家，跟家里人待上一天，吃顿住家饭，睡一睡家里的床。

暑假她会去雄也，在京都的旁边，山很险峻，古代很多去朝拜天皇的人就死在路上。那里是她的心灵故乡，每逢踏足便会流泪，像回家一样，总感觉山水草木都在欢迎自己。在原始森林里，大家一起怀抱着千年古木，前世今生会浮现眼前，醒来后泪流满面，问旁边人，哪知道才过了五分钟。一个在中国学过气功的加拿大人，在雄也住了27年，光子跟着练完一套动作后感觉四肢发麻，气功师说："人都是处于一种被麻痹和自我麻痹的状态中，因此身体是不畅通的，气无法自如流动。"

光子每次去都住在一个80多岁的老太太家里，房子是纯木头做的，里面种了很多植物。老太太早上起来浇花，一边浇一边会对着花草说谢谢，墙上的几十个条幅，每个条幅上都用不同字体写着"阿里嘎多"（谢谢）。老太太曾带光子上过三楼，那里放着根圆木，她面带笑容地说："我哪天活得差不多了，就把自己往里面一放，盖子一盖就去了。"说完，她翻进去，躺下大小刚好，接着推上了盖子。老太太的老伴50岁就死了，这么多年，她一个人住着，为此她还常开玩笑地说："我也想找个男朋友啊！"平日里，她能骑三十公里的自行车出去办事。谈到死亡，她说："我活在这种环境里，死和没死是一样的，因为已经跟万物一体了。"

有一次光子躺在一个顺流而下的竹筏上，一个公务员老太太给大家义务吹笛子，伴随着两旁的流水声，那段时间光子很郁闷，躺着突然说了一句："活着真好。"笛声停下，老太太哭了，她感动的是这片山水能让外人幸福。过了三年，她当上了当地的旅游局局长。

2012年随着中日关系的日益紧张，光子的游学项目被迫中止，但她并没就此停下脚步，而是积极地开拓其他国家的游学路线，这样的决断力源于从小父亲就不帮她做决定，考大学和选公司都是。"我当时特别希望有个高人告诉自己该选哪条路，因为人都有依赖心理，但是我父亲从来不帮我选择，这很有杀伤力，因为路是你选的，你必须为此承担后果，不要到时候坏事了来责怪我。我当时非常不理解，现在回想太绝了。我现在就是选定一条路就要坚定不移地走下去，对自己的选择负责。"

两年过去，游学公司正一天天地烧着钱，可是参与的老板并不多，光子在与本土草根老板对接的过程中似乎出现了一些问题。她费了很大的心力去了解这个群体，与他们打交道，并推广日本游学的价值，可报名的人却并不太多，他们总把光子的公司理解为高级旅行定制公司，对其中最为重要的企业考察学习一项视而不见。

往往失败的时光是最考验人的，尤其对于创业来说，在这段时间内，你可以很清楚地看出自己是自用之才，也就是自己搭建平台自己干，还是成为主流的被用之才，做到头也就是一个打工者。开创一样新事物从来就不是容易的事情，这也许才是创二代的真正含义：身处于一个完全不同于父辈奋斗过的时代，开创属于自己的一份事业。

在日本一直流传着这样一个故事：华严瀑布曾是日本自杀率最高的地方之一，为此当地旅游局在景区入口插了一块牌子，上面只写了几句话："请你在自杀之前考虑一下以下两件事：一，自己是否有麻烦到别人。二，想想自己的父母。"之后，那里的自杀率迅速下降。

光子显然深受日本教育的影响，这也解释了她为何总是笑脸盈盈，几乎从不吐露自己内心的困惑和焦虑，而由于弟弟先于她成婚，迫于家里，尤其是来自于母亲关于传统的观念压力，她也不得不在事业困惑期成婚，对于远在韩国的丈夫，以及腹中的胎儿，这位女性创业者的未来依然摆脱不了数千年的魔咒，到底是建功立业，还是相夫教子。

第四章　雌雄同体

> 谈爱犹如服兵役。怯懦的人们，且请退下。懦夫是不该来捍卫这种旗帜的。黑夜、寒冬、长路、剧烈痛楚，所有辛劳的考验，在这欢乐的营地中，都是理应忍受的。你须得时常承受自云中落下的瓢泼大雨；你常常冷得颤抖，还得席地而眠。
>
> ——奥维德《爱经》

我第一次来到林安然的城市，想探究一些性感有趣的行业。她的母亲宋总在当地多年以来口碑极好，做事有大姐风范，是很有影响力的人物，通过她的关系安然帮我约了一个当地最火、营业时间最久夜店的老板，并陪我一同前去。

我一直不明白中国夜店文化的诱人之处何在，在这个一群群人被卡座和包厢隔开的地方，每张桌子就是一座孤岛，人们貌似拥挤在一起，可却各玩儿各的，无聊的女孩们玩着手机，刺耳并且千篇一律的音乐对她们毫无触动，你往往能判断出她们是小蜜蜂（陪酒女郎，在夜店兼职带旺气氛的女孩），这个中国夜店文化独特的产物，完全是为了维持失衡的男女比例。

喝着假酒（据传洋酒成本为3块到40块不等，卖价最高800块，啤酒最低成本5毛，直接从大桶里灌装），听着假音乐，泡着假妹子，通过虚假的斗富追求着所谓的尊崇感（包括连开12瓶万元香槟，其实很多都是策划好的，夜店往往承担了大部分的支出），这令人十分费解，而真正好的电子音乐不该如此，正如我在瓢泼大雨中的居庸关脚下，世界排名第一的DJ放出的音乐有种能令人癫狂的特质。

我们坐在舞台边的圆桌旁，百无聊赖地喝着啤酒，舞台上的歌手被台下的观众暴力地灌着一扎扎的啤酒和洋酒混合而成的液体，接着还能翻着跟斗跳下舞台，而大龄夜店女王回到自己王国的时候已是午夜 12 点半了，一肚子的红酒令她走路都需要人搀扶，今晚据说是陪一帮重要的官员。她说要先回去换一身衣服，因为之前穿得比较正式，过了一会儿，秘书下来说她睡着了。我们失望地走到门口，正准备离去，突然电话打来，她急匆匆地赶了过来，换了一身长袖飘舞的红色连衣裙，戴上了"战斗"用的黄色无框眼镜，假睫毛由于过长，从里面探了出来。摇滚大妈的生活才正式拉开帷幕。

她先带着我们去了她的办公室，位于舞台后方，一旁是员工的用餐区域，似乎纸糊的天花板低矮得能顶着头，跟前面的世界相比，这里简直像个贫民窟。将近凌晨一点，员工们才开始吃晚饭，她们卸下一夜的妆容，在一个个小圆桌前站着吃起了工作餐。

办公室里寒暄几句过后，女王带着我们游览了自己的王国，演艺厅这时已下班，穿过拥挤的人群，我们来到了蹦迪区，今晚这里有一桌政府的客人，秃顶的中年男人正摇摆着身体，身边站着两个笑意盈盈的美女，洋酒混着绿茶一杯杯地下去，女王在我耳边说："你可以把这个写进去，官员们也需要释放，不是吗？"随后她带领全桌起舞，动作比年轻女孩更洒脱，可却难掩脸上的老年斑。

酒过三巡，店里驻场的演员一一过来问候，有一米八以上的男模，也有刚才演出的女艺人们，她们对我伸出了右手，亲了一下之后，头往前一伸，身体跟着波浪似的摆动起来，据说这是她们的招牌动作，但我却感觉不到暧昧，更多是一种戏谑和荒谬之感。十来个女孩，有乌克兰的金发美女，也有冒充美国人的黑人女孩，她们排着队，如排山倒海之势过来和我拥抱，这不由地让我有点眩晕。

女王最后带我们来到了她隔壁的KTV，由她儿子在美国读书时认识的一个朋友经营，儿子负责装修设计。包厢里，看我戴着眼镜，十来个姑娘齐声喊起了口号："眼镜眼镜，白天教授，晚上禽兽。"女王去上厕所，一个小时没回来。

走出夜店的时候已是凌晨两点，安然的司机在车上睡着了，电话里告别的时候，我们得知女王正在开例会。这就是她十多年来的工作时间，天天如此，黑白颠倒。在门口，突然间她又跑了出来，换了一身自己感觉最舒适的运动装，要亲自送别一下我们，而还有四个小时，她将前往机场，陪同一帮官员去巴厘岛考察一周。

那是我第一次近距离接触一位女老板，我发现她们的角色是如此多变，但没一个真正属于自己，以至于有疲于奔命的感觉。

几个月后，我到宋总的家里做客，她的别墅和工厂建在一起，前面有个池塘，里面养着鱼和鸭子，一旁还有菜地，吃饭基本自给自足。一进门，我看到她的丈夫坐在沙发上，腿上盖着被子，正面无表情地看着电视。他目前负责公司的财务，会议基本不发言，只在内部家庭会议里提点建议，近几年痴迷钓鱼。一天晚上，在屋外抽烟，我跟他聊起了钓鱼的话题，他立马两眼放光，一扫平时的萎靡。

保姆端上了饭菜，其中有炒南瓜根、烟熏腊肉和牛肉白萝卜汤，宋总的司机倒了一杯五粮液原浆泡的猴骨酒给我，全桌就我一个人喝，其他几个公司骨干稍后有会议，一口下肚后，室内将近零度的气温慢慢地暖了起来。其中一位高管说道，今天是毛主席的生日，宋总立刻反应过来，让保姆去准备几样小菜，其中包括红烧肉，等会儿祭拜用，她还说今天韶山会准备几十吨免费的面条，给主席庆生。

饭毕，在宋总的茶室里开会，一打打的文件摆在了茶几上，为的是落实一些商铺的法律问题，宋总静静地听着几个员工汇报情况，很少插嘴，最后让他们去找律师商量。接着聊到了换季库存的问题，她也没给出具体想法，只是让员工们谨慎地去做，换在以前，她一定会当机立断地给出几条想法，让底下人马上执行。

半年前，宋总刚把办公室让给了安然，此时安然正在广东看厂，因此有些急事还是需要母亲在别墅的茶室里代为处理，但是她们已经达成了一致：所有的决策都必须由安然来做。协议达成前的好几次会议宋总都有旁听，元老们一有对安然的不满，眼光就会投向宋总，虽然她并没表态，可是安然还是感到了无形的压力，会后把自己锁在了办公室里，之后元老私下都会找宋总诉苦，为此推翻了很多会议上已经敲定的决策。

小会结束，已是晚上9点，安然的电话打进来，她一天跑了9个工厂，显得精神饱满，母亲很高兴，说："不愧是我的女儿，要记住有效率，但也要有质量，我相信你。"谈起交班，宋总说自己身边的很多企业家，过了六十岁还是大权在握，但她却宁愿在还有精力的时候，扶上马，送一程。

国外留学回来半年后，安然准备接班，宋总跟她说："这个行业很累，你要做好准备，一旦进来，就出去不了。如果想做的话，就从头开始。"之后安然先学习了半年服装设计，然后去广州的一个服装品牌从营业员干起，打了半年工。后来去上海搞设计，第一次当老板，自己招人，第一批人做了两三个月全都跑了。她打电话给母亲，在电话里拼命哭。

在宋总看来，这点小挫折算不了什么。

宋总的家里有八兄妹，她当时创业，或者说赚钱的理由非常简单。不到 10 岁，母亲生病，她到大队会计那里去借钱，当时为了两块钱，她天没亮就起来坐在人家门口，一直到日头高照对方也是不理不睬，拿到钱后，她的眼泪只能往肚子里流。后来她有了两个孩子，她当时就下决心就算要饭，也要送两个孩子上大学，因为她自己只上了四年小学。

由于自己家里面是做手工业出身的，开了两个榨油站，生活过得还不错。1964 年搞"四清"，周围没有地主，她家里被评为富裕中农，于是就抓着她父亲去斗，之后油站、两所大房子、粮食衣服全被没收，几个孩子更是到处遭人白眼，宋总说这种恐惧感至今挥之不去。

在这种情况下，宋总的母亲每天早上出去挖野菜，砍柴火，她始终认为一个家烟火不能停。为了全家一天能吃上两顿饭，她会先分给每个人一点稀饭，然后就着山上面所有能吃的下咽。母亲还立下了家训：一是出去不要乱讲话；二是抬头走路，绝不能哭穷；三是要相信六道轮回，前世有罪，今生受，但是今生要修来世。宋总的母亲拜菩萨，当时家里人生病她就拿一碗开水，在菩萨面前请愿，在里面划一划，喝了就好，可她自己最后却因为过度劳累，患风湿性心脏病去世。

拥有一个强大的母亲是一件比较复杂的事情，这点我深有体会，她会为你安排好一切，为此如下的争吵总会出现："我为什么要按照你的想法来活呢？那无非是把你又活了一遍，这样有何意义？""你要是听我的就好了！"

她也会很有主见，不同意的观点立刻就会提出，一分钟都不会等，从不委曲求全。但与此同时，她却也是为家族牺牲最大的人，当然她从不认为那是"牺牲"，而是一种自我兴趣和家族使命的完美结合。

她关于爱的表达都是硬邦邦的，从小到大，世界没有给予她一颗柔软之心存活的地方，她都是独来独往，如同一匹孤狼。

曾经有机会我严肃地问过她几个问题。

1. 对自己的现状满意吗？

还行，悠闲自得。

2. 对你今天所取得的成就，有何心得可以与他人分享？

不见得每个人都有多大成就，而且对所谓成就的定义也不同，但要想活得充实，起码应该与时俱进，不然就会被时代淘汰，被社会边缘化。

3. 对你父母和他们的成长年代，怎么看？你理解他们吗？

父母的年代是革命的年代，动荡的年代，受诸多约束，远不如现代人活得潇洒，但他们曾经有理想、有追求，有丰富的人生经历，也有他们的精彩。至于长期以来形成的观念已经很难改变，不必强求其改变。

4. 你对这个时代有什么话不吐不快？

从世界到中国，人类的贪欲日益膨胀，地球早晚难以为继，导致各种矛盾冲突总爆发。

5. 在经济不景气的大背景下，你对你所从事的领域的前景怎么看待？

家庭主妇这一职业什么时候都不会失业，在困难的情况下越发显得重要，地位比经济好时还要高。

6. 你觉得你的同龄人的最大问题是什么？

逐渐淡出社会主流，但又找不到新的生活目标。

7. 责任权利和个人自由，你最看重哪一个？

责任和权利是对等的，要享受权利难免要承担责任；而自由总是相对的，不存在绝对的自由。

8. 对你影响最大的一本书、一部电影？

靠一本书或一个电影改变命运只是一种巧合，不可复制。书也好，电影也好，对人的影响都是日积月累，潜移默化的。不同时期感兴趣的作品不同，不是一成不变的。

9. 你觉得什么是最重要的？

对我们这个年龄的人来说，健康的身体是1，其他都是0。

10. 你幸福吗？有没有不安？最大的担忧是什么？

目前还算不错，担心的是孩子能否成才，能否找个好媳妇。

精神世界

茶室里，宋总正诉说着童年的经历，保姆推门进来说菜做好了，她走了出去，带着几个保姆一起祭奠毛主席。回来后，我不得不问一个问题："你为什么要祭奠毛主席？"

她回答道："虽然毛主席的运动让我一家受了迫害，但是毛泽东的思想武装了我，因为那个时候我书读得很少，只读了毛主席语录一百条，那是毛主席四卷里的精华，我之后做事都是参照毛主席语录。比如在做事业的时候，毛主席语录给了我力量，给了我勇气，让我坚持不懈。刚创业时，晚上送货进货都是一个人，有一次冬天渡轮搁浅，搞了两小时，下了轮船以后已经很晚了，我骑个单车，上面拖了很多面料，要靠我一个人从河中间背到河

第四章 雌雄同体

滩上。这之后还要敲开商店的门,买支手电筒,穿着雨衣一个人骑单车在大堤上赶路,那两边都是湍急的河水,一片漆黑,而且附近神经病特多,这个时候我就大声高唱毛主席语录。"

接着,她大声唱了起来,带着一丝地方口音(40岁以后才开始学普通话):"下定决心,不怕牺牲,排除万难去争取胜利。下定决心,不怕牺牲,排除万难去争取胜利。下定决心,不怕牺牲,排除万难去争取胜利!"

然后她又唱了一首,"革命,不是请客吃饭,不是做文章,不是绘画绣花,不能那样雅致,那样从容不迫文质彬彬,那样温良恭俭让,革命是暴动,是一个阶级推翻一个阶级暴力的行动。"

"我在发展企业的岁月里,身边都是有经验,高学历,什么都懂的人,那我怎么领导他们呢?他们做一个方案都是一本书那么厚,提各种建议,我没老师,很多时候是毛主席语录启发了我。没事的时候,我把毛主席语录当安眠药,背着背着就睡着了。"

接着她背起了老三篇,"《为人民服务》,'我们的共产党和共产党所领导的八路军和新四军',你看他这些语言每一句都是很有力量的,他都给你定格了。"

随后是第二篇,"《纪念白求恩》,'白求恩同志是加拿大共产党员……就是一个高尚的人,一个纯粹的人,一个有道德的人,一个脱离了低级趣味的人,一个有益于人民的人。'他这些语录就像给你充电一样,让你很有力量。我就立志成为这五种人。他就像一盏明灯,指引我向前。"

此时我正坐在宋总别墅二楼的书房里,刚装修完一个月,一开始她坐在里面读书有一种失落感,因为企业已经交班,她需要开始追寻另外一种东西,真正地为自己活一次。墙上挂着"敬天爱人"四个字，出自稻盛和夫，当财富积累到一定程度后，老板们都开始寻找一种自我精神的依托。她昨天刚从华夏文化传统专修学校回来，三天的课程里收获巨大。由于年轻时候被剥夺了读书的权利，她如今像小学生一样坐在课堂里，起立、鞠躬、道老师好和学习四书五经，这些都让她感到幸福，尤其是学习的充实感令人生有了新的意义，而不再沉浸于当初为了改变命运，发财致富的欲望里。

在2012年的下半年里，我身边曾有十几个草根老板就这样坐在我面前，他们一个个都像哲学家般谈论着人生和事业的意义，如何赚钱似乎被抛到了脑后，这就像一夜之间，非洲草原上的"野生动物"们在吃饱了撑的之后，开始叩问起自己的存在意义一样。但仔细听下去，他们似乎很有发言权，因为这些所思所想都是从创业路上的痛苦和艰辛中分泌出来的，甚至有时跟生意没任何关系，尤其是当他们跟你谈起宇宙起源和宗教本质的时候。

西北做乳业的黄老板早期曾连续三次创业失败，可终于在20世纪末期建立了自己的乳业公司，2010年胡锦涛总书记还亲自到他的牧场视察。

黄老板人生的第一次改变来源于一个问题，其中最核心的就是生与死的问题，他认为如果这两个问题不解决，一个人便无法获得无限的动力。于是19岁的时候他用了两年时间泡图书馆，看遍了名人传记，让他想清楚了人活着的价值，是通过你能为多少人带来幸福而决定，而人怕死就是因为把自己看得太重，活在欲望里面，但欲望只是调动你能力的一个工具，如果你光是为自己，就只会永远陷在里面，但是为别人活就可以解脱。他21岁时明白了这个问题，并综合自己各方面的能力，打算成为一个企业家。

第四章 雌雄同体

除了务虚，黄老板更是天生的实干家，他一直相信人生是可以被规划出来，命运也可以被掌控，想到就一定要做到。为此从21岁起，他就打算以三年为一个单位，十二年作为一个周期，把人生分成三个周期：第一个阶段是学习，实习，创业过程；第二个12年是做成事业；第三个12年是总结，提升，帮助更多人。

聊天的时候，我和黄总的身后是乳业公司里的几千头优质奶牛，浓烈的尿骚味随风而至。黄总最近正在研究宇宙的起源，他一直在思考万物本源的问题，想从根本上找到点什么东西，并说起了自己的理论，其间不断有电话打进来，商量新牧场的土地买卖和草料问题。这两者很自然地在他身上转换着。

河北的刘总在河南和石家庄曾经拥有10家平价连锁鞋城，之后随着企业盲目的扩张，他投资的一个比较大的商厦和五六家餐厅营业额开始滑坡。同一年，父亲患脑溢血突然离开，母亲脑子里长了个肿瘤，妹妹从18岁得的红斑狼疮在那段时间开始不停复发，自己也在杭州上一个商业课的时候摔断了胳膊，一切所能想到的灾难同时降临在了他身上。

挎着胳膊，他来到医院伺候妹妹，那是他人生的低谷。2009年，他在北京的云居寺上一个企业家培训课程，那年的冬天特别冷，课上讲到了企业之魂，于是他开始问自己一个问题：人为什么而活？

回到石家庄，春节期间大雪纷飞，家家都在张灯结彩，他和妹妹独自在医院里探讨人生：人为什么而活？人需要做什么样的事才有感觉？那是他妹妹的最后一个冬天，他意识到人之本源就是健康，由于当时没有更多的资源，他决定从饮食方面入手，于是提出了养生餐饮的概念，几乎是"在一个生死的瞬间确定了后半生的事业方向"。

从 2007 年开始,刘总开始了"日精进",每天有任何想法都要记录下来,如今已记满了 20 个本子,不时他会回看之前的记录,一种绵延不绝的感觉油然而生。他认为"人的能力、持续的成长力和体系化最重要,而其中更重要的是成长性,这是最值得呵护的火种,一旦这个泯灭之后人就会失去动力,所以这 20 本笔记是一个不断点燃的过程"。

2011 年刘总去了趟台湾,参加了为期三天的慈济法会,当证严上师从他身边缓缓经过时,他竟莫名地流下了泪水。

女企业家的命运

身后的书柜上,有一个华夏文化传统专修学校 20 周年纪念的铜制模型香台,里面放了一本旧版的红宝书,是宋总花了五百块从韶山买回来的。接着她又开始跟我分享自己的课堂笔记:"第一种人:在无恩处有恩",这时她老公突然拿着电话,推门进来,原先的氛围一下子被哇啦哇啦的电话声打断,老公出去以后,她重新开始朗读:"第一种……;第二种人,在有恩处有恩;第三种人,在无恩处无恩;第四种人,在有恩处无恩。第二种人是活在人的层面上,那么第一种就是圣人。"

宋总的一生遇到过很多恩人,但也前后经历过"叛变",两个亲戚都在她手下干了几年后便出去自立门户,其中一个更是先用公司的钱购买了生产设备,接着又带走了整个管理团队。每次她都是大哭一场,接着第二天重新振作。按照她的理解,他们当时由于年轻,只获取而没付出过,因此野心比较大,容易膨胀,才会出走。而他们两人的工厂,现在就开在边上。

一天下午,树上挂着当地数年未遇的霜冻,沿着田间小路,我和宋总去拜土地公,顺便回老家(其实就与她的工厂一墙之隔)。她当年的祖屋里供着老祖宗的牌位和相片,偏房里挂着父亲90岁大寿,四男四女一起的全家福合影。途中经过了她大哥住的农家院,墙上粉刷着黑体字的毛泽东《七绝·改西乡隆盛诗赠父亲》的诗句。

孩儿立志出乡关,学不成名誓不还。埋骨何须桑梓地,人生无处不青山。

湿冷的天气令人骨头发抖,宋总说她从小就是家里最勤劳的,在这样将近零度的气温里,才五六岁的她便常常拿着小篮子去挖野草喂猪,手很快会被冻得出血,而脚上因为只有一双母亲缝的鞋子,为了避免打湿,她只得赤脚出去干活。冬天的晚上,一家人盖着用了几十年、已经发硬的被子,缩成一团。到了夏天,家里热得没法睡觉,下午五点多钟,村里人就在池塘边围满了一圈折床,享受一丝凉风的吹拂,有一家人睡着睡着还少了一个孩子,第二天才发现是滚到了水塘里边,可竟然还活着。

当时集体夜宿池塘的场景,宋总回忆起来觉得无比幸福,而如今村子正在衰败,只剩不到20户人家,年轻人都去城市里寻找新希望,空房子里住的都是留守的老人。

走过一片布满冰碴子的田野,爬上一个土坡,宋总带我来到了一个简陋的土地庙前,砖瓦完全暴露在了外面,中间的水泥地上供着一副神牌和一个香炉,代表土地公的所在。点上三炷香,她和司机首先轮流对神牌行了三跪之礼，接着拿出纸钱烧了起来，笃信命运和报应的宋总劝我也行个礼，她认为只会有益无害。碍于情面，我机械化地跪拜了三次，后面响起了炮仗声，据说这是为了告知土地公有人前来拜访。

当天晚上，我们聊起了女性的角色问题，以及女企业家的命运，宋总说："作为母亲，女儿从小吃百家饭长大，没时间管她，我不是一个合格的母亲。而作为妻子，我基本上没尽到妻子的责任。"接着她又谈到了安然，"现在我作为母亲来说，就算这个企业没有了，只要她有一个美满的小家庭，我就知足了。"我反问她："也许她还没遇到一个适合的，或者就这样带着个儿子过一辈子也挺幸福的。"宋总陷入了长时间的沉默当中。

往事浮上心头，她又开口说道："中国历史几千年来，对女人是不公平的，就是男尊女卑。像我通过自己的努力把企业做大了，在这一群人里面，年龄差不多大，我在很多方面比他们更努力，可在外人看起来总觉得你这个女人不正常，虽然他很尊重你。女人永远都是被动的，她一心一意做个贤妻良母，男人也出问题，你很强势，又不一定能找到理想的男人，优秀的男人不一定喜欢你这样的女人。"

突然，她站起身来，领着我摸着黑，借助手机电筒的光到别墅后面住了17年的老房子里去看。里面闲置已久，柜子上放着女儿的结婚照和四瓶孔府老酒，那是孔府集团在中了央视标王后购买的，为的就是提醒自己头脑不要发热。可接着她叹息道："（头脑不发热）人这一辈子很难做到，我为女儿做的那个决定就是头脑发热。"

回到书房，她依然沉浸在刚才的情绪中，"这话我从来不跟人分享，因为怕人瞧不起，女人你不管如何努力，事业如何精彩，在男人的眼里，你就是个女人。"我紧接着问："那你会担心安然重蹈你的覆辙吗？"话音刚落，"Hi！"安然满面笑容，带着脸蛋红润、胖嘟嘟的4岁孩子推门进来，宋总脸上凝重的表情突然一扫而空，似乎有一道光洒了进来。接着我们四人坐在地上，靠着蒲团，围着"小王子"玩了起来。

有时候女企业家们由于走的路太长，以至于甚至忘记了自己是谁，何为女人，而当宋总在看着"小王子"爬来爬去的瞬间，我感觉到她又回归成为了一个女人，一个母亲。

"小王子"是安然和前夫生的孩子，用安然的话说："傻逼一样就结婚了。"前夫是安然的初中同学，也是初恋情人，大学毕业回来后，他们又碰到了一起。这时母亲正为她的婚事担心，因为她认为安然从小就是一个把事情看得很明白的人，从买第一双1000块钱的鞋开始，她就要举出理由说服母亲，包括多次转学，她都拿出了自己的理由。

母亲见过男孩几面，凭直觉认定他是不错的女婿，加上有不错的感情基础，安然便听从了母亲的意见，男方也很快就安排了婚期。可是婚后移居南方的生活出人意料，婆婆对安然的控制和压迫几乎超出了所有婆媳类电视剧的想象范围。两年的时间里，安然一直默默地忍受着婆婆的摧残。

退无可退，她提出了一家三口搬出去住的想法，婆婆坚决不同意，认为她搬出去会跟别人跑掉。为了向儿子证明，婆婆往家里请了一拨又一拨的巫婆神汉作法，家里贴满了符咒，安然下班后在楼下坐两个小时都不愿回家，因为"里面就像个鬼屋"。

最后她给母亲打了个电话，语气非常平静，还是按一贯的思维逻辑，摆出了离婚的理由。她认为虽然离婚会让自己家族蒙羞，可不离自己就两个结果：要么疯，要么死。

宋总知道自己的女儿从来不乱说话，第二天就赶到了南方，在亲身经历了一天婆婆日常的状态之后，她感受到了女儿两年如何一路走来，刚走出大门，就在楼道里嚎啕痛哭起来。安然倒是很冷静，回到屋里，淡然地说："既然事情到了这个地步，我回趟家，大家双方都把这事想清楚吧。"

她拿起包，抱着孩子走出了家门，似乎只是出去办个事，但却再也没回头，当初买的房子、首饰、衣服、100多万的车全都没带走。

谈起自己，她突然发现身边女二代里婚姻幸福的很少，她总结原因是因为她们经历过财富，对财富没有很深的情结和概念，不计较又相对单纯，更向往纯粹的爱情。可人生就是这样，你之前遇到的挫折少，后面遇到的就会更大，这是迟早要补上的一课。

她很感激这堂课，让她告别了无忧无虑的年纪，如今的她眼里凡事都很正常，还时不时为底下的员工提供解决生活问题的建议。

在安然跟儿子玩的时候，她经常重复的一句话就是："你要像个男子汉一样，你是个男人。"看见他走路歪歪扭扭的，她就很严肃地告诉他："走路就跟你的人生一样，每一步都要很小心地去走，走路走不好只是崴脚，可是人生不好好走却会留下遗憾。"

她一直想告诉儿子真正的男子汉是什么，她认为一定要拥有独立的人生和人格，为自己的每一个选择承担责任，也许这是因为她先前见识过极端相反的例子。她的前夫是一个对母亲言听计从，却夜夜凌晨醉酒归家的男人。可我举目四望之后，"小王子"

身边几乎没有男性榜样的存在,平时带他的是三个女保姆,出外也是安然和母亲带着。

为了在"小王子"的生活里建立男性的存在,安然外聘了一个年轻的美国人住在家里,采取年薪加奖金提成制度,这也为她对接的英语培训机构开启了新的商业模式。要知道在中国的大城市里,尤其是在豪宅里,女主人和保姆,还有几条狗,几乎就是一个男孩生活的全部。

在与安然相处的时间里,话题总离不开企业,每一次见面,她都会跟我讨论接管企业后的现状,更多时候,我实在无法提供什么有营养的建议,因为接班问题一直都是一个全球性的难题。在去她家做客的半年前,她正与公司元老斗得不可开交,母亲从外面招了一个行业内的专家,帮她搭好了班子,辅助她开辟事业。这个新的班子,连同她本人,都与老员工之间在工作方式和理念上有着摩擦,她为此还下狠心开掉了其中一个带头的。

安然说话的声音不大,但每每谈起工作,她的语气会变得狠劲十足:"我正试图改变他们(老员工)工作说话的模式。以前他们习惯了有事情就找老板,我交代一个事情给他做,他以前可能没做过,说过一遍两遍三遍,他拿回来还是我说的那点东西,他自己没动过心思,没消化过。我就跟他说,你这件事不会你就老实承认,如果我教你了,你去做了,你就该拿出几个解决方案,然后我需要做的只是选择,这就是你的专业水准,我说你永远不要让我做问答题,我资历浅,你是专家,如果你不懂,我为什么要请你?"

"有一天我让人力资源部的人去找特定岗位上的员工,他一上来就问我,你对这个人有什么要求,你能给多少钱,他的岗位职责是什么？我就问他，你问这个问题的时候动过脑子没有，这个岗位不是我想出来的，这个市场上本来就有，行价就在那里。不懂你就去百度查！这种问题你再敢问我试试看！"

底下的一些老员工在经历了几次教训后，纷纷变得焦虑不安，在一个行业干久了，难免会有懈怠，安然接班后似乎给整个企业打了一剂强心针，他们晚上开始失眠，有的人甚至主动跑过来探安然的底："我知道一朝天子一朝臣，我们这帮人迟早都要退出历史舞台的，就希望林总到时能提前说一声。"

安然认为母亲以前的管理方式是对待下面的所有人像对自己的孩子一样，于是他们就成了"一群被惯坏了的孩子"。可她也时刻在检讨自己的说话方式，并向母亲学习，毕竟中国是一个人情社会，不可能像西方一样完全地标准化、流程化工作，其中一定要包含一些可供缓冲的弹性空间。

相比暮气沉沉的老臣们，安然带出来的班子跟她一个性格，干练、高效、就事论事，但她现在又多加了一条：尊重前辈。为此她在大会上率先表态，给老员工们发老黄牛奖杯，让他们感觉荣耀，然后带着年轻的员工们集体拜他们，并对他们说："以后无论任何场合，他们就是你们的老师，也是我的老师，他们就是企业最大的财富。"慢慢地，老一辈开始接受安然的想法，因为"他们要的无非就是尊重，我就给他们足够的尊重"。

2008年以后，整个行业都处于低谷，而到了2012年，情况更加恶化，有统计说行业内40%的企业都倒闭了，可是安然的企业还拥有相对良好的增长。

说到母亲，这个从裁缝干起，花了七年时间才买了第一台缝纫机，直到现在拥有1500名员工的女人，安然认为这是一个能够把各种角色都饰演得非常好的人，母亲不一定天天陪着就能把自己教育得很好，但她很注重方法。从小开始，每个礼拜宋总至少会拿出一个小时跟安然聊天，没有学业的事情，只关心她思考的问题。同时她还让安然把朋友叫到家里去玩，外地的话，机票食宿全包，之后用半个小时跟这些朋友聊安然的情况，最后再跟安然聊她是怎么看待这几个朋友的。

最后一天早上，宋总梳妆打扮完毕，又恢复了女企业家干练的模样，司机正在外面等她去开经济会议，她跟我轻轻地握了一下手，走了出去。作为一个当了10年省政协委员、5年全国政协委员的女人，她正逐步退出这个舞台。

安然此时也穿上了正装，包里装着关于促进本行业发展的提案，去市里参加她的第一次政协会议，她选择自己开车，因为这样底下人就不会知道她的行踪，她也可以短暂地"消失"一段时间。

看着她一个人开着奔驰轿跑驶入会场的模样，我突然发现她从来都紧绷着神经，似乎在维持着一种强势的权威。可我脑海里又出现了这样的场景：那一次我们并肩在路边走，安然走到了对着车流的一边，她有些害怕，闪躲进了另外一边，那时她告诉我，弟弟小时候因车祸去世的阴影一直没有散去，而也只有在那一刻，她流露出了一丝柔弱。

独狼

夏威夷可爱岛历史上从没见过那么多的中国人从天而降，原住民们在候机楼的门口又唱又跳，县长和旅游局长两个晒得黝黑的壮汉亲自致辞，欢迎远道而来的客人，当地的报纸当天头版刊登了中国旅游团到来的新闻,可谓这座寂静岛屿旅游事业一个里程碑式的事件。再过一周,第二批170人又会来到岛上。

等待大巴的时候,唐娟戴着遮蔽半张脸的墨镜,身上的大衣还没脱去,可爱岛湿热的阳光洒在她脸上,她一个人站在边上,靠着硕大的亮色行李箱,抽着细长的薄荷烟。我走过去跟她借火,聊起了她所去过的地方。看着一大群第一次来美国的老板们,她说在英国留学期间,她假期从不回家,贴一张告示,然后就跟着老外同学们周游世界,现在只剩南极和北极还没去过。

在去往度假村的大巴上,游学组织的工作人员没收了全体学员的手机,很多老板在交出手机的那一刻似乎非常痛苦。随后工作人员站在大巴前面,举着一个个牛皮纸袋装着的手机,问老板们:"现在感觉如何?"他们高喊道:"轻松!舒服!"窗外是一片片的原始森林和一条条的瀑布,我们仿佛进入了《侏罗纪公园》的世界里。

乔治·克鲁尼主演的电影《后代》就拍摄于此,岛上民风淳朴,檀香山的居民们常把这里当做度假目的地,这似乎有点讽刺,因为檀香山本身对外人来说就已经是个度假胜地。亿万富翁在岛上也穿着夏威夷风格的花衬衫和人字拖,手上挂着啤酒混迹于沙滩,其中包括苹果公司的CEO库克,他的大房子就在一处悬崖上,可爱岛的海岸线还被全美旅游协会评选为世界十大美景之一。

每天早上6点叫床铃声会准时响起,有一次我把电话线拔了,一个毛利大汉刷房卡冲了进来,对着我大喊"WAKE UP!"于是我只能挣扎着起来。

来到海边,沙滩上已经坐满了学员,他们有的盘腿打坐,有的自然地坐在沙滩上,可没一个人说话,只是静静地看着远处的日出,这也是游学的内容之一:每天早晚对着大自然发呆一个小时,沉淀生命,让能量回流。

早饭后,海边的草坪上放起了《潇洒走一回》的音乐:"天地悠悠过客匆匆,潮起又潮落,恩恩怨怨生死白头,几人能看透,红尘啊滚滚,痴痴啊情深,聚散终有时,留一半清醒留一半醉,至少梦里有你追随。"红尘中的男女随着音乐强劲的节拍纷纷起舞,身后是绿色和粉色的防水瑜伽垫,最前面有一块白板和一个沙发,那是老师讲课的地方。

老师一上来就问到底下学员对美国的感受,学员们争抢着回答:"人性、自由、绽放、纯净……"白天的课程很轻松,主题是企业家的精神世界。下课大家会一起踢足球,还有人冲到海边对着大海呼喊,释放心中的压力。课上,有人认真地记录着,生怕落下一个字,生怕浪费了 30 多万的学费,也有人躺在后面的阴凉处,吹着海风睡觉,甚至还有人在五天的课程里,躺在草地上连睡了五天。有学员开玩笑说这才是真正的高手,不用刻意地听,只是自然地去感受,往往不带目的地去听,反而收获最大。

晚饭后的安排比白天还紧凑,往往是一场又一场的分享会,大家各自选择合群的人一块儿坐下来聊自己的企业和个人故事,内容的劲爆程度令人惊讶,在那个场合里没人敢说假话,反而赛着说真话,说从来没跟第二个人说过的话,说到痛心处有的人当场泣不成声,还有中年人跳出来承认自己是同性恋,似乎说出来后就放下了。

班上仅有的几个 80 后也聚到了一块儿,坐在泳池边的沙滩椅上,啜饮着啤酒,开始分享。

正在美国读大学的一个瘦男孩主修金融,副修戏剧,同时还喜欢跳街舞，目前跟同学一起开了家金融公司。他一直在尝试很多新东西，因为他认为如果你坚持，总有放弃的一天，但如果你喜欢，就无所谓坚持了，路会走得更远。一个还在读高中的胖男孩整个暑假都在参加父母安排的企业家海外游学班，但他好几次都听得睡着了，最后客串起了地陪。

对于一部分"二代"来说，找到生命中的目标远比创造财富更具挑战性，而另一部分已经着手接班的"二代"，则忧虑于自己在家族企业中的位置和如何传承的问题。

唐娟说话了，她 2007 年从英国留学回来之后进入了企业，可是公司的元老一直伸脚绊她。她曾被"发配边疆"三次：一次在后台洗碗，还有一次当服务员，最后是做员工宿舍的保洁大妈，还负责调解员工关系。她当时非常痛苦，父亲什么都没做，只是一直看着，因为他要让女儿知道"所有的东西都要靠你自己争取"。

2011 年的上半年，她进入企业的二线系统，把企业的财务、人事、政府的对接和银行贷款都揽了，上完一次企业家培训课后，她意识到生命中所有的小人都是自己的贵人。于是一次员工喝酒的时候，她突然给那位经理跪了下来，感谢他十多年对企业以及自己家人的功劳和帮助，同时加了一句："你想让我离开这个企业这辈子是不可能的，如果玩那套，我能把你耗死。"

接着经理被她降伏，2011 年底，她彻底接手公司的 1000 多名员工，负责大本营，经理则转战外围市场，蛋糕被一切为二。

到后来，她才知道无论是发配，还是跟经理的矛盾，都是父亲刻意挖的坑，这个事实起初让她很难接受，但结果压倒了一切——她已经全身心地投入到了企业里。

因为做的是餐茶生意，2013 年初，她带着企业的六个骨干来到了广州，追根溯源岭南的饮食文化。中午在珠江新城喝早茶的时候，每当有一盘茶点上来，她的员工就拿出手机一阵狂拍，并开始跟自己家的茶点比较，并发出了很大的议论声。边上的领班似乎意识到这是同行来偷师学艺的，禁止了他们的拍照。

紧接着还是吃，唐娟说自己的这一帮老员工平时很少有机会出来，但见了面都跟一家人似的，他们一年几乎天天都守在店里，基本上把店当自己家对待和打理。这次既是来学习，也算是一次休假。我带着他们来到了广州的老城区，连续吃了四顿，濑粉、竹升面、牛杂、烧鹅、艇仔及第粥，最后还吞咽了苦涩的斑痧。吃撑了的员工抓紧时间去购物，而我和唐娟去了一家爵士酒吧喝酒。

唐娟坚定做企业的使命是在一个企业家培训班的课堂上被点燃的，那个培训机构曾一度做到中国第一，高峰期时有三万企业家学员，我曾跟他们的主讲师有过三次面对面的接触。

第一次记忆最深，那是在培训班的课堂外，他脚踏一双白皮鞋，头套连帽卫衣钻进了奥迪Q7里，三天的课程刚刚结束，人群从车两旁穿流而过。车外一个女人摇晃着笔记本似乎想索要签名，被保安拦了回去，车只能缓缓地逆流而行，他拉拉头上的帽子，试图把脸罩得更紧，就像一个刚从演唱会后台逃出来、浑身浸透汗水的说唱巨星，只不过身上竟然裹挟着一股葱蒜味。

车驶离了巨大的会场，天色逐渐黯淡了下来，整整十分钟没有一个人说话，他不时看看手机上的短信，或者打几个哈欠，连续三天每天长达8个小时的演讲的确能累死一个人，尤其是面对台下如此多的老板，如何紧紧地抓住他们的心，这是他一直在修炼的一门技艺，这种被称之为台感的东西没有其他办法磨练，只能通过一次次地站在台上讲课，很多畏惧公共演讲的老板，也是通过在台上一次次地把自己的企业讲明白，找到了自信。

他大学期间就开始讲课，当时只是个初出茅庐的青涩小伙子，甚至有段时间只是跟老婆住在南方出租屋的阳台上。他进入社会的方式是通过营销，这种职业无需任何门槛，只需要一颗强劲的心脏和三寸不烂之舌，他经常在课堂上分享自己的励志故事。

"我从学校坐了45分钟的公交车去一个编辑处卖书，结果名片被撕了扔在脸上，轰了出去。当我下楼准备回去的时候，突然发现自己不能走那么远的路就为了来挨骂，然后回去对着编辑大声喊道：'我的理想是成为一个伟大的人，但如果因为今天你的指责谩骂而磨灭了，你会后悔的。'10年后，这个编辑还在东北听过我的课，已经落魄了，结果跟我对着干的都落魄了。"

故事的最后一句话是他讲课过程中经常出现的一个情绪G点，时不时能让我的心里咯噔一下，有人把这理解为臭美，但初次听课的人会认为这人太嚣张，凭什么你一副手握真理的样子，并且300%的自信？

在车上的聊天也不例外，我首先挑起了一个话头，他开始进入了思考。其中的话题林林总总，很多甚至他在课上也未曾提到：人类的未来以及终极解脱，道德以及血缘等教条的虚伪，民主对人的解放以及导致的隔膜，乔布斯对人类欲望的操控，对儒学的反思，汉族的悲哀，动物的自由状态，中国人精神世界的缺失最终导致的必然毁灭。一个小时的车程里，说到兴奋处他不由自主地用手拍打我的大腿，似乎他已经找到了一个解决人类终极解脱问题的法门。

他出生在一个县级市里，从小就是个异类，童年的大部分时间都在森林和湿地里度过，每天陪伴他的是各种野生动物和日出日落，他说自己很感谢这段孤独的时光，否则自己的灵性一定会被社会迅速地磨灭。

9岁的时候他曾在日记本上写过："我个人太渺小，我的命题是全人类。"并跟父母说有一天会带他们去旅游。可是作为一个异类，他说自己"一直找不到跟红尘对接的方式"，甚至连传统意义上的同学和朋友关系也不存在，但他还是在课上提到过自己参加的一次同学会，其中有一个同学说自己出差多报了2800元，另一个更得意，说多报了3800元，这时他突然站了起来，愤怒地把剩下的半杯酒泼向了他们，说："像你们这种毫无职业道德的人，我不屑与你们为伍。"

直到他在南方接触了成功学，忽然意识到在现代社会通过讲课不但能解决物质需求，更能传播自己的所思所想。于是他几乎创造一切机会疯狂地上台讲课，也创造一切机会深入小微老板群体。

他在上大学的时候就开始了讲课，之后在南方讲课时曾多次被人轰下台。他以前不擅长讲话，思维逻辑非常清晰和快速，但嘴慢。而一个人知道什么和知道如何形象地表述出来，中间是一个很漫长的过程。他一开始讲的都是一些成功学的东西，给人感觉不是像念诗歌就是像演讲，底下的人跟他根本产生不了连接。

2002年他讲课由于语速太快，加上带有浓重的地方口音，底下的人根本听不懂。加上在台上小动作也多，摸头、插裤兜，他曾跟旁边人说其实自己也紧张，因为下面有那么多人。后来实在没办法，他的助理就站在后台记录。例如今天摸头18次，插裤兜28次，讲得太快，就在他手上写个"慢"。最后只能强迫自己双手捧着麦克风讲课。几个月下来小动作就改掉了。

开了大课以后，每场还是会有人闹，初期更激烈，有起身就走的，还有笔记本直接扔过去的，当然也包括一些同行，但其中绝大部分最后都成了他最好的朋友。

讲课的同时，他也抓住一切机会去老板家里交流，探索老板的精神世界。他们一起做饭吃饭，喝酒打牌聊天。由于感知力非常好，到最后练得多了，他甚至通过看拖鞋的次序方式，就知道这家人情感思维怎么样，而很多老板几年前跟他说过的话，他都能记住，这让一些人非常感动。

2009年到2011年是他讲课最频繁的三年，一年里有350天都在讲课，有一次在哈尔滨出了车祸，眼睛划了一道，肋骨折断，但是在医院休息了13天后开始继续坐着讲课。还有一次在新疆宾馆夜晚大火，他住在8楼，睡了两个小时才发现着火，救下来后第二天接着讲课，按他的话说是"到哪儿都是讲，死了上天堂讲，烧伤了在人间讲"。

就连母亲去世后三天他才赶到灵场，因为昆明三天的课不能取消，底下人知道他的脾气，一开始也没告诉他。为了不让太多老板知道这事而特意赶来，还要封锁消息，可守灵的当天还是来了70个老板，他们轮流跪在东北零下30度的水泥地板上，闲下来了就跟他聊天，"可以看得出他非常悲伤"，当时在场的一个老板说。

按他的理论，孝道分为三层，第三境界是陪伴和供养，第二境界是传承，最高境界则是超越。按他在宗教智慧课上的解释，他的母亲去世时，如果知道他在帮助几千名老板，一定会非常安心，他的母亲是一个基督徒。

白天讲完课，他很少有应酬，就算是必须出席的饭局，他也总是整个饭桌上话最少的,有时甚至几个小时里一句话也没有。晚上他喜欢一个人待在房间里,因为站得太久,他要通过倒立让血脉流通,更多的时候他喜欢看书和发呆,身边的人说他很少上网,也不会开车。

"他很珍惜自己的感觉,是一个极度极度自我的人,就是我心中的感觉比我的生命还重要,如果这一刻我没有感觉,我宁可生命不要了也要维护我自己的感觉,就是坚持我的想法。这让很多人认为他不近人情。"从创业之初,一直跟随他的一个元老这样说道。

我问这位元老,"如果有一天他不讲课了,你怎么办?"他回答道:"如果他哪一天放下走了,肯定一大帮老板跟他走,因为人世间最大的快乐就是互相能读懂各自的精神世界,这是最难得的,这是一种强大的精神感召力。"

脱胎换骨

唐娟在某些方面跟安然很像,她们说话,几乎句句不离企业的发展,当同行咨询关于餐饮行业的问题,她都能对答如流,直到最后对方没有问题可问。几乎每个关于企业的问题她都做过深入的研究和考量,从刷马桶的流程,到中餐标准化的方法,最后再到企业文化和愿景的建立,尽管在20年内只在两地开了12家分店,但销售额却已接近两个亿,这还是在一笼虾饺卖10块钱,员工工资永远高于行业平均水平的前提下。

生意经她可以跟你讲三天三夜,但你却很少见她袒露自己的内心。在聊了商业模式、经理人聘用、麻烦的政府关系这些生意经之后，我更好奇的是一个当年在英国混伦敦帮，年消耗 300 万，回国打包邮寄了 60 个一立方米的箱子（里面全是鞋包，这还是已经扔了一半的量）回家的女孩，怎么就变成了现在每天早上六点半定时醒，把 1200 个员工当 3600 个家人照顾，使得 2012 年一年内公司业绩翻一番的女老板？

这还得找到当年挖坑的那个人。

在我家的书院里，我第一次见到了悍马哥，他是唐娟的父亲，眉毛浓密，头顶发亮，有点达摩祖师的味道，他玩了 10 年的滑翔伞，是中国第一批搞户外运动的老板，跟王石等人同时起步。那天书院里还来了个郁闷的富二代，自己和谈了两年恋爱的女朋友刚被父母拆散，而在企业里，他总被父亲否定和指派，自己的一摊事做不起来，因此积极性被彻底磨灭。由于自家女儿的成功榜样，悍马哥经常遇到来求教的二代或者父母们。

听完他的抱怨，悍马哥描绘了一幅图景。"你看原始森林里的藤蔓，它们刚成长的时候很弱小，但由于懂得利用大树，知道一圈圈地缠绕上去生长，最后总会冲出树林，见到阳光。你和父亲的关系也是如此，只有完全地交给他，你才能借势突围。"

道理易懂，事难做，二代勉强点了一下头。

第二次见面，我们约在了上海的一家日本料理店里，同桌的有悍马哥的老婆，比唐娟还小一岁，以及他们长得像蜡笔小新的孩子，在上海的一间国际幼儿园读书，从小开始塑造未来的国际竞争力。他的食量不小，转眼间就吃掉了 20 个青瓜寿司，一大碗拌饭，眼睛片刻不离 iPad，里面在放《辛普森一家》，据说那是他的电子保姆，尽管旁边坐着一个真的保姆。

上海的物价从来就不便宜，我们点了一瓶 1.6 升（相当于三斤）

中等价位的清酒，将近三千块钱，四板海胆，八只甜虾，一份生牛肉，一份马肉，一份生鱼片，半打生蚝，一窝寿喜烧火锅，算下来将近一万块钱。

很快，桌子上已经摆满了各式器皿，悍马哥觉得生牛肉好吃，立刻又点了一份，这样的吃法似乎违背了日料的精神，变成了农村七盘八碗的宴席。

可要知道，多少年前，悍马哥还只是一个蹲在路边的混混。

桌子上的饭菜都扫荡得差不多了，几个女人带着孩子起身离开，一人一壶，剩下我和悍马哥对饮冰凉的清酒。

悍马哥二十出头的时候混过社会，他认为，"那个时候不是我想那么做，是那个时代产生了我，因为它需要，有枪就是草头王，你就必须能拼，能打，能征服。然后你得把坏事干绝了，别人才怕你。"当然除了狠和钱之外，要想人强马壮，还要对底下的兄弟够意思，哪个团伙的头想得比别人多一点，手下就多，他最后做企业，对待员工用的还是混江湖悟出的这套逻辑。

好勇斗狠的劲儿，据说是他下了两年半乡养成的。运动的时候，他家被定性为"地富反坏右"，结果就是"没人跟我玩，别人害怕我，我就只能自立，自己拼，先把别人打怕了，别人就跟你玩了"。但是边缘感依旧占主导，"所有人都在跳忠字舞，不让我参加，别人都戴红袖标，我父亲戴白的。然后别人跳完舞，我们打扫场子，那时特恨街道主任，心中始终有仇恨。"

混完社会，他接手过父亲的春饼店，又跑到上海去搞"投机倒把"，把凤凰、永久自行车从南倒到北。先买一两台，最多三台，把它拆了，自己背着，一台就能赚170元到220元之间的差价。他自豪地说："中国没有万元户的时候，我就万元了。"后来他还上云南疏通关系，拿烟叶，往烟厂里送，把三级变成一级，赚中间的差价。

这中间他经历了三穷三富，赚了钱就造光，然后再想办法捞，接着再造。这种状态他认为很正常，因为，"那个年代是草莽英雄的年代，草莽英雄就是把握不住自己，他可能瞬间拥有，然后瞬间失去。"

这让我想起了之前也是在上海见过的一个老板。他从河南农村出来，天生顺藤摸瓜的技巧十足（顺藤摸瓜也是他的口头禅），他的悟性以及学习能力高于一般人，往往是看几眼就能知道赚钱的门路。而每个时代的主流赚钱途径也不一样，他一开始是通过公家流露出的缝隙生存，在上海开了好几家面包店。接着是来到了改革开放前沿的深圳，那里商机遍地，赚钱在他看来似乎相当容易，开始推销啤酒和楼盘，还负责卖机票。最后他回到了上海，搭上了电子商务的快车，又开始卖机票，从夫妻档加一台电话机和一辆摩托车开始，一不小心就做成了全国最大的票务交流平台。如今他的企业年交易额上百亿，中国互联网界的众多精英都曾专程拜访过他，他还是阿里巴巴年会每年必请的座上宾。

这些人都是典型的草根企业家，对于一个一无所有的人，他一开始只能从事纯体力劳动，或者当营销人员，接着抓住了身边的机会，得到了领导的赏识，就一步步地往大做，当然这里面也有胆量的成分，必须是敢想敢做，并且深切地知道市场需要什么。

但他们也有自己的局限性，可能由于人生目标过于简单，于是在吃饱了撑的，满足了物欲之后，很容易就停下了脚步。上海的老板就是头两次财富迅速积累到一定程度后，便失去了前进的动力，开始吃喝玩乐，钱造光后，回老家冷静两天，第三次又回到上海，这才定下心来，认真地做起了企业。

这种人往往商业嗅觉极其灵敏，并且有着超乎常人的对于获取财富的自信，而对于悍马哥，这给了他交班的底气。当时，他对唐娟说："都给你了，随便干，你想怎么干就怎么干，我保证你把企业输了，老爸给你干个新的。"

当然这一切都有前提，那就是唐娟已经从一个个挖好的坑里爬出来，脱胎换骨，能力和心念都超过了企业里的任何一个人。而悍马哥自己也发自内心地愿意将企业交给别人，尽管这个人不一定是自己的女儿，因为"企业家就是企业是大家的，你要能带着大家向前跑，否则就换人"。

"我在唐娟的成长中挖了一些坑，但这里面都装着一些东西，金钱、权力、荣耀。"悍马哥说。

唐娟回国初期并不愿打理生意，因为她所受的高等教育里没有涉及到小餐馆的管理，这是很不入流的事。悍马哥于是有意识地掐住了她的经济来源，当时唐娟想要一辆刚出来的凌志轿跑，悍马哥给她买了，但是说好油费养护都要她自己来，外加一个月五千的生活补贴，唐娟心高气傲，加上自己在英国打工有一些积蓄，于是就答应了。

一年多以后，她的积蓄和人脉花得差不多了，开始要钱，悍马哥开出了条件：只要上班，不管你干什么，一个月一万。

上班以后，她经常找员工替她打卡，于是就冒出来几个拍马屁的，让她很有优越感。她当时是一个店的副手，帮她打卡的人就开始嘟囔，你看我能力也不差，凭什么他是大堂，我不是，然后她就许诺让那几个人当，可她的提议遭到了店长的否定，于是她渴望自己当店长。

悍马哥让她选一个店，指派了一个副店长跟着。她随即就启用了给她拍马屁的那几个人，之前悍马哥曾提醒她："可怜之人必有可恨之处"，她没听进去，结果一试果然不行。受挫之后，她要了很多伎俩赖着悍马哥，被他干脆地回绝："不干可以，一个月就五千。"就这样，反反复复地挣扎了好几次，唐娟还是决定回来干事，当起了办公室主任，之后就出现了前文提到的发配事件。

下狠手的这段时间里，悍马哥心里也很清楚，这种江湖式的玩法是有代价的，女儿可能一辈子恨他。

恰好企业当时遭遇了前所未有的危机，由于企业在小地方是纳税大户，枪打出头鸟，政府和举报人抓着税务问题不放，这似乎是所有餐饮企业的死穴。悍马哥选择了出去听课，一听就是7个月，还给家里人和几个骨干员工报了课。

中国所有的企业，随着盘子越做越大，政策风险也会与日俱增，我在河北遇到的一个老板把这事看得很透彻。

姚总1977年出生，但已经秃顶，看上去像50岁的人。2008年的金融危机来势汹汹，让他意识到"做生意最恐怖的事是流动性没有了"。当时银行正常贷款是28个亿，厂家额度是6个亿，政府还有几个亿，他卖车靠的是循环滚动资金，但2008年大家都恐慌，没人买车，他的企业差点死掉。

那一年他的头发都掉光了，做梦老被吓醒。当时网上关于他们公司的负面消息很多，他们就主动跟政府沟通，拿出贡献，审计总署还一度发动了200多个财务调查公司湖北的总部，最后沟通得还算好。他意识到有一种游戏不是企业家主动想玩，是做大了没办法，所以大老板碰到的事小老板一辈子都碰不到。

这个时候他想起了自己的家族，他的父亲在1979年就有了70

万块钱，按当时说是投机倒把，是通过粮票和布票两边捣出来的，而在那个时候的温州，搞货运都有被枪毙的，他深刻地意识到：在中国，经营智慧跟生存智慧比太小儿科了。

这段时间里，唐娟一个人玩起了这场生存游戏，天天坐在政府官员门口求情，最后叔叔辈的人看在她只是一个小女孩的份儿上，主动出面协调处理了税务上的事。

危机平安渡过，她在事业上越来越有起色，跟丈夫的交流却开始变得匮乏，距离越来越远。她甚至在思考自己是否根本就不需要男人，身边有人提醒她道："你这样下去很可怕，会变成雌雄同体的怪物，你看那些所谓成功的女企业家，有哪一个有女人感觉的？"

"这些都应该怪我。"悍马哥说。

当年经历了三富三穷之后，悍马哥的老婆离开了他，这成了他人生最大的打击，此后的五年里，他沉迷于不停地换女人，但还是不忘借钱供唐娟上最好的"贵族学校"，里面非富即贵，只不过每个周末，当唐娟回到家的时候，她都能见到不同的女人。

五年之后，他从被抛弃的阴影里走了出来，开始专注企业的发展，可一旦企业开始良性运转，他又出走了十年，四处玩滑翔伞，去了十几个国家，中国绕了几圈。直到有一次回到企业开大会，底下的员工说想出去看看，他就让他们提，结果是去一个车程只有三个小时的省会城市，这一下对他震动很大，他第一次开始把员工当人看，而不是赚钱的工具。

而当唐娟刚进入企业的时候，虽然是抱着混日子的心态，但有一天她不经意地问了悍马哥一个问题："我家员工就挣那些钱吗？两千多？"他回答道："是啊，这就很多了。在当地的市场这个岗位就很多了。"她说:"那这员工就太可怜了。"当时悍马哥有点动心,感觉这有点像能做事的人。

如今悍马哥在对待成就员工的事上非常较真。按企业机制,退休的老员工都能拿到一定份额的退休金,可是有一个大姐不符合条件,唐娟扣下了她的退休金,结果状告到了悍马哥那里,当天他打电话骂了唐娟三次,说她毫无成就员工之心。

可她早就把自己交给了企业,以至于还把悍马哥的小儿子当成了自己的儿子,平时非常关心企业第三代接班人的成长,在日本料理店里,她照顾他,甚至比亲妈还主动。

种种子

当清酒喝得还剩三分之一的时候,悍马哥的话题转到了二代的身上,我们进行了一场非典型谈话。

我:你怎么看待你女儿经常在各种场合分享自己的经历?

悍:每次我女儿上去分享,我都很美,但也胆战心惊,因为好多人就会想上你那里拿点什么走。孩子这块的幸福就是你们能利用父辈多少。你敢利用,他比你都美。当儿子的交给爹太应该了,爹交给儿子才不应该。我女儿交给了我,她就完全占有了我,我的生意就全部给她了。这可很有杀伤力,直指这帮老家伙,你们还能活多久,想不想像神仙一样地活着,别人给你搭的企业你不放心,自己儿子搭的也不放心,那你怎么才放心?

我:但有些人不愿依附父辈成功。

悍:他们创造了那么多东西,你怎么能让它白白流走。再说他创造的是一棵大树,你从里面取木头做成锄头,至于撒什么种子,

第四章 雌雄同体

结什么果不还是你的吗？

我：你会不会怕她以后婚姻家庭不幸福？因为她现在压根儿没有再结婚的打算。

悍：你翻翻现在世界五百强，婚姻幸福的少之又少，包括乔布斯，他死了女儿都恨他，但是世界上有很多人喜欢他。众生和家庭不可兼得。华为是怎么成功的？起初是报仇雪恨的力量。人一开始做事的动力都是个人原因，但到了后期，他发现这种爱不可能给一个人的时候，这个人容纳不了，他就要找众生。

我：但没有动力怎么办？因为一切都是现成的。

悍：那你就没有超越之心，说得再狠点，往心灵深处说，就是你没有能力超越你父亲。一个男人要是靠事业去填满自己的整个生命，真的是天下第一悲催。但当你老了对底下子子孙孙吹牛逼，或者对底下员工说我从没把你们当外人，就是一家人，这是真付出过，编也编不出来的。你必须亲自有过，经历过。父辈们没问题，到死都可以吹，别看他们现在半退休状态的时候游山玩水的，但人家是有资本的，他付出过，确实苦过，人生也就吃了两个东西，吃苦和吃亏，就这么走过来的。

我：可有些父辈认为子女的能力永远达不到自己的期望。

悍：如果老子认为儿子没出息，你就跟他比同样年龄的时候，你老子在干什么，这绝对有杀伤力。

我：但这种压力令人窒息，尤其是毕业进入社会后，他们想逃离射程，凭借自己的脑子和阅历，过一般人的生活至少是没问题的。

悍：你想脱离，脱离了你是个屁啊！你想过正常生活，你就不是你爸的种。你想在你父亲的岁数成功，不嫁接，不联盟，按将近三十的年龄从零做起,看看历史上有没有成功的?你撇开家庭不用,你就是零岁,这个世界比你能付出、比你有脑子的人太多了,整个山沟都能填满了。你看扛大锤的那些人,他每一天都想变成某某的儿子。

说了那么多,那你给我和我女儿一个建议,看看我们有什么不妥的地方?

我:可能对于女人来说,她雌雄同体了,缺失了女性的这一块。

悍:你是不是感觉我这种男人可以利用一切,什么都可以成工具?

我:嗯,她会害怕,这局限了她对男人的认知,认为男人就是现实的动物,一切都只是工具。

悍:以前我是不想回应过于人生的问题,但是过了五十,知天命,我必须开始想了。我对着镜子像个傻逼一样问过自己从哪里来,我是谁,我要去哪。我就开始问,前十年如果你有现在这种想法和动机,你现在是谁?问完就挺害怕,这不白活了吗?白活不要紧,开始问后十年,你从当下开始做谁,你想成为什么人你就做什么人。这是有科学论证的,一万个小时的持续,那我十年只做一件事不就完了吗,我是十年只做一种人,我就不会想别的,不管输赢,痛苦快乐,我就做这样的人就行了。

我的《日精进》就是比如我们今天吹完牛了,我会回去问自己,我刚才吹的,教别人的东西,我自己能不能做到。我家里和办公室24小时都在放《心经》,我不去计较它的字面意思,但我去听,因为那都跟我无关,我怎么形成的才是关键。

根据我所收到的信息,我觉得你很牛逼,因为你敢抗衡你父亲。

我：那是因为抗衡的是他，但这个社会抗衡的人多了，矿工家庭的孩子也抗衡啊，下岗工人的孩子也抗衡啊，怎么不说他们牛逼？所以这个光环就会把人灼伤。你刚才就说你是某某的孩子，你就应该这样去做，否则就不是某某的孩子，你就没把这个个体当做一个人去看，他只是某个人的儿子而已。很多人见他们，跟他们交往都是因为他是某某人的儿子。所以这些牛逼人的后代最怕别人这么看，他可能一辈子都在挣脱这种绑架。所以如果你抱着超越父辈的意愿去做事，这很可怕，一旦超越了怎么办，超越不了怎么办，这都不是内在的东西，你借助的是外在的力量。例如在一个行业里，你超越了行业冠军，你怎么办？

悍：你现在就想找一个港湾庇护，因为你超越不了，在你爸公司你超越不了。

我：因为他公司的名字就是他的名字啊，就像松下的后代谁记得，索尼、麦肯锡谁记得？

悍：这也是啊，这些人把事都做完了，怎么一点也不留呢？那个时代造就了这样一批人，导致现在的这代人无所适从，这挺悲催的。可你如果不去尝试，我觉得还是挺可惜的。现在虽然我是董事长，但是只管着上海的两个小店，而我女儿是总经理，却统管全局，我缺钱花了还要问她要。其实人生最快乐的就是种下这颗种子，然后天天浇水、呵护，我女儿就这么上道的。

第五章　醒觉

　　在人的幻想和成就中间有一段空间，只能靠他的热望来通过。

　　天堂就在那边，在那扇门后，在隔壁的房里；但是我把钥匙丢了。

　　也许我只是把它放错了地方。

——纪伯伦《沙与沫》

"我一直在准备着,如果父亲哪一天不在了,我该怎么办?"头一次见小赌神,我们跟他回了老家,这是一个小工厂遍地的县城,街上豪车数都数不过来,人们靠实业起家,像农民一样靠天吃饭,这个"天"是国外的订单。同时他们也会经受不住小额借贷、圈地迅速获利的诱惑,进而偏离了自己万分辛苦的本业。

走访了一圈,我发现这里的企业家生命都很脆弱,正如他们的企业本身,在偶然中成功,在必然中被消灭,时代的车轮能让他们飞黄腾达,也能碾过他们精力耗尽的身躯,难怪小赌神总在嘟囔着开头的那句话,他潜意识里有一种极深的危机感,留学回国的第二天,他就去了公司上班。

我约了小赌神的父亲朱总第二天晚上在家里吃饭见面,可是当天一早,却传来了朱总遇害身亡的消息。据说凶手是在凌晨入屋,先绑住了保姆,接着朱总听到了声响,下楼查看,两人对峙了一会儿,接着凶手在他身上插了好几刀。在去往医院的救护车上,朱总最后见了小赌神一面。

当天晚上我来到了小赌神的别墅,这是我人生中第一次来到凶杀现场,还特意换上了一身黑衣,可最后发现完全是多余,大部分人穿着随便,有个女的还穿着艳丽的裙子和红色高跟鞋到场。屋子里围满了人,他正和同龄的兄弟们围坐在里屋的一张大桌子边，大家很少说话，只是偶尔有一两个人发言，气氛沉重，似乎在密谋着什么。他的妹妹斜靠在沙发上，显得非常疲惫，眼泪已经流干，但眼神中有一股倔强之气，似乎不愿臣服于眼前发生的一切。

别墅位于当地最好的楼盘里，中间还有一个独立的湖泊，可是家家大门紧锁，不见有人在外散步，事发时邻居出奇地冷漠，竟然没有主动报警。

这跟中国大部分的高档社区情况一样，富丽堂皇的外表下，总透着一丝冷漠和荒谬。

清晨我在北京住处的小区里散步，清洁工人们正蹲在地上清洗路边的鹅卵石，她们一颗颗地把鹅卵石拿起，然后用抹布逐个清洗，直到每颗都能在阳光下骄傲地闪闪发亮。

居民楼里的大理石地板和墙壁冷酷地令人想起博物馆里摆放法老灵柩的房间，偶尔还能闻到一阵阵辛辣的川菜味。人们把花园改成了菜地，在里面种植白菜和番茄。一到冬天，房间里的中央空调就开始轰轰作响，吹出来的热气只能覆盖头顶以上的空间，即使穿了棉袄，身子还是会瑟瑟发抖。如果你无法忍受，可以花8万块钱装德国进口的水暖系统，但光是调试就需要一个月的时间，为此你每天只能盼望着热水顺利地流过每根水管，给你带来一丝的温暖。

傍晚的院子里是带着孩子出来散步的保姆们，她们来自四川和河北，还有年迈的老人们，有时候他们一个人手里也许就握有10套房子的产权，难怪这里的入住率还不到3成。四处玩耍的孩子们操的是纯正的美语，他们上的是国际学校，他们跟这个国家的距离很遥远，离父母似乎更遥远。

游泳池更衣室里的两个孩子正讨论着家里新来的陌生女人，他们已经很久没见过自己的妈妈，急了他们会用英语互骂FUCK YOU，他们说英语的中国爸妈刚把他们培养成了游泳健将。

夜半时分，楼底下超跑的轰鸣声不绝于耳，这帮平均年龄不到30岁的孩子们有一天甚至拖来了一辆酷似F1比赛里的赛车。这让我想起了那个笑话，当一帮富商们在所有车都买过比过之后，正愁没有了人生的意义，这时候一个哥们骑了匹马来，说这比劳斯莱斯烧钱，一众友人于是又找到了生活的乐趣。

在县城的这栋别墅里，我被请到了沙发上坐着，突然发现上面还有血迹，据说在这之前，地板上滴满了血，朱总当时还追出去一段距离。这是一个天不怕地不怕的人，年轻时曾游泳到缅甸，靠着自己的镶牙本领，赚取了第一桶金，之后回到家乡开始创业。那个时候，老家的人有三项绝技：镶牙、称秤砣以及照相。镶牙经常会令病人鲜血直冒，不得不用烧红的烙铁焊死，秤砣也不太精准，相片出来是模糊和不对称的，可在那个时代，有这些手艺就足够开启新生活了。

过了半小时，小赌神走了过来，他显得很镇定，听说早上几乎哭晕了过去，但现在似乎缓了过来，他拿起桌子上棕色的云烟一根接一根地抽着，在几乎凝固的空气中偶尔吐出几句话："前两天我还在说为父亲的离去做着准备，现在还真的实现了。"

面对这样的场景，我不知道该说些什么，但我知道，无论如何，第二天早上八点，他都必须准时出现在厂里。尽管他以前一直以经理身份召开会议，但那天的董事会将会是区分男孩和男人的一个分水岭。

过了半年，小赌神再次邀请我去他那里走走。

第五章 醒觉

后来我得知，在父亲死后的第二天早上，他连开了两次公司会议，都是针对内部高层，在会上很多老员工流下了眼泪，他愣是一滴也没掉出来，反而是为员工描绘了一幅未来的愿景。接着他跑去安抚四家银行的人，跟行长见面。在2011年企业销售额增长21%，利润率翻了一番的数据支撑下，银行有了信心，而更重要的是他表现出了前所未有的坚强，他自己都不知道这股力量从何而来。最后他去了政府，跟书记和县长见了一面。

那一天里，他似乎忘记了父亲的死。回家以后，当一个人待在房间里，情绪才翻涌起来，而直到现在，他还会有幻觉，认为自己的父亲回家后会来敲他的门，问他睡了没。

在小赌神看来，父亲的去世进一步加速推动了他，或者说父亲的去世成就了他，让他能更独立地去思考和做事，以及有一个清晰的方向。当时父亲在的时候，他只是管理自己的一亩三分地，尽管对整个集团有自己的想法和规划，但却不敢提出来，整个从心态上还是想证明自己的能力给父亲看。这其中有一个细节，半年前他打电话约父亲跟我见面的时候，电话接通，他的声音突然变得很小，似乎有些胆战心惊，口齿也变得不是很清楚，结果遭到了父亲的拒绝。而当天晚上，他的父亲在家里又问起了这个情况，变得感兴趣，他很愉快地给我打了个电话。

现在父亲走了，他开始寻找自己内心的东西，思考自己想去哪里，话语间自信满满，这一切应该是把控力所给予的。

入夜，我们照例来到了聊天经常会去的咖啡馆。对于一个县城来说，这个咖啡馆显得有些太时尚，咖啡豆是从国外最好的产地进口，里面还有一间摆着钢琴的书房。咖啡馆的主人是当地一家钢管厂的女二代，父亲在查出有胰腺癌晚期之后，一个月内没告诉家人，三个月后便去世，送葬的时候来了四五千人。

行尸走肉

上次在这个咖啡馆，我曾见过一个二代的典型。

当英穿着带柳钉的 CB 红底鞋，套一件纪梵希的斗牛犬 T 恤走进门的时候，与我们同行的另一位江浙的女二代顿时眼前一亮。

英的父亲 1998 年因车祸入院，上了一个月的呼吸机，最终脑死亡去世，为了不影响企业的运行（尤其是不能让经销商知道），两年时间内秘不发丧。为此英的母亲每个月都要在家里待 7 天，假装说是去探望在美国治病的老公。这个时候父亲的家族希望收购企业，但为了维系父亲的事业，母亲坚决不放手，开始了一个人的奋斗。

一开始的几年极其艰难，幸好一路上有贵人相助。2005 年企业来了 3000 万的单子后重焕生机，现正谋求上市。

母亲由于忙着撑起企业，从小没怎么照顾英，他 17 岁离家出走十几天，接着自己签证去了美国读高中，住在波士顿的美国人家里，天天无聊就是练健身，现在依旧保持着健身的习惯。

一年半后英回国，家里安排他去四川当了特警，每天长途拉练，非常辛苦，而且不能调回原籍，几个月后他无法忍受，回到了老家。

母子的关系自小就很紧张，母亲后来甚至不接儿子的电话，因为一打电话就要钱。当年离家出走的时候英曾写过一封信，里面充满了恨。而母亲则说："我一直在心里想这个儿子没生过，不要来骚扰我，影响我的事业。今天这样 80% 是我的责任，18 岁以前是,但 23 岁已经是成年人了,就不能这样了。"家里锁也换了,过年英也不回家。

母亲本来希望儿子能在美国开拓市场,因为目前工厂主要是给美国的各大超市供货,但英不想回美国,太无聊,至于对未来,他没有任何打算。

英对待外人很礼貌,生活看上去也相当丰富多彩,就在我们见面的当天晚上,他还说过两天要去泰国的三个海岛上游玩,因为曾在那里认识了当地的一个女孩,他们相约参加满月派对。没事时,他会带上钱包跑到丽江,在那里他从来不缺女孩。

也许因为大部分时间混迹省会城市的关系,英对外在财富的要求也挂上了一线城市的档。母亲给他买了辆 100 多万的路虎开着,他嫌跟朋友的车比太掉价。我问起他是否会回去接班,他说今年先在母亲朋友的企业里实习四个月,然后再回去接班,一切说得都是如此自然,直到他开始用当地方言跟小赌神聊。

我们事后才得知原来他回企业是为了获得母亲的奖励:一辆法拉利,稍后他更说法拉利开出去都不够拉风,他更希望有一辆兰博基尼 LP800,他的亲戚就有一辆,他一直想开,听了这话,当时连小赌神都忍不住想抽他。

这次回来,喝着咖啡,我又向小赌神问起了英的近况,作为共同长大的发小,他说这个人已经彻底没救,他们中断了联系。

我能想象身边人彻底沉沦后当事人的绝望,因为我也曾经历过。

2011 年我独自一人去了夏威夷,三天的青年旅社生活并没有各国同胞共唱国际歌的情景,相反却是个人作息时间的冲突(一个小房间住了 4 个人),最后一晚我转移到了君悦酒店的海景房里,那个夜晚是如此的难熬,两天前三个小时的冲浪加上头天八个小时的太平洋独木舟之旅让我全身上下的皮肤像火球一样滚烫，顺带着低烧和鼻塞，就连君悦酒店由夏威夷土著壮汉操刀的绿叶包裹按摩都无济于事。

临走的早上我来到了著名的皇家夏威夷酒店，在粉红色房子里，一个人坐在它的私家海滩边上与海鸥们一起享用了一顿丰盛的早餐。

接着是最后的直升机之旅，一个小时的飞行 OAHU 岛美景尽收眼底，这里是电影《侏罗纪公园》和电视剧《LOST》取景的地方，一处遗失的天堂。然后，飞越太平洋到达美国大陆，那里有我在这个地球上的第二对爸爸妈妈和兄妹等着我，他们是我 16 岁作为高中交换生在美国的寄宿家庭，其中两个孩子都是从韩国收养回来的。

韩国佬 Park 和他的白人朋友 Eric 在机场给了我一个熊抱，两个人身体吃得十分臃肿，一米七左右的身高，体重已经超过了 220 斤，活似两个相扑手，你甚至怀疑头和身子是不是一体的。两人目前都无工作。韩国佬几个月前刚被警察抓到他在车里私藏大麻，为此他正"享受"着感化（Probation）的特殊待遇，每个星期五必须向相关人员报到一次，在长达 8 个月的感化期内，他不能离开密歇根州，不能喝酒，更不能抽大麻，可他基本上只遵守了第一条。

酒精成为了毒品的替代物，他在过往的六年里花费了 6 万美金在毒品上，资金一半来自于家里，20% 是他自己做毒品贩子赚的，另外 30% 来自于他那两份在快餐店的微薄收入。他的白人父母年轻时候是嬉皮士，也有吸毒的经验，可现在都成为了中上层阶级的一份子，这似乎与美国文化密不可分。

医生诊断 Park 有思维紊乱症，为此他开始每天服用白色药丸。

第五章 醒觉

他曾把电焊枪对准自己的手臂,以体验活着的感觉,还曾对着家里的窗户扔石头,在狗笼里和女友做爱,去完夜店后,把一个跟母亲同龄的女士带回家睡了一晚,并向我抱怨他父母的伪善和懦弱。曾经,他的理想是回到大学,学习生物学,并加入国际和平队,作为一名志愿者深入热带雨林。

Park 曾抱怨他的吸毒史因我而起。那是高中的一次聚会,我们一帮人离开了喧闹的别墅,围成一圈开始传递大麻烟。那个时候他连烟都不抽,一直是学校乐团萨克斯风的头把交椅,在学校人见人爱,平时喜欢研究李小龙的哲学。

当烟传递到他手上的时候,他犹豫了,我这个时候已经抽了一口,虽然并没吸进去,所以根本不会有任何反应,但我也跟着众人开始起哄:"Come on, Park! Don't be a pussy!"(快,Park,别像个娘娘腔)我当时给人的印象是一个自闭害羞的中国男孩,几乎毫无个人魅力,当 Park 发现连我这种 Loser 都耍起酷来了,他闭起眼睛深吸了一口。

据他说回到家,当大麻劲起效的时候,他开始呕吐,并足足昏睡了 24 个小时。

一次当他对楼下的父母喊完 FUCK YOU 之后,回到房间,他突然抱紧了我,痛哭起来,一直在我耳边说对不起,"但真他妈孤独",泪水浸湿了我的肩膀,在那一刻我似乎可以感觉到一切都唾手可得的巨大虚无。

Eric 是个从芝加哥收养回来的苏联孤儿,他的父亲几年前心脏病突发猝死,接着他开始变得暴躁,四处打架、酗酒、吸毒,现在他似乎已经走出了阴影,可是又被诊断患有先天性糖尿病,身上必须每天戴着一个价值上万美金的微型电脑,并联通一根管子,定时把药剂打入他的大腿静脉中。

28岁的他曾经是学校最棒的小号手和三分射手,我刚认识他的时候他是如此的耀眼和充满活力,他和Park,这两个被收养的孤儿是学校1500名学生里最酷的,他们从不缺女友,哥们儿成堆,滑雪和开摩托艇的技术一流,可现在Eric只是像个垂暮老人,一直念叨着自己还剩不到10年的生命。

如果这个世界上有个地方是从来不起任何变化的,那一定非密歇根的这个小镇莫属。小镇紧靠密歇根湖,几乎家家有游艇,天天阳光灿烂,不工作有救济金。

Park的父母基本上会满足他的一切需求,家庭每年远途出游两次,每个月到郊外的小屋里度假一次,圣诞清单上的礼物都会一一买回来,哪怕是如此多余的礼物,例如第三副滑雪装备。Park的父亲两米高,是当年的美国大学橄榄球全明星后卫,后来当上了金融公司的主管,爱好打猎和钓鱼,母亲是一个完美的家庭主妇,闲时负责一些本地NGO的运作。他的妹妹Lina虽然身高只有一米六,但却长年是学校的长跑冠军,最后还在高中舞会上被选为了皇后,这对于一个亚洲人是很罕见的。

看似完美的家庭,却像个无底黑洞把你往里吸,Park的母亲曾当着我面哭泣,她不知道在给了全部的爱之后,为什么儿子会变成一个魔鬼,就像电影《搏击俱乐里》所说的:我们是被母亲养大的一代,从没经历过世界大战和大萧条,在物质极大丰富之后,我们唯一的战争是心灵之战。

"我感觉到所有人都想害我,我越来越多的感受到死亡,可是我的脑子里一直有个声音在跟我说:'你还没扛到头呢。'我没有选择,只有死磕,跟所有人死磕。"

第五章 醒觉

在贾宏声的自传电影《昨天》里，他一个人站在聚光灯下，说出了这段独白，眼神清澈却又充满绝望。Park 也曾跟我说过同样的话，他吸毒、酗酒、把车开到沟里、操跟他妈年龄一样大的女人、离家去当蓝领工人，这一切似乎都在跟什么死磕。

还是在《昨天》里，贾宏声在精神病院的一段独白诠释出了他对于身为人的悲哀和无奈，"我又一次梦到了那条龙，它盘在屋顶上，两只眼睛死死地盯着我，它问我，你是谁，我说我是贾宏声，它说贾宏声又是谁，我说贾宏声毕业于中央戏剧学院，是个演员，热爱摇滚乐，爱列侬和罗伯特·普兰特，曾经想成为一个有名的演员，也想组建一支伟大的乐队。它说你什么都不是，就是一个人。你爱吃面条，鸡蛋，爱穿时髦的衣服，可以给影迷签名，也可以哭，也可以笑，受不了的时候还可以求人，我问它我为什么在这儿，它说这是对你的惩罚，因为你身上恶的东西太多了，必须把恶的东西清理出去你才能彻底干净。我问它，我干净了吗？它没有回答，两只眼睛还是死死地盯着我，然后就飞走了，你就是一个人，一个人。"

在某年的愚人节 4 月 1 日那天，贾宏声在自己的小组里发表了两篇名为"你活得有意思吗？"和"你为什么活着？"的帖子，征集网友对于生命的看法。当我 16 岁睡在 Park 的上铺的时候，半夜三更他也总跟我探讨类似的问题，有一次他问我："Chi，我们每个人都注定孤独的，是吗？"

死亡与重生

聊天的间隙，包厢里进来了一个中年男人，他是小赌神企业的供应商之一,也是第一个过来签阳光协议的供应商。协议的条件非常苛刻,只要供应商被发现给公司的员工送一包烟,直接罚20万,并且还要追究刑事责任。小赌神想借此破除公司多年来的陋习,这也是行业长期存在的潜规则,以前是润滑剂,现在是腐蚀剂。父亲在的时候,采购部的人有时年终会把红包上交给他,而为了表扬这种诚实的行为,8万的红包,父亲会返还4万,可实际上这个员工可能一共拿了20万的红包,这反而变相地纵容了拿回扣的行为。

小赌神提到了马云,为了保证淘宝的公信力,他曾经大义灭亲,把自己的好几个负责网店信用评级的员工送进了监狱,这是企业发展到一定程度必须做的事情,否则大树会被蚂蚁蛀倒。小赌神认为自己的企业也已经发展到了这个阶段。

协议里还有一条是把价格压到最低,然后次年的销售额增长之后,供应商要最高给企业返点增长额的6%利润,这相当于行业净利润的一半,供应商同意的前提是小赌神给他们描绘了一幅美好的图景,也就是来年的供应量将会翻一番,他们将会与企业共同成长。

聊完正事,在我的要求之下,小赌神叫了另外两个朋友,我们玩起了四人德州扑克,他已经有段时间没玩了,因为不久前曾经有两个专业的德州牌手,专门从新加坡过来和他们这群人玩,吸了几十万走,最后因为跟设局的人产生了矛盾才离开,从此小赌神决定消停一阵。

在英国留学的时候,小赌神曾想过成为德州扑克职业玩家。

未成年时,他就曾在英国的马场里赌过。一个同学在机器上先输了200英镑,他过去拿了20英镑按了重复下注,立马赢了

300英镑。他第一次进赌场是19岁,在伦敦的帝国,有一大帮同学,非常紧张,因为赌的都是生活费。最后几年每年100万的生活费也有赌光的时候,曾经用100英镑生活了一个月,天天吃超市里最便宜的泡面,里面只有一小块面饼和一包味精。

最后一年,他还输光了学费,没毕业就回国了,但他从来就不认为自己是读书的料,他认为自己天生就是做生意的。

小赌神认为赌博有遗传,也有后天的培养。他小时候就经常见父亲赌博,父亲曾经算过一笔账,多年来他累计在澳门输掉了一个亿。2010年他从英国回来,朱总给了他两百万,让他自己一个人去澳门,在那边待半个月,时间到了去看他。他在那边待了13天,最后把两百万全部输干净了。

一开始,不分昼夜,他一直待在赌桌前,最后赌到想吐。在那期间,他把澳门最贵的东西都吃了一遍,牛排是4500元一块的,然后早上游泳,白天赌博,晚上去声色犬马,感觉很快乐。最多的时候他曾赢过一百多万。父亲后来来了,他们坐在一张桌子上,小赌神叫了一声爸,旁边艳丽的女公关惊讶万分。

小赌神总结父亲成功的因素之一就是胆量,所以他一直认为一个敢赌敢搏的人才会成功。当地的第一个地产项目,投资三个亿,地价一个亿,小赌神的父亲就是大股东,占38%,虽然当时企业的资产总额还不到5000万,他那时就敢拿一个亿去搏。这也是他淘到的最大的一桶金。因为赌博就是这样,你有500块钱,但你敢推1000块钱。但小赌神也认为这种成功有个前提,因为那是中国发展最快的10年,闭着眼睛都能赚钱。

那天晚上,小赌神起初的几局相当慢热,几乎嗅不出任何进攻的欲望,可中段他逐渐开始发力,慢慢地吸起了池子里的筹码。

一个小时后,小赌神以三个 King All In(全押)赢走了桌面上我们另外三个人所有的筹码,他说自己打牌从来没有固定风格,他会一直随着情况变换。

小赌神最近非常关注资本市场的情况,甚至还报名参加了南方的一个关于资本运作的学习班,父辈的实业对他来说吸引力实在不大。

白天,一个跟小赌神父亲认识了 27 年的朋友带我参观了工厂,他目前在厂里负责采购环节的监管,由于一直有哮喘病,目前在调养,几乎已无力参与企业的运营。据他说,老板"最后几年特别痴迷那东西",那东西指的是赌博。

工厂是典型的靠国外订单过日子,95% 的产品都远销全世界,在欧美经济不景气的大环境下,他们的工厂却是全年 24 小时开工,甚至仓库里已经堆不下生产出来的产品,春节临近,订单却压得人喘不过气来,工人们正疯狂地赶工。

出于对身边人以及自身糜烂生活的反思,小赌神发起了创二代协会,初衷是为了让更多二代们找到自我存在的价值,积极地开创生活。

他们目前已经做了几次慈善活动,选择的是一些弱势群体,例如脑瘫、残疾和父母双亡的孩子,照顾他们的学习和生活,给他们一个健康的成长环境,这引起了地方上人们的关注,塑造了协会的影响力。除此以外,协会还有微创业项目,让内部的一些人有小项目可做,练练手,外部的人只要有好的理念,也可以申请资金。而另一部分是长期的大项目,这需要在未来通过联盟、风投、收购,还有入股来展开。

在小赌神的公司里,我旁听了一场协会 7 人核心小组的日常

第五章 醒觉

会议。

刚过晚七点，另外6个发起人已经在会议室里等待了。会议完全由小赌神主持把控，他发言也最多，另外几个人都称呼他为会长，语气中除了顺服，更有一丝亲切的意味，类似于"兄弟"两个字。前不久他们刚一起去了趟新加坡，带了8万块钱，在金沙赌场的一个星期里赢了40万，最后他花完了那8万块钱，并在赌桌上把40万一把推掉。

小赌神从小到大走到哪里都是带头人。初中在贵族学校里搞民主选举，他连当了三年班长，还当过学生代表大会的秘书长，每年拿陈香梅奖学金的领袖品质奖。最后学校倒闭了，因为高三7个班，没有一个人上本科。

但他第一次在公司董事会上发言，脑子一片空白，连自己都不知道在说什么，最后喊了句口号，说在一年内要成为当地同行业的第一，那时他的父亲还健在，就在一旁补充道："力争第二吧。"果然一年过去，他们成为了行业里的老二。

小赌神的父亲平时就很少走动政府关系，我去的时候快过新年，他更是为如何维护政商关系而头疼。

政府的一些官员这段时间点名批评小赌神不懂人情世故，不与他们礼尚往来，但小赌神有自己的观点：如果我只专注于自己的企业，靠实力说话，真没必要特意去巴结，但是保持正常的关系还是应该的，该送的还是要送。

7点到11点半，四个半小时的会后，小赌神的司机带来了当晚的宵夜——7个带肉馅的烤饼，桌子边的每个人都吃得很香，似乎比昨晚的海鲜火锅还过瘾，尽管那晚点了两斤二两的象拔蚌。下楼后，保时捷轿跑、宝马七系、总裁版路虎相继离去，驶上了空无一人的金融区大道上。我坐进了小赌神的玛莎拉蒂,上次来的时候,这辆车刚被撞成了破铜烂铁,花了80万才修好。

酒红色的皮革映衬着银光闪闪的仪表盘,孤独的引擎声在午夜的县城里回响,小赌神说自己更喜欢干跟协会有关的事,而不是管理自己的企业,如果是在企业里开会,他绝不会开得那么晚。接着他说:"也许未来这会成为我的主业,一旦发展壮大了,企业本身与之相比会变得微不足道。"

理想中的模样

让我想象理想中父辈的模样,他们会是一群卓尔不群的人,往往还带着倔脾气,例如已故的新闻主持人安迪·鲁尼,自从1978年7月2日以来,他每周日都会定期出现在美国哥伦比亚电视台的王牌新闻节目《60分钟》里,主持一档名为"与安迪·鲁尼共处几分钟"的评论专栏,时长从1分多到3分钟不等。

每期节目里,他会习惯性地坐在自己手制的实木写字桌后面——那是全世界他最喜欢的地方,然后对世界上发生的一切发表自己的观点,话题范畴从药瓶里的棉花跨越到上帝是否存在。他善于揭露生活中的谎言,他说他写的,是很多人曾经想过却从未意识到自己想过的问题。

当听说有15亿人通过网络购物的时候,他说,"这个数据令人怀疑,但就算它是真的,购买一样无法触摸和看见的货品实在无法令我提起兴趣。"

关于"9·11"事件之后机场保安的加强,他说:"我讨厌说这话,但我喜欢说讨厌话,航空公司遇到的麻烦远比他们想象的大,因为搭乘飞机再不是一件愉快的事情了。"

还有一次他谈到了微软。"我一部打字机用了50年，却在6年内买了7台计算机，难怪盖茨这么有钱。"

有些人认为鲁尼只不过是一个早已过时的老家伙，不时对生活中鸡毛蒜皮的事情发牢骚，甚至还有喜剧演员在舞台上嘲笑他，"他不断地提醒我们生活在一个如此伟大的国家，以至于可以看着一个人在电视上慢慢发疯。"

但无论如何，这个满腹牢骚的老头确实征服了一代又一代美国人。早在1980年，也就是他出现在《60分钟》的第三年，这个节目就已经成为了美国收视率第一的节目，每期都有接近4000万人收看，而之后只要鲁尼不在节目中出现，收视率就会下挫，多年过去，他已成为了所有对生活不满的美国人的代言人。

除了对生活琐事的抱怨，他还谈论宗教、战争、政治、法律，甚至性取向和种族歧视。

当1986年挑战者号航天飞机在空中爆炸之后，他对那些死去宇航员的评论，分担了众人的无助之情："我们会因他们而为人类感到更加骄傲。他们弥补了我们周遭的谎言、欺骗和恐惧。"

1990年，鲁尼在节目中对世俗社会发起了攻击："过多的酒精、食物、毒品、同性恋协会、香烟都是众所周知导致过早死亡的原因。"过激的言论导致他被冷藏了三个月，没有一分钱的工资，而节目则在失去他四周后少了20%的观众，电视台不得不又把他召了回来。

1994年，他对摇滚乐队涅槃主唱柯本的自杀发表了自己的看法，"很多人都渴望能拥有他舍弃的生命，这些关于生活如何糟糕的谬论是什么？如果柯本用思考他毒品泛滥的生活方式去创造音乐，那么他的音乐如果是毫无意义的话则是理所当然了。"

1995 年，奥克拉荷马恐怖袭击之后，他愤怒地望着镜头："我真想杀了那帮混蛋。"针对同年的 O.J. 辛普森无罪释放案，他悬赏 100 万美元捉拿真凶，他说根本不会有人来领这笔钱，凶手就是辛普森本人。

2003 年伊拉克战争，他这样说道："我们并没有恐吓和威胁巴格达人民。这段话令我们像愚蠢的自大狂。总统真应该把写这句话的人炒掉。"

之后的几年一度极为敏感，针对少数族裔的评论文章开始在网上流传，作者被错误地认定为鲁尼。那个时候没人知道上世纪 40 年代初，身为士兵的鲁尼在佛罗里达，曾因拒绝离开车尾并与黑人坐在一起而遭拘捕。

鲁尼年轻的时候是一名二战战地记者，他曾经跟着美军的飞机第二次空袭德国，接着参与了诺曼底战役，作为一个和平主义者，他一直反对任何形式的战争，但当他亲眼目睹德国集中营里的惨状时，他改变了主意，承认所谓正义战争的存在。战后他加入了哥伦比亚电视台，成为了台里的王牌写手，参与制作了多档热门节目。

今年的 10 月 2 日，92 岁高龄的鲁尼做完了 1097 期，也是自己的最后一期评论专栏，在那期节目里，80 岁的老同事和朋友莫利·塞福尔（Morley Safer）采访了他。

塞福尔：衰老不是件太好玩的事，对吧？

鲁尼：我讨厌它。我的意思是，我就要死了。那对我毫无吸引力。

塞福尔：你思考过死亡吗？

鲁尼：想过，想得挺多。

塞福尔：然后呢？

鲁尼：我不喜欢它。

塞福尔：如果你能再活一次，你会做些什么？

鲁尼：如果我能再活一次，我会上电视，我会尽可能地上《60分钟》，我会每期做一个属于自己的节目。我会自己写下来然后读出来，那是我最喜欢和擅长的事情，也是我唯一会做的事情。

一个月后，他因手术并发感染离开人世。

除此之外，他们必定是一群理想主义者，不苟活于世俗生活，甚至甘愿成为一名隐士，一如我曾经遇到过的德国人马悠，他是一名德国生态学家，在云南西双版纳13年间，成立了天籽生物多样性发展中心，坚持致力于当地热带雨林的修复和再造工作，2010年1月26日因心脏病突发病逝于家中，虽然我未曾有机会跟他面对面交流过，但是在2010年，通过他的亲人，我间接地了解到了关于他人生的一些闪光的碎片。

从西双版纳景洪的家里到布朗山需要经历两个小时的颠簸，李旻果开着她7年前买的红色帕拉丁，像往常一样上山，说话的间隙差点跟对面的车辆迎头相撞。这是一条她曾走过无数次的路，只不过现在少了一个人的陪伴。

上山后，李旻果总要抽时间，一个人安静地躺在一棵橡树旁。这是马悠最喜欢的树。她身边放着法国订的红酒，一个金色的圣杯，这是她跟老马在欧洲一家百年老店里订制的。在这里，她往往会独自过上一夜，好让自己出来以后变得更为沉静。

举目望去，前方是2008年李旻果跟老马从老班章村民手里承包来的6平方公里布朗山土地，当时全村一致同意把他们曾经的一块放牛山和轮歇地交给他们,并在协议上按下了一个个鲜红的指印。为此李旻果还起草了一份宣言:"让我们老班章的这片山地雨林,再次从这块土地上站起来。"

从此,他们开始在一片森林覆盖率只有 16% 的荒地上种树。两年多过去,300 万棵不同种类的树苗已被种下。老马认为这 6 平方公里的土地足够他干一辈子了。李旻果曾开玩笑地说,如果能活到人类岁数的极限 120 岁,就能见证这一切的发生了,老马接着说,"我看我还是活到 220 岁吧,那样就更万无一失了。"

李旻果后面的山坡上是一块墓碑,那里安放着老马的遗体,它跟斜对角的巨石与橡树呈三角关系摆放,石头、树、墓碑分别代表着精、气、神,石头上刻着这样几个字:"马悠博士,他的夙愿是:理宇宙生态之系统,解生命景观之玄秘。"

如今,乡政府和村民怕忌讳,正在讨论老马的墓是否适合安放在布朗山上。

2010 年 1 月 26 日,老马离开了这个他走过 57 个年头的世界。那天刮风下雨,他一个人在阁楼上,预埋在他身体里达十年之久的那颗"炸弹"终于夺去了他的生命,当初医生曾建议他做心脏瓣膜修复手术,可他不愿意任何人在他的胸前开一个口子。

88 岁的加州伯克利分校人类学教授卡洛斯第一次来到老马的墓前,从兜里掏出一块祖父流传下来的石头,静静地放在老马的墓前,随后站立,轻声念出一段凯尔特语的祝福。他从没见过老马,但他能感觉到这是一个伟大的人。

马悠出生在德国慕尼黑旁一个传统的天主教小镇,他是贵族大公的后裔,父亲是纳粹。从 18 岁开始为德国的环保领袖开车,人生观开始建立,与他同时代成长的一批人,后来拯救了德国的生态环境。

在斯图加特的霍恩海姆大学（1815年印尼坦博腊火山喷发，火山灰令全球陷入一片黑暗，全球粮食产量锐减，人们陷入了严重的饥荒之中，为此霍恩海姆大学于1818年成立，开创了农业的科学研究，至今在欧洲农业大学综合科研实力仍然排名第一），他拿到了生态学的硕士和热带农业学的博士学位，随后创办了以自己名字命名的科学书籍出版公司。

从1989年开始，他在菲律宾创建了群落式雨林再造模式（Rainforestaion），被称为"雨林再造之父"，改写了菲律宾的国策和林学院教材，并于1997年获菲律宾政府总统奖。当年菲律宾的Leyte岛屿雨林再造经过近20年的建设，得到欧盟的最佳评估，成为生物多样性雨林种植模式的样板。1997年，老马受德国政府的委派来到中国，担任中德政府间合作的"西双版纳热带雨林恢复和保护项目"专家组组长达6年，还专门为欧盟设计了其有史以来的最大援华项目"中国西部生物多样性保护项目"，资金总额高达5100万欧元。

老马是个积极的怀疑者，他最恐惧的事情是无知地死去。年轻时，他对天主教提出了诸多疑问；年老后，他怀疑阿波罗登月和"9·11"事件的真实性。他总是相信这个世界是被一个隐形的利益集团所操控，他们是一群白人至上主义者，渴望创造一个单一族系的世界。

在他人生的最后几年，他开始对自己所负责的机构和相关的系统提出质疑。他一次次地参与各种国际学术大会，衣着光鲜的人们总是讨论着拯救地球的议题，大笔的金钱被投入，可现实中的情况却变得越来越糟，这让他失望透顶，他决定离开。

做一个隐士并不容易，幸好他遇到了李旻果，并生下了两个精灵般的孩子。

Linda 和 Vanda（万代兰的意思，她们的中文名是林妲和宛妲）是雨林里长大的孩子，穿着布裙在大森林般的院子里赤脚奔跑玩耍。这两个精灵般的女孩总会从小径深处跑出，手里握着一小把鲜红的果子，看见陌生人，便跑过来眨巴着棕色的大眼睛让你品尝她们的甜品。

16 亩地的院子里养了 9 条狗和一只小野猫，它们都是 Linda 和 Vanda 的好朋友。除了玩，Linda 每晚还要背诵一篇《道德经》，课外读物是《水知道答案》。她随兴弹奏钢琴，从不用老师教。

她们是老马夫妇的女儿，平日里的任务就是看管妈妈。现在妈妈开始抽烟，Linda 会说："妈妈你不能老是抽烟，爸爸说抽烟对身体不好的。"妈妈喝酒，Vanda 会说："妈妈不能喝酒。"旻果问："Vanda 你忘了吗，妈妈以前和爸爸也喝酒的呀。""那是有爸爸看着的时候！"

对于老马的离去，女儿们似乎还不明白，她们天真无邪，没有悲伤，话语中总是不断地提起爸爸。而以往，爸爸出门即使只是一小时，都会和两个女儿说："爸爸不在家，你们要照顾好妈妈。"

李旻果和老马是在一次秘鲁大使的招待晚宴上相识的，大使专门从南美洲空运了一支乐队到昆明，自幼学习古典音乐的老马想听音乐，于是便溜了进来。旻果站在门口负责迎宾，他走了进来，她对他笑了一下。

晚宴上，他告诉她，自己正在西双版纳做恢复雨林的工作。当时她的脑子里只有两个信息：他是一个生态学家，他在自己的家乡做事。他看到她有点累了，有点烦了，便邀请她到楼下去清静一下。楼下的角落里摆放着一架钢琴,他说:"我送你一个东西。"于是走过去即兴弹奏了一首曲子,接着转过身来对她说,"这是我为你弹的,你愿意嫁给我吗?"

她脑子一懵,以为这只是无数个浪漫夜晚里的片段之一,可德国人的脸上充满了不容置疑的表情,眼神无比纯粹。

"我开始爱老马,我不求什么,可到最后也爱得无所求,就是这么一个靠拢的过程。我们俩没有一见钟情,他对我一见钟情,但是我也接受了。说难听点,虚荣心也好,大悲悯也好,我都接受了。我来时他住在保护局小四合院里一个破烂的房子里,一个单身男人,不会打理自己,箱子里面的皮衣都发霉了,我去帮他开箱,去整理这个男人,因为我知道这个男人太有价值了。"

李旻果认为,自己的故事都是巧合,她在寻找爱的时候一定要看男人的分量,只有这样,爱才有质量。她认为以前对爱的理解太狭隘,而男女之爱只是人类社会的开始,不足以支持人类社会的延续,而老马是她遇见男人里内心最强大的。

从此10年如一日,日夜相守。

老马走了后,她总是重复同样的话:"没有和一个人10年、每天24小时都待在一起过,你不会明白我的感受。"两人一起时,老马就像空气,他们可以一起坐着聊天直到天亮,现在这层空气似乎还没褪去,她现在不会把任何发生的事情当作偶然,她说这正如佛教中的因陀罗网,宝珠无限交错,重重叠叠,互显互隐,无穷无尽。老马或是在这个世界给着她一些暗示,就像他的突然离开,她总认为自己当时已经感觉到了,这似乎是谋划好的。

她和老马自己搭建的湄公山庄原来是一片橡胶林,现在是西双版纳国际村的一部分,同时也是天籽生物多样性发展中心的办公地点、老马的植物实验室和炼丹房。除此之外,它更像一个人类的避难所。

在菲律宾做研究的时候,老马住在一个孤岛上,四周被大树环绕,门口就是浩瀚无际的大海。人们总是艳羡老马能过上神仙般的日子,可他对自己的知己,也是他在菲律宾的老板Peter曾这么说过:"相信我,住在天堂里,至少长期看来简直比住在地狱还糟,因为不像在地狱,住在天堂里你没有正当理由去抱怨任何一件事。"

可是现在,天堂里能抱怨的事似乎出现了。

老马离去之后,国际村的三户人家目前一家已经搬走,隔壁邻居也显得格外安静。晨光初露之时,院子里会放起德国美声的赞美诗,伴随着围墙之外大批商品房的掘地而起。

马悠被欧洲人称为"兰花的上帝",生前每天都要去雨林里找寻从枯树上跌落下来的兰花,把它们运回山庄的实验室里栽培,两年后再一个个地绑回到雨林的树上。兰花是雨林中娇嫩的公主,条件允许的话,甚至能活上100年。

老马在的时候,喜欢炼制兰花蜜酒,当他把所有碳炼掉之后,很多的微量元素留在了最后的灰烬里,他还要把灰烬回过去继续炼。在未完成的书里,他提到了自己对西方丹道学(即炼金术)以及道家阴阳的看法,他的墓碑设计便是依循丹道学里的三角关系而建。从早年的质疑宗教到晚年的回归神性,正如爱因斯坦、牛顿和歌德,都是转了一个圈。

作为父亲,老马从不希望自己的女儿去外面的学校上学,她们甚至很少出门,只是在家里自己玩,画画、下棋、玩娃娃,演个戏剧。现在,李旻果开始重新考虑起两个孩子的未来。

第五章 醒觉

以前之所以敢把孩子留在家里，是因为欧洲原来有夏山学校的成功例子，他们主张大人只需让孩子们依自己喜欢的方式去做，照自己的能力去发展，目的是创建一所"不是让孩子们来适应学校，而是去适应孩子的学校"。

但是现在，李旻果决定把两个女儿送去普洱市的普通小学，尽管那里有着方方面面的缺陷，但那是她的故乡，距离也近，她能直接看到她们跟世界沾染的程度有多深。她跟学校打了招呼，她们不需要通过学校的考评，而且随时可以跟她出门旅行。

在这点上，李旻果相信人生而就是不平等的，虽然在人权上是平等的，可她们就是比一般孩子特殊——她认为，这只是因为她们太过于正常，而别人太特殊了。

两个孩子的确特殊，她们总能见到爸爸，而旻果却嫌自己灵性不够，一直无法与老马沟通。

一次到普洱去谈项目，她想见见老马，于是晚上便梦见了他。他笑着走了过来，接着突然变得脸色苍白，于是她开始念六字大明咒，唵嘛呢叭咪吽，念的时候小指头一直在抖，直到把自己念醒。她是想让他走，她认为自己已跟他不对接了，可身上却还背着他的业，而为了完成自我的修炼，她必须要走出去了。

李旻果与当地老板和官员在一起时总显得格格不入，甚至针锋相对。从坐下的那一刻起，她就从没掩饰过自己对他们的厌恶。这让对方很尴尬，一位曾经拍板否认过她生态计划的官员更是如坐针毡。

在她看来，这是一种策略，她想让他们感觉到她的强硬。如果从头到尾对这些人没反应，她做不到，也认为不对，要给他们一个思考的理由，因为他们太麻木了，必须有人去刺他们，这也是她现在修行的一种方式。

在当地老板和官员的印象中,老马是一个很有修养的贵族,而李旻果,他们则一直怀疑是间谍。

当她谈起自己在城市中心建造 3.5 平方公里雨林公园的计划时,当地老板听了连连摇头,立刻口算了一笔账:光征地就要花去上亿元。这始终是一笔商人算不过来的账。而他后来更分析道,如果李旻果的雨林项目成功了,那么以前政府的决策怎么办?这是否证明大面积种植橡胶林就是错误的?

在云南提到橡胶林,总是充满了各种矛盾,这也是早已被贬义化的经济的缩影。

目前,云南天然橡胶种植面积占全国的 37%,单位面积产量世界第一。由于天然橡胶综合性能好,用途十分广泛,曾和钢铁、石油、煤炭一起被并列为现代社会四大工业原料,是关系国计民生的重要战略物资。

2008 年,《北京科技报》一篇《西双版纳:美丽因何不再》的文章指出,西双版纳在大面积种植单一橡胶林后,开始缺水。当地州气象局的长年监测表明:在过去 50 年间,四季温差加大,相对湿度下降,州政府所在地景洪市 1954 年雾日为 184 天,但到了 2005 年仅有 22 天。

文章中,中科院西双版纳热带植物园的研究员还指出,正是由于天然热带雨林转化成为了人工橡胶林,这一举措给当地生态环境带来了不可逆转的改变,直接或间接地造成了区域气候改变。

同时,中科院勐仑植物园科研人员的研究表明,天然林每减少一万亩,就使一个物种消失,并对另一个物种的生存环境构成威胁。而且,单一经济林发生大面积森林病虫的隐患难以防范,橡胶白粉病、蚧壳虫病频繁发生。

热带雨林的存在，正是作为"地球绿肺"对于气候的意义，以及作为一座巨大的"药房"（美国癌症研究所发现的治癌药物均产于热带雨林）、一个生机勃勃的整体对于人类的意义。

李旻果也一直认为，在热带，任何单一作物都是灾难，因为热带是一个物种极为丰富的地方，病虫害相当多，如果你不用自然的方法去控制的话，会出现许多后患，所以热带是不应该有大农业的，而热带农业和林业是分不开的。可现在，西双版纳海拔1000米以下几乎全是橡胶树（科研人员正在研究能适应更高海拔的橡胶树），以上则遍布着台地茶和香蕉林。

老马也提出过，橡胶种植可以用简单的经济学原理解释，产量越大，价格起伏就越大，农民的收入随着产量的提升在总量上增加，可边际效益却在缩减，因此多样化种植很重要，跟金融理财一样，产品多样化才能实现真正意义上的盈利。

有一次，老马和旻果去调查的路上，由于前方修路，他们决定绕道，最后绕了3个小时都绕不出来，却见到了一路刚被砍掉和烧掉的荒山。一开始他们还在咒骂，可到最后却都说不出话来。

来自伊朗的Reza是生态学在读博士，在网上看到了关于老马的纪录片，决定来西双版纳参与雨林的研究，并加入了德国6所大学的联合研究项目"生命景观系统LILAC"。因为语言和文化的原因，他很少跟当地政府打交道，平日更多地只是埋头研究。在他看来，再造雨林是一件不太现实的事情，政府能做的只是保护现存的林地，并增加当地植物的多样性。

李旻果认为，这就是现在的博士生跟上一代的区别，老马做的事顶现在的10个博士做的，他们属于有理想的一代人，并确实已经改变了这个世界。

橡胶林,橡胶林,还是橡胶林,在去布朗山的路上,这是最常见的风景。接着是碧绿的稻田里,农民在大量地喷洒农药,车窗不得不摇上。李旻果的树被人用刀砍得遍体鳞伤,因为这样比砍倒更省力,树木会慢慢地死去。

护林的工头阿海已经干了 7 年,语言不通,跟老马没太多的交流,但却死心塌地跟着他干。阿海隐约感觉到,自己在干一桩大事业。以前老马来林子里,见到一片叶子就采下来,用手搓搓放入口中咀嚼,本是田野考察的行为在他看来很有意思。

老马去世的那天,他正在朋友家,听到噩耗后,"感觉天都塌了",急忙骑上摩托冲过漆黑的夜去奔丧。之后的一天凌晨,他还在林子里见到过"一身白衣的老马"。

阿海手下掌管着 50 个季节工人,每年有 3 个月必须集体下林锄草,帮助幼苗生长。但附近村民放火烧山的现象太严重,给锄草带来了很大的麻烦,因为树被烧死之后,地变得更肥,而草也就长得更猛烈,只好 5 台割草机没日没夜地干,坏了修理好接着干。这是一场与时间的竞赛。

我们和李旻果上山的当天,远处林子里冒起了浓烟。如果在以前,她一定会跳上车去追查纵火的源头,可是那天她没动,只是安静地躺在那棵橡树边。

阿海赶到现场的时候,一个晒得黝黑的农民正在山下的水稻田里劳作,他承认自己扔了个烟头,一片林子就起火了,幸运的是他意识到了问题的严重性,于是自己就把火扑灭了。一般的纵火事件总是这样,李旻果一开始种的几十亩林地就是被一群晚上回家看不到路的年轻人烧掉的,他们当时嫌黑,于是便点着了旁边的林子。

人类学家卡洛斯跟着旻果爬上爬下，穿梭在她和老马再造的雨林里，兰花谷里的珍稀兰花已经开花，一朵成活就能带动10朵的生长。卡洛斯年轻时候曾参与过在缅甸的对日作战，对于雨林十分熟悉，时不时从口袋里掏出一根小雪茄猛抽。在他眼里，李旻果做的事情类似于朴门永续设计——这是一种能创造永续且循环不息系统的设计方式，以仿效大自然的设计为基础，巧妙利用了传统与原住民知识技术的洞见与价值，让传统和现代科技互助互补，透过完善的规划系统，创造出能适用于各式环境的永续的农业系统——也许这也是她未来需要走的路，可在中国实施起来尤其艰难。旻果说，天籽的存在就相当于雨林中的微生物，它们在整个生态系统中做着一个你无法想象的工作，而且效率特别高。

为了能继续养护那片雨林，旻果现在不得不开始联系欧洲的朋友，他们手上传承了几座颇具历史价值的古堡，愿意让她作为中间人售卖给中国财富的掌管者们。

李旻果的外国朋友一直在鼓励她。从德国来的老朋友在昆明自费演讲宣传中医的新出路，到达那天的晚上他们一起喝了酒，在昆明翠湖宾馆的酒吧里，李旻果几天里难得地笑容满面，而最后的问题也接踵而至。

"在你眼里，老马是个怎样的人？"

"他介于英国查尔斯王子和巴西农民奇科蒙德斯之间，他很亲近，但又与人们有距离，他是有灵性气质的理性人子。"

"现在替你撑伞的人去了，你打算怎么继续？"

"你想知道真相吗？他从来没为我撑过伞，他顶多是那根伞骨，伞上的帷幕是我做的。"

"但你似乎很少跟世俗打交道,例如政府。"

"一直都是我跟外界打交道,老马是不下山的,他是真正的隐士,偶尔有个政府官员来请他说说话,也是我翻译,我翻译的时候就把认为他说得不对的和太弱的地方调整过来,然后再传达出去。"

"但你以前不用为资金担忧?"

"以前跟国外的交流我从来不管,老马一个人负责,现在全是我直接跟他们交流,甚至包括谈判的部分。以前我只负责落地,现在从终端客户到我的土地我都得干。老马的交流技巧至少是一流的,但我比较直白。"

"你的资金来源是什么?"

"大部分是他的积蓄,一部分是 LV 买我们产品的钱,还有我们争取到的各大机构的资金。老马卖自己祖业的钱到我的账上只剩一半了,另一半被提前放到山上了,现在德国不景气,假如房子卖不出去,我们就要欠一大屁股债。老马把自己的所有保险都卖了种树,钱也早花完了。"

"你如何看待自己做过的事?"

"媒体把我们架高了,我们做的事并没那么伟大,'英雄'这个词眼并不适合我们,我们只是在做每个人都该做的事情。当一个人非常专注、非常集中的时候,他的能量是非常强大的。可是现代人太分散了,把我们灵性的思考能力降低了,所以说不出来、干不出来,也感受不到这样的能量和信心,毫无疑问就无法理解我们为何这样做。如果你是一个很大的机构,就可以把很小的一个个体给湮灭了,所以我们才跳出来到这里来,但我现在回到城市是有准备的。我现在在做很多商业的项目,不做的话活不下来,但跟以往没方向感是不一样的。"

"你对未来绝望吗？"

"我的境界跟 10 年前不一样了，我把所有的挑战都当成自己的修行，还有这些外国朋友算是我的空中支援，我会活下去的。就算最悲观的情况，我待不下去了，还可以把这些卖了去新大陆跟我的外国朋友住，带着两个孩子过神仙般的生活。"

"什么会让你决定放下这一切？"

"人是有债的，现在老马的债在我身上，我只是想把他的寓言再写明白一点，感化那些人。以前他们总是把它当成锦上添花的东西。我想做的事就是生活得更美丽，我绝对不会苟活，我一定会高调地去完成老马的事情。

"一个老马倒下，十个站起来了。方向我是有的，只是不知道从哪里做起，我要做更大的失乐园，大不了我就当墓志铭，周围再怎么造总有造完的一天吧，我大不了上山待着，以后我家就变成家庭公园了。我最怕村民动摇，但在有生之年，我是不会让人们逼到那棵橡树前面的。现在是末法时期，所有宗教都讲过这个概念，肯定是真理。我不了解老马这个人，他有很多谜不用告诉我，但我凭直觉知道他的谜底，他是一个非常缜密的谋划者，但他放弃了自己。"

最后，他们除了特立独行和理想丰满之外，还要有爱，这个维持世界运转的东西，而付出爱，这是人类唯一的出路，这个我一度认为不存在的东西，可回看之前写过的一封信，我才发现自己其实一直在苦苦追寻。

亲爱的迈克：

爱，还是爱，我知道你一直都在追逐它。

的确，没有任何字眼再比它神圣，也没有任何字眼如它般俗不可耐。

荧幕上所有工作人员在彩排结束后围成一圈开始祷告，之后轮到你站出来说祷词，我记得你用你惯有的声音轻柔地说道："我们是一家人，我希望所有人都能互相爱护对方。"

每彩排完一首歌，你总要对着台下说"我爱你们"，还把自己孩子和家人的名字念了一遍，生怕他们感受不到爱，正如你自己常常感觉到的一样。

《地球之歌》之后我们听见了你的旁白，你呼吁大家行动起来拯救已经病危的地球，在你最后的纪念CD里有一段朗诵，那是一首你写给地球的情诗，有几句我记得是这样的：

> 你是我的甜心
> 柔软而湛蓝
> 介意吗，让我将你拥有
> 在我情意最深处
> 如微风轻抚
> 如音乐不止，永绕心头
> 行星地球，温柔而忧郁
> 用我的全心，爱你

你之所以不厌其烦地反复念出那四个字母组成的单词，是因为你知道这样的机会不多了吗？还是你沉寂的10年中，终于找到了生命的答案？

是的，45年后，无论多少非议，多少狂热，多少嫉妒和

第五章 醒觉

陷害，这所有的恨和爱最后都聚集在了电影院里，一起欣赏你最后的演出。尽管你已经瘦骨嶙峋，可当音乐响起，你的舞姿还是那么的光芒四射，歌声依旧来自灵魂深处。

中国南方一个城市的首映场，观众们也学起了你，他们穿着吊脚裤，戴着黑帽子，右手戴着白手套，不断地在你每首歌过后鼓掌，吹口哨，呼喊你的名字，仿佛你从没离去。

排练中的你是一个完美主义者，对于每一个音符都那么的在意，不断地让伴奏乐队调试，一定要还原当初录制时的一点一滴，我想你一定知道这些音符早已烙刻在了我们的脑海里，并与梦想和回忆同生共死。

电影里有从全世界四面八方赶来的舞者，其中精选出的几个伴舞谈起能与你合作，无不泪流满面。因为他们每天早上睁开眼首先就是打开你《Billie Jean》的音乐，开始在地毯上跳太空步，你现在走了，仿佛连我们童年的那些梦想也一并带走了。

你一直坚信自己是世上最孤独的人，21岁当你录制《她走出了我的生活》这首歌的时候，掩面而泣，在你口述整理而成的自传《太空步》里，你这样说道：

> 《她走出了我的生活》拥有这样的意境：我感觉把我与他人隔离开来的障碍看似没有多高，可以轻易跨越，但结果我发现，障碍仍在那里，而我真正渴望的东西已从眼前消失……有时我想象着我的生活经历就如同马戏团里那些哈哈镜里的形象，在这面镜中照出的是肥肥的样子，而在下一面镜中又瘦到几乎没有……成功永远伴

随着寂寞,这是真理。人们觉得你很幸运,你拥有一切,人们认为你可以想去哪里就去哪里,想做什么就做什么,但事实并非如此,我想要的只是那些最基本的东西。

其实何止你呢,我们每个人都是如此的孤独,尤其是在夜里听到这首歌,总有欲哭无泪的感觉。

你说每当听到披头士乐队的《爱是唯一》(All You Need is Love),就感觉仿佛一阵暖流划过皮肤,你一直衷心希望这首歌能成为全世界人民的圣歌。

电影放完我才明白,我们每个人都渴求爱,并不忘索取,可唯独你掏空了自己,为的是让爱永不止息。

如果有另外一个世界的话,希望你还能继续跳舞唱歌,别忘了戴上你最喜欢的圆帽子。

Yours

Chi

"9·11"十周年之际,我曾跟同事一道去了纽约,采访了数十个事件亲历者,而那一天也曾深刻在我的记忆当中。飞机撞入大楼的那一刻,我正在密歇根州高中的唱诗班里跟其他60个人一起吟唱《美丽的亚美利加》(America the Beautiful),9点刚过,有人进来对着老师耳语了几句,接着她打开电视,我们看到了CNN的直播画面,其中一幕是警方的直升机在大厦周边于事无补地盘旋,超过200个人,有单人,也有手挽着手的从建筑物的各个方位跳下,我们当时并没停止排练,几乎没有人意识到这场袭击的严重性,就连小布什也在继续给小学生们念童话故事。

第五章　醒觉

随后他才宣布"美国正遭受攻击"（America is under attack），当天的课程提前结束，全校默哀后便各自早早地回家。战斗机群从空中飞过之后，电视里在播放埃及以及阿富汗人民欢呼雀跃的画面，我的白人寄宿家庭母亲十分不解地问我："我们做错了什么？他们为什么那么恨我们？"十六岁的我心里想："那是因为你们到处欺负人，终归有人来收拾你们了"，我打电话回中国，很多地方欢呼声一片。

在采访中，我和当时的同事曾不止一次问起袭击之后纽约人是否对穆斯林有仇恨，他们的回答竟惊人的相似：如果恨的话，他们的目的就达到了。

1959年，BBC采访伯特兰·罗素（Bertrand Russell），最后问起他想对一千年以后的人有何告诫的时候，他说："我想说爱是明智的，恨是愚蠢的。在这个我们日益紧密相连的世界里，我们必须学会容忍彼此，我们必须学会接受这样一个事实：总会有人说出我们不想听的话，只有这样，我们才有可能共同生存，而假如我们想要共存，而非共亡，我们就必须学会这种宽容与忍让。因为它们对于人类在这个星球上的存续，是至关重要的。"

在经常性的虚无和倦怠之间，我曾经在一个场合写下了自己的理想日记。

2033年10月17日

湖边的小屋刚刚翻修过，并进行了新的扩建，因为家里又添了一个新的成员，再加上原先的六个，他们是祥和凯，我和翠翠，还有小狗阿黑，和一匹牧场里的马，它的名字叫骐骥，而我们的新生儿，她的小名是田田，用来纪念我的姥爷。房子虽然不大，但是非常足够，有奖杯陈列室，里面放着奥斯卡最佳外语片的奖杯。下午电话响了，从挪威传来消息，我刚被宣布入选了诺贝尔文学奖的提名。

弟弟上午来过，他虽然住在加拿大，而我在中国，但是人类已经发明了外太空穿梭机，只用半个小时就能降落在旁边最近的机场，他现在过得很喜悦，拥有了自己的互联网公司，坚持着小而美的创业原则，他比较能生，家里有五个孩子，都可以打酱油了。

父亲和母亲就住在湖的对面，每天会在一起吃晚饭，每周三次，我们会下场打高尔夫球，而我的成绩，早已超过了父亲。

写到这里，这本书终于快走到尽头，千言万语无非就为了这一句话：在这个时代，面对财富，我们除了一味的跪舔和被绑架外，其中一定孕育着更大的可能性，而那个可能性既不来自于父辈的经验教条，也不会从某个遥远的救世主口中传出，它能且只能存在于我们自身。

第六章　拖延症

　　人其实很渺小，为了让自己看来很强，硬要勉强却要自己受伤，那个伤口只会越来越大，真是愚蠢又软弱的生物。因此人们才会有梦，梦想的实现总伴随着困难。有时，梦想也折磨一个人，但我还是相信能开创未来的，这就是把热情投注在梦想的人们的力量，不过，连志向都被遗忘之时，荣耀也将远去。但我，为何看不见明天的太阳呢？

　　　　　　　　　——万表铁平《华丽一族》

去年 7 月我写完了《财富的孩子》的初稿，从此一搁置就到了 2014 年的 5 月底，这其中过去的将近一年里，我一次次地打开电脑，试图再往里加点什么，就像某出版社退稿时提的建议："你需要加点思辨性的内容，一如何伟的中国三部曲。"可是当面对白花花的电脑显示屏时，我莫名地恐慌了，我脑子里总是能浮现出《闪灵》里的场景，男主角每天在老式打字机前辛苦操劳，可是最终当镜头聚焦在他厚厚的书稿上的时候，所有的段落都变成了同一句话：all work and no play make jack a dull boy（只工作不玩耍，使得杰克变得愚钝）。而这对于我，却是截然相反：只玩耍不工作，使得杰克变得颓废。

由此我想到了杰克·伦敦的宿命。

苦出身的杰克·伦敦在通过写作成名后陷入了金钱的泥沼，写作变得粗制滥造，批量复制了一些低劣之作。他的生活也充满了堕落气息，在购置游船、建造豪华别墅中，打发着内心的无聊。而这无聊增长到极限，死亡便成了唯一的选择。杰克·伦敦用自杀的方式结束了他 40 岁的生命。这一结局，不仅仅是生命的终结，也是对空虚生活的一种否定，更是对人生意义的一种永远被悬置的发问。杰克·伦敦用死亡的方式背叛了他的成功。他可以忍受痛苦和磨难，却不能面对快乐和舒适。

尼采说："创造是痛苦的大救济和生命的慰藉。"告别苦难之后，杰克·伦敦创造力和写作质量迅速下降，在失去精神自我的道路上越走越远。一生坚守强者信念、超人哲学的杰克·伦敦在空虚和孤独面前变得异常脆弱。他被自己所创造的成功事业所打败。杰克·伦敦仿佛在用自己的死告诉人们：文学注定是一项受苦的事业，过于舒适和奢华的生活是它的末日。

这么说来，真正的大欢喜往往只存在于贫苦和无常中。

"你想知道关于加尔各答的什么呢？这座城市的历史是如此的复杂，简直浩如烟海。我的研究也只偏重于某一方面，要知道这将会是一辈子的事。"

坐在我对面的是印度最好的公共图书馆——加尔各答国立图书馆的管理员，一位戴着眼镜，很有风度的老先生，说话带着浓重的英国口音，典型的西孟加拉知识分子，他的头顶不时有乳白色的鸽子展开翅膀，在书柜间飞来飞去。

"看来你才刚入门，年轻人，让我好好想想我能怎么帮你。"

于是大家都陷入了沉默，大概是为了打破尴尬，又或者难得有个中国年轻人来关心一个半死不活的城市，他压低了声音，说道："好吧，让我告诉你一个人，你可以去找他，但你不能在他面前暴露我的身份。"

"洗耳恭听。"

"这个老头叫 P.Thankappan Nair，他每天早上 9 点准时来我们的图书馆，1 点离开，他 46 年来只对一个课题感兴趣：加尔各答。他家里关于这方面的书和史料胜过印度任何的图书馆，最后他把这些书全部捐给了政府。有一次驻印领事馆想搞清这座城市中央邮局顶上的大钟是谁建造的,这个问题可难倒了所有人,但是我立刻想到了 Nair 先生。半个小时候后,他派人给我送来了答案,那是一份旧报纸,上面有关于当天邮局落成的新闻报道,里面写得一清二楚。"

"这么说他是一部活的历史百科全书?"

"你也可以说他是你来加尔各答要见的第一个,也是最后一个人,尽管一些所谓正统的学者和历史学家对他嗤之以鼻,认为他太过于草根,研究方法也太落后。不过 Nair 先生没有手机、电话、电脑,你要找只能去他家里等,另外记住千万别在他面前流露出任何的商业味,他会让你滚蛋。"

管理员在一张索引纸上写下了地址,起身离开,办公室外面有好几个人正等着他帮忙。

死亡之城

午夜航班到达了当年的达姆达姆(Dum Dum)机场(周围地区因为英国人发明的一种名叫达姆达姆的子弹而命名,这种弹头射入头部后会呈不规则旋转,撕裂伤口,从而大大提高死亡率),如今机场名被改为拗口的内塔吉·苏巴斯·钱德拉·鲍斯国际机场(Netaji Subhash Chandra Bose),以纪念这位早于甘地的印度第一位独立运动英雄。他于1943年与纳粹及日本人结盟,希望能用武力将英国人驱逐出去。如今市中心有座他的雕像,骑在马背上的他戴着一副小框眼镜,要知道加尔各答历来就不太相信非暴力。

自从英国人离开以后,加尔各答在西方人眼里一直是一座死亡之城。正如这座城市的源头——迦利女神一样,她是湿婆大神之妻，死亡之母。她皮肤黝黑、青面獠牙的狰狞面孔沾满血迹，像湿婆一样在眉间长着第三只眼睛。她脖子上挂着的一串人头几乎延伸到膝盖，腰间又系着一圈人手，儿童的尸体是耳饰，四只手中有的持武器，有的提着被砍下的魔鬼的头颅。她的脚下常常踩着她的丈夫湿婆。

如此凶神恶煞的迦利其实面貌多样，并且对比相当极端，她的其中一个化身是美丽的雪山女神帕瓦蒂。有一天，世界上出现了恶魔，他法力高强，而且每滴一滴血在地上，就会出现一千个和他一样厉害的化身。雪山神女帕瓦蒂为了保护大地上的生灵，决心消灭恶魔。但她恐怕战斗中恶魔流出的血会滴在地上，就化身为迦利女神，先把恶魔的血吸干。恶魔虽然被消灭，但迦利女神却因为喝了毒血而无法自制，双脚猛力践踏大地。于是湿婆甘愿躺在她脚下，以免伤害众生。因此印度教庙宇中的迦利女神像，总是踩踏在湿婆的身上。

如今这位女神被供奉在加尔各答的迦利神庙里，这里以前曾经是名为卡里卡塔的村庄，英国殖民者抵达后便以这里为名，创建了加尔各答。神庙的选址传说是湿婆被恋人萨蒂（迦利的前身）之死激怒，扛着萨蒂的尸身跳起了毁灭之舞。他所过之处万物毁灭，眼看世界末日就要到了。这时，保护神毗湿奴祭起法宝，将萨蒂尸身砍成碎片。那些碎片飞落尘世。碎片飞落的每个地方都应修建祭祀萨蒂的神庙。传说萨蒂的右脚大拇指就落在了胡格利河畔，也就是现在神庙的所在。

我在一个午后光脚走入这座长一百多米，历时 8 年建成，耗资 3 万多卢比的神庙，里面供奉的迦利女神上身露出地面，下身埋在地里，腰以上部分佩戴着许多首饰，头戴金冠，手戴金镯，舌头和眉毛都是金制的，头顶上还有一把大银伞。可以看出这里香火旺盛，全国各地的人都来敬神。每天都像赶庙会一样多，日收供品大米三百二十多斤，白糖二十多斤，糖果四十多斤，香蕉百多个，此外还有无数其他物品。每逢重要节日，以上供品要比平时多几十倍。

但真正的祭祀品在庭院里，这是印度为数不多的一间"屠宰场"，听那里的"屠夫"说，迦利神庙日常平均要杀三十头羊，而周末更增至五十只献祭。站在满地鲜血的献祭场外面，一头不足两岁的小黑羊四肢捆绑，被拽了过来，知道自己大限将至，它像个孩子一样带着泪水嘶嚎了起来，接着被放在了断头台上。一阵鼓声响起，手起刀落，身体和头颅永远地分开，鲜血如花圃里的喷头一样四溅，二十秒后，扒土的四肢在角落里停止了抖动，蠕动的头颅眼睛圆睁，顿时也安静了下来，信徒们手里攥着卢比，一齐来抢这祭祀之羊。

"她靠印度、加尔各答每天分泌出来的绝望生活。"杜拉斯在她的电影剧本里这样写道。在一个古老的文明里，加尔各答是一座相当年轻的城市，甚至纽约都比它早创立 81 年，但它几乎一过完青春期就患上了癌症。

它的历史始于 1690 年，英国东印度公司在那一年登陆这里。从 1772 年加尔各答被指定为英属印度首府时，英国人就像对待自己的故乡一样，投入全部热情去建设它。伦敦有圣保罗大教堂，这里便也建了同名的一座；伦敦有大英博物馆，这里便也有了维多利亚纪念馆；伦敦有海德公园，这里便也有了梅丹公园（Maiden Park）。英国人就是这样在一片沼泽地上创造着，用了 350 年。就连满街跑的大使牌出租车，其原型也来自伦敦的 Morris Oxford。

不过短暂的美好随着1947年的殖民者撤离戛然而止，首都迁往新德里，加尔各答也就随之成为了一座绝望之城，城市的败落、高素质人口的大量流失让这个城市逐渐退去了活力。如今，那些当年的宏伟建筑还在，不过它们全都因为年久失修而变得残破不堪；人口接近两千万，在数字上绝对可以充当大城市，但看看车窗外的拥挤与杂乱情景，每个人便都灰心丧气了。我像任何一个来到这里的人一样，这其中包括带领英军夺得加尔各答驻防权的克莱武，他把个地方称为"地球上最破烂的地方"，19世纪作家吉卜普林为这座城市专门写了一系列的短篇集，名字叫《恐怖之夜的城市》，21世纪的今天，我多数时候还是以一种沮丧的心情待在这个城市里，时常问自己一个问题：我为什么来这个鬼地方？

黄包车

当我在一个午夜抵达萨德街（加尔各答曾经著名的红灯区，如今的背包客一条街，位于市中心），踏出车门进入低矮却有着偌大霓虹灯招牌的酒店后，才发现原来附近有五家几乎同名，往往只差一个字母的酒店，而我显然被拉错了地方。于是我身上挂着三个包，开始在没有任何路牌的街道上寻找预订好的一家酒店。而印度人迷糊的口音和左右不分的指路，却让我像迷宫里寻找奶酪的老鼠一样四处乱撞。这个时候清脆的铃声如期而至。

想要安全相对迅速地通过加尔各答疯狂的马路，无论你是开着塔塔牌卡车、大使牌计程车和三轮摩托的士，亦或为数不多的奔驰轿车，唯一的办法是拼命地往前挤，手不停地按着喇叭。可是对于行走在路上的行人，数万种喇叭的和鸣简直就是一场听觉上的噩梦，你总觉得脑袋会随时被声浪炸飞，也更怀念起中国的道路交通，与之相比，中国的司机无疑素质太高了。这个时候，幸运的话，你会听到清脆的铃铛声，这并不是印度教里的圣牛在向你走来（高傲的它们不戴铃铛），而是赤裸着双脚，体型瘦弱，身着棉裙和被汗水浸透的白T恤，在车流里左穿右插的人力车夫。

没错，一位年老的人力车夫正透过泛黄的灯光向我走来，他是整个加尔各答18000个以此为生苦力中的一员，他们的工会一直在玩命抵抗着政府剥夺他们的生计，因为政府官员和知识分子们认为这种"由一个人拉着另一个人跑"的工作有辱市容，并带有英殖民地的残留烙印。

早在1945年，也就是印度独立前，政府就已经停止发放牌照，1972年主干道禁止人力车夫踏足，他们只能在巷子里穿行，又过了10年，政府没收并捣毁了12000辆人力车。可到了1992年，城里依旧有30000辆人力车在运行，其中6000辆属于无牌非法营运。2006年，西孟加拉省长再一次老调重弹，宣布将彻底禁止人力车的运行，并提供给为此失业的人以新的谋生手段。正因为印度没有城管，因此禁止的事从来就不是一蹴而就的，如今拉车的多半是头发灰白的老人，随着时间的流逝，它会慢慢地淡出历史舞台。

车夫来自比哈邦，也是印度最穷的邦，绝大部分从那里来的人由于没有受过教育，往往带着身上的衣服就涌入大城市，因此唯一的活路就是干苦力。在电影《欢喜之城》里，经历了两年大旱，刚从比哈邦进城谋生的男主人公在被骗取身上的所有钱财，露宿街头数日后，终于获得了面见行商（Babu）的机会，行商儿子的问话充满了藐视，"那么你想成为一头人马啦？会学马嘶叫吗？"

最后 Babu 检查了主人公的体格，扔给了他一个铃铛，人力车夫的生活从此开始。

当季风季节来临，人力车是最好的交通工具，那个时候大部分的街道将被雨水彻底淹没，所有现代交通陷于瘫痪，可无畏的人力车夫还可以顶着及胸的水四处奔走。他们每天付 20 卢比租车，（相当于三块钱人民币）每天大概赚 21 块人民币。这些人早上五点起床，一般开始在市场工作，搬运物资，包括倒挂着的活鸡，一直到早上 7 点。一些幸运的家伙还会充当校巴的角色，每天早上载着富人家的孩子们去上学，家长对他们充满信任，就像对待一个老管家一样。

中午 11 点，这个时候几乎不可能在外面赤足奔跑，因为温度轻易就可以上 40 度，他们一般选择回家，回到那些破陋不堪的过道里（类似于广州的骑楼），开始吃午饭。接着打个盹、抽支烟、几个小时后再次出发，一直工作到午夜，第二天早上 5 点起来，洗个澡接着出发，这样不断轮回，直到最后有能力赎下自己的黄包车，这显然是最幸福的结局，之后这些车夫可以从英国殖民地时期就开始，家里代代相传，从爷爷辈一直到孙子辈都有了吃饭的家伙。如此不人道的生活，他们为此而自豪，也为能与顾客建立起特殊的亲密关系而快乐。地球上的生活日新月异，这里成为世界上仅存的，还能看到人力车夫的地方。

作为一个外国人，高高在上地坐在黄包车里实在是一件很别扭的事，路边的印度人对我投来了异样的目光，甚至还有人向我扔空矿泉水瓶子，但车夫对这一切熟视无睹，一边拉着车，从裙子里拿出一袋大麻，我拒绝后他又问我要不要女孩，作为一个男人，我能想象出这样诱人的场景：搂着异域女孩，嘴里喷吐出胸中滤过的烟雾，正如艾略特写过的：诞生，交媾，然后死亡。如此而已，如此而已，如此而已，如此而已。

艺术的头颅

加尔各答是一座极其富有活力的死城，40度的高温天里走在这座似乎一个世纪多来没再修建过新建筑的城市里，最雄伟闪光的建筑统统都是英国人的遗产，只不过它们都在可悲地衰败。红色的作家大楼，白色的邮政总局，从欧洲运来的伟大艺术品像地摊货一样摆在大理石宫殿里，残旧不堪的亚洲最古老的博物馆，连成一片的银行、律师楼，它们曾是英帝国的象征，如今已开始褪色、墙皮脱落。

英国人留下的是一个半成品似的"伦敦"，带走的却是这座城市的荣耀和运气，1960年代和1970年代，严重的能源短缺、罢工和暴力马克思主义思想运动（那萨尔派）损坏了大量基础设施，导致严重的经济停滞。1971年，印度与巴基斯坦之间爆发战争，导致成千上万的难民涌入加尔各答，使得城市设施过度紧张。

1961年，伊丽莎白女王访问了这座她祖母皇冠上曾经的宝石，24000人在达姆达姆机场守候，西孟加拉邦的官员们以最高规格接待了女王一行。晚宴在过去的总督府里举行，一切似乎又恢复了原样，印度音乐家们演奏着泰戈尔的歌曲："在我们这个尘土飞扬的世界里……"。女王接下来的几天在教堂礼拜，观看马球比赛，参观维多利亚纪念馆，还接见了一批英国儿童。离开时她对公众这样说道："加尔各答的热情款待给我们留下了深刻的印象。我们将永不相忘。"

在英国像蚂蟥一样吸干了印度的血那么多年后,她连一个普通的印度人也没接见,但是生命力顽强的印度人早已习惯了自生自灭。这些难民们如今还睡在马路的两侧,或是跟圣牛一起睡在马路的一条隔离带上。在印度想活下去很容易,虽然加尔各答和孟加拉地区在上个世纪四十年代经历过大饥荒,但在平常情况下,想吃上一口饭还是相当容易的,寺庙、慈善机构、富人的别墅前、政客选举之时都是公共食堂开放之日。

但是想活好却比中国还难,尤其是对于一个出生在低等阶层的人来说。这个国家的任何行业都显得竞争过度,大家像蝗虫一样从事着车夫、的士司机、拉客仔、街头骗子、小吃零售摊档,还有无所事事的职业。

Avik Saha 是加尔各答颇具实力的律师,他一直支持着当地的执政党印共(马),并且还投钱拍了一两部电影。他的办公室位于高等法院区的一间似乎被火烧过的六层建筑里,坐着王家卫电影里的"闸门电梯",我来到了五楼的 SR 律师事务所,推门进去,屋外闷热无比的空气彻底被隔离了开来,大理石的地板和橡木做的前台,空气中还有阵阵的花香,印度再一次被分裂成了两个世界,这已然是一种常态。

美丽的秘书给我递来了上等的大吉岭红茶,还有乳白色冰凉的棉巾。半个小时后,Saha 先生穿着量身定制的英式西装优雅地出现在了我的面前,他脸上带着精英分子特有的神情,狡猾的眼珠子在镶金的薄框眼镜后面直直地盯着我,强有力地握手之后,他对我说:"What can I do for you, Mr. Wang?"(我能为你做什么,王先生?)

罗梅罗家族古典吉他的旋律飘荡在空空的会议室里,作为当地古典吉他协会的会长，这里已经被改造成了一间隔音室，平时还能充当排练和活动的场地。"我想了解一下这个印度文化之都的内涵所在。"听完我的要求之后，他拿起苹果手机，当即打了四个电话，把我托付给了当地最牛的一个策展人、两个导演夫妇和一个推广中国旅游的小伙子，半个小时解决了所有问题，最后总会附带一句："Please take good care of this little boy, otherwise he will be lost in the city."（请好好照顾这个小男孩，否则他会迷失在这座城市里。）

如果我没接触到 Darshan Shah 女士，也许在加尔各答的一周我只会像普通游客一样在街上晃悠，累了就往高级餐馆和酒店里一钻，鼓起勇气恢复精力后再投入到街头的"战斗"中去，最后带着愤怒和恶意的抱怨离开这座城市，但是这位出身于婆罗门，手上戴着四枚大钻戒略显肥胖的女士显然为我这个外地人打开了一扇大门。

当我问起她加尔各答是如何吸引她时，她不屑一顾地回答道："因为这里有全印度最为丰富多彩的文化活动，全印度最牛的文化人都聚集在这里。"这样理所应当的回答令我感到不解和困惑，这似乎像是在描绘纽约这样的城市，但绝不会是加尔各答这个"活死人"。

事实证明我错了。

Shah 女士作为加尔各答最为活跃的艺术活动组织者，她似乎知道这座城市每天正在发生的一切文艺活动，为此她给我打印出了一张清单，上面有未来四天所有的演出，几乎是一天五场同时进行。

按图索骥，我来到了位于美国大使馆对面的印度文化中心，这里未来三天将上演三场不同的演出，其实在城市的另一边的寺庙里还有另外一场印度古典音乐的演出，但我决定先选择这里。

我特意穿了白色的棉质衬衫，来到剧场内才发现自己成了一个意外闯入的乡下人。全场的印度女士们身披华丽的莎丽，手腕上戴着金光闪闪的镯子，头发和乌鸦的翅膀一般黑，肆意地倾泻在肩上，卷曲睫毛下的明眸有如发情母狮的眼睛。身边的孩子们身穿舍瓦尼（sherwani）（一种用于正式场合的印度双排扣高领长外套），老男人们有的穿着长过膝盖的古尔达（Kurta），年轻人则身穿带有印度和西方混合风格的礼服。

西塔琴演奏家当晚的演出是为了庆祝自己出道二十年，表演开始前他先下台给年迈的老师脖子上挂上了花圈，然后手摸老者的脚，再用手摸一下自己的头，以示自己的头与长者的脚相接触。摸脚礼在印度的公共演出场合很常见，因为传统音乐家是被敬仰的一个职业，他们的神都是音乐家。

一旁的坦普拉演奏者表情肃穆，他开始用食指和中指来回拨弦，一次只拨动一根琴弦，就这样以反反复复、整齐划一的方式一直演奏着，仿佛在进行着一项宗教仪式。过了好一会儿，悠扬的西塔琴才开始缓缓地加入到演奏中来，印度的拉格音乐开始充斥整个大厅，高潮之时，坐在一旁的塔布拉鼓也加入了进来，那是一种你听了一次之后就无法忘怀的鼓声，它的速度感有一种力量直接把鼓点推入人心，你，身体里的每一根筋和血管都会跟着跳跃和舞动。

印度音乐总让我想起蜿蜒的恒河，有时幽暗有时波光潋滟。"拉格"（Raga，意为热情）是一种独白及冥思，被称为印度古典音乐的灵魂，也是印度古典音乐的基本调（Tune）和旋律的种子。

它是一种旋律的框架。拉格原意为色彩（Color）或热情（Passion）。在传统习惯上，不论是演唱或演奏，要点选的拉格是完全依据时间、季节、情绪来决定的，早晨、中午、晚上或春夏秋冬，悲伤、喜悦或敬神等拉格是不容混淆的。拉格不只是固定的旋律型，表演者也是创作者，具有作曲家的能力。

音乐会后，我就一些音乐问题问起了旁边的老者，他显然不愿意搭理我这个全场唯一的外国人，这时一个年轻人凑了过来，接过话题开始为我解释，他说他的名字叫 Gopal，是一个塔布拉鼓演奏家，台下的老者曾经是他的 Guru，最后他邀请我第二天去他家做客，印度人果然深深地懂得已受世人遗忘的交友之道。

加尔各答拥有印度的第一条地铁线路，里面时常有扛着来福枪的卫兵在巡逻，进地铁前还要通过安检，恐怖分子的气息在印度一直阴魂不散。从住所附近市里最为繁华的帕克街出发，我在 Rabindra Sarobar 站下了车，Gopal 已经在车站门口等我了。他带着我上了一辆已经坐了三个人的 Tutu（类似于国内的蹦蹦），这在他们那里相当于社区巴士，我挤在后座，他则跟司机和另外一个人挤在前排，半个身子悬在了车外。

到了一个地方之后，我们又换了一辆 Tutu，原来这些摩托车都有自己固定的线路，随后才到了一片安静的社区里，这算是真正进入了印度人的生活。Gopal 住在一间小别墅的一层，房间只有不到 50 平米，墙上挂着他在欧洲演出时的海报。

很快他的两个朋友也来了，大家把门关严实，窗帘拉上，然后其中的一个朋友从怀里悄悄地掏出一瓶印度产的威士忌，大概只有不到半斤的量，然后 Gopal 打开了 CD 机，里面传来了悠扬的爵士乐，他问我知道这是谁吗？"Bird"，我回答道，"恩，查理·帕克是我最喜欢的乐手，这是他在纽约的录音。"

浑浊的威士忌倒入从没洗干净过的玻璃杯里，由于印度朋友们喝不惯纯酒，于是又加上了半杯自来水，伴随着大乐队欢快的节奏，世界上不同的年轻人找到了共通的语言。Gopal 首先给我看了他在欧洲巡演时的照片，那是他第一次出国，已经是三年前的事了，最近他又申请了一次去巴黎演出的机会，那里的朋友们都等着他去参加一个生日宴会，可惜签证被拒，大家在电话里互相哭了很久。

谈到最近的大选，Gopal 猜测已经连续 34 年执政的印共（马）将会在今年被赶下台，因为他们保守的发展政策越来越让人无法忍受，而他们那套通过瓜分田地收买农民的政策也早已过时和失去了效用，他支持的是玛玛塔·班纳吉，她是现任铁道部部长，出生于社会底层，13 年前自创了草根国大党，代表来自穷人的党派，就像当初印共（马）代表着大部分底层农民的利益一样，在党内部，人们亲切地叫她"迪迪"（姐姐）。

这解开了我一直以来的疑惑，走在加尔各答的街道上，随处可见镰刀斧头的政治涂鸦，而有些地方却又能见到卡通版的彩色鲜花在斑驳的墙上绽放，原来这是两个党派在各自划分地盘和造势，而在我回国之后草根国大党果然最终夺得了执政权。

一瓶威士忌很快就被四人分完，听说我是记者，Gopal 拿出自己每天共眠的塔布拉鼓，起劲地打了起来，也许由于有些醉了，又或者太急于表现，几段之后他停了下来，对自己的不在状态表示歉意，但表示中国有演出的话一定要请他去。

天色已暗，我们来到小区里的一间 Chai（印度奶茶）档前，印度的每个城市都遍布着这些大小不一的店铺，这已然是印度人生活必不可或缺的一部分，就像西藏的酥油茶。人们用碗口直径六厘米的素烧陶器慢慢斟酌，一杯售价 5 毛人民币，喝完后砸在地上，尘归尘，土归土。

那已是我在印度的第二个星期，我自然懂得这个国家的交友之道。前一周在粉红古城斋普尔的贫民窟，正当我被那里小孩快乐的舞蹈和歌声所感动的时候，邀请我前往的塔布拉鼓老师挥一挥手，赶走了他们，然后伸出手掌，眼睛诚恳地看着我，让我拿出 8000 卢比（相当于 1000 元人民币），他说需要买个好点的鼓，方便教学。

于是晚饭时间，我带着印度朋友们来到了帕克街的一间高档中餐馆里，点了 6 个菜，一人一个汤，还有 8 瓶 Kingfisher 啤酒，点菜的侍应生用奇怪的眼神打量着我身边的几个印度朋友，问他们住在哪里，他们昂着头随口说了一个富人区的名字，接着喝了一大口的啤酒。Gopal 惊讶于我英语的流利，他问我是否每个中国人的英语都有这水平，我说现在中国人的英语水平已经越来越高，他惊恐地跟旁边的朋友说："这是我们唯一的优势，看来中国很快就要超过我们了。"

价值 500 元人民币的晚餐用完后，大家满脸通红地在淡黄的路灯下合影，临走前 Gopal 还不断地叮嘱我"一定要给我找个机会在中国演出，我想让更多人听到我的鼓声"。

终结之舞

城西一处乳白色的社区别墅里，27 岁的 Suman Saha 刚完成了 4 个小时的排练，他一年演出不到 5 场，其余时间主要用来排练和学习梵文经典。从事舞蹈之后，他抛弃了旧有的种性，继承了 Baharata 的种性（艺人种性）。

他所跳的舞蹈叫做 Marga Natya，我第一次在剧院里看的时候，光是他们的出场已经让我的身体牢牢地锁在了椅子里，不由自主地屏住呼吸，我以为那些印度神庙里漫天飞舞的神灵雕刻飞到了舞台上。

Marga Natya 是印度所有舞蹈的源头，有 2500 年的历史，当时主要供精英阶层观赏，如今近乎绝迹。Suman 的老师 Piyal 正试图通过研究和实践使其复活，但他承认这是一项无比浩大的工程，光看那本由学者 Sage Bahrata 在公元前后 200 年之间编写的印度古典艺术奠基之作"Natya Shastra"（戏剧论）就能知道，其中包含了 6000 个梵语诗对句（Sloka），详细介绍了舞台设计、音乐、舞蹈动作、戏剧等一系列艺术元素的规范，目前也是这门舞蹈的指导用书。

一尊"舞蹈之王"湿婆的神像屹立在不远处，神像右上手拿着一面莫和鼓，象征创造或各种声音；右下手象征保护和祝福；左上手托起燃烧的火焰，象征着他可以毁灭他所创造的一切：左下手斜向下垂，与抬起的左脚相对。象征着不受一切羁绊的自由；右脚踩着一个魔鬼，象征着善征服恶；左脚上抬，象征超脱尘世，向上升腾。

Piyal 盘腿坐在地上，敲打着大鼓，嘴里跟着念出舞步的节奏，湿热的天气里，三名舞者穿着白色的卢恩吉（lungi，一块围裹的长布），光着膀子，在慢慢地扭动身体，他们手上的动作变幻莫测，小黑板上写满了今天需要练习的分解动作。

Marga Natya 讲究的是舞蹈者手势、眼神、内心所想、面部表情以及身体其他部位的动作都要有机地结合起来,即手之所至、目光随之;目光所至,心灵随之;心灵所在、表情伴之;表情所在,拉斯伴之。

"拉斯"印度语的意思是"味道","拉斯伴之"之意就是跳舞要跳出"味"来。一个好的舞蹈演员要能跳出9种"拉斯"来,这9种"拉斯"是:爱情、英雄、诙谐、怜悯、怒、恐怖、轻蔑,惊愕和安详,演员如果表演的是"爱情拉斯"的动作,必须让观众一看就明白这是情人之爱,还是兄妹之爱,或者是母子之爱;如果表演的是"恐怖拉斯",就要区分是遇到魔鬼时的惊吓,还是自然灾害所引起之吓。一个好的舞蹈演员要想完美体现各种拉斯,心须经过长期的艰苦训练,一般要7年的时间才能第一次上台。

排练结束后,我跳上了加尔各答推广中国旅游的光头小伙子Saket Kandoi的韩国现代汽车,他是个脑子转得极快的人,见面的头天刚接待完云南省的领导。除此之外,他还拥有一家设计公司。他曾去过昆明,因为两地有直飞的航班,在春城玩过几把高尔夫,当我跟他说应该把印度富人忽悠到中国去打球,原因在于美国目前每年只新增一两个球场,而中国现在已然是世界上高尔夫球场第一大修建国的时候,他瞪大了眼睛。

加尔各答的道路几乎没有任何指示牌,白天和夜晚单行道的方向还会调转,我从始至终都无法想象一个外地人如何在这座城市里开车。可是Kandoi却如鱼得水,他开车极快,但从不按喇叭,夜晚也只是闪一下高灯,或者咒骂两句,这在加尔各答实在是个奇迹,原来他成立了一个抵制鸣笛协会。

按照图书馆管理员纸上的地址,我们找到了位于Kaisaripara

街上 Nair 先生的家，敲门之后，无人应答，正当我们准备起身离开之时，他回来了。

干瘪瘦小的 Nair 先生穿着磨损已久的灰色长裤和一件米色衬衫，他属于那种人群里你无法辨识的一类人，但他为我们打开的却是一扇记忆之门。

他眼下没有银行账户，没有房产。1978 年，随着研究时间的日益加长，他不得不把自己的老婆孩子送回了乡下，自己一个人在只有一盏白炽灯的房间里每天工作长达 17 个小时。随着时间的推移，原先妻子和孩子的生活空间已被成捆高及屋顶的资料和书籍所占据。"加尔各答维系着我的生命，我必须对它有所承诺。"他这样对我们说。

"你如果想干事业，就不能活得像个人一样。"在他的两件水泥房里，生活器具几乎不存在，只有一个炉头和几个碟子，还有挂衣服的麻绳。他每天只吃一顿饭，亲自下厨，食物是千篇一律的米饭和蔬菜，工作的间歇，三根香烟和一杯咖啡是他最大的消遣。

除此之外，他一直坐在那张破旧的木桌前，在一台跟他年龄相仿的打字机上飞快地为这座死亡之城撰写生平：1000 页关于加尔各答街道的书（他亲自走过了里面涉及的所有街道，并从街坊邻居嘴里收集信息），17 世纪的加尔各答，加尔各答发现者乔布斯·查诺克（Job Charnock）的传记，英国殖民者在加尔各答的生活介绍，加尔各答名字的来历，加尔各答地形学上的研究，加尔各答警察部门的历史，加尔各答皇家亚洲学会的历史。

崇敬和厌恶 Nair 先生的人都把他称为"赤脚历史学家"。崇敬他的人会被他对加尔各答的疯狂迷恋所折服。厌恶他的人则认为他出版的书籍语言过于生涩和枯燥，读者必须要有与他著述时相同的耐心才能看得进去。但他辩解说自己的写作方法更像一个记者（他曾经当过记者），他所做的是不带任何感情色彩去陈述历史事实和典故，这远比那些所谓的学者强加自己的观点于历史事件中来得更为严谨。

他从不与同行联系和沟通，同行也从来不承认他是正统的学者或历史学家，甚至把他称为"捡垃圾的人"，早已年过花甲的Nair先生对这些评价完全不在乎，这个世界对于他来说是如此简单和偏执地存在着，只剩下他和加尔各答的历史。

"加尔各答是一座垂死挣扎的城市，它未来的希望很渺茫，但我希望通过自己最为谦卑的方式去拯救它的历史。我的工作是让人们了解这座城市。"把我们赶走之后，他又开始在自己的打字机上敲了起来，叮叮咚咚的声音一直把我们送到了楼外，这才隐入漆黑的夜晚。

拜访完Nair先生，Kandoi带着我们吃了正宗的孟加拉菜，付账之后，他在雨夜里带我们绕了加尔各答一圈。首先是胡格利河边卡车司机居住的棚户区，接着是昔日最为繁华的穆斯林集市。就像大部分愿意留在这座城市的人们，他十分热爱这个地方，难以理解那些厌恶这个城市的人们，他认为这座城市的历史是如此地丰厚，耗尽一生都探寻不到尽头。

车在晚上10点经过了红灯区，那部《生于妓院》的纪录片就曾在里面拍摄，据说城里的高级酒店一般都有隐秘的召妓服务，从八百到两万人民币不等，我顿时怀疑这是否也是招待中国领导的服务项目之一。

在2009年的一本印度杂志上我看到了类似的封面报道，标题是"白肉交易",说是在迪拜泡沫破裂之后,6000多名妓女奔赴印度开拓市场,满足印度男人们对白皮肤女人的幻想。接着 Kandoi 说起了自己的美国女友,他们一直通过 Skype 联系。

当我们回到居住的集市,成百上千的印度人正在街上疯狂地庆祝国家板球队在世界杯上的胜利,Kandoi 说:"你注意到没有,这些都是穆斯林,反而这会儿他们最为印度骄傲。"

这令我我想起了1946年,由于印巴分治,东孟加拉要求单独成立一个穆斯林邦,导致加尔各答的穆斯林教徒与印度教徒之间发生了大规模的暴力冲突,导致超过2000人丧生,而在1947年8月的一天,圣雄甘地来到了这座城市。

当天暴乱依旧在持续,9人遭到谋杀,15人重伤。甘地与穆斯林领袖 Suhrawardy 相约在一栋穆斯林富商的别墅里见面,尽管他们都被警告过对方的危险性,但他们决定坦诚相见。

见面的过程并不顺利,当甘地的座驾抵达别墅时,上千人在车外高喊:"滚回去,甘地!"之后他放弃了晨祷,邀请屋外暴动群众中的几个代表进来谈话,会谈进行到一半的时候,那几个人走了出去,接着屋外无数的飞石砸了进来,甘地看似十分沮丧,他低下头开始写信。

晚上八点,示威人群开始消散,取而代之的是上千名信徒,绝大部分是女性。午夜时分,印度宣告独立,人群又以疯狂的方式开始积聚,但这次没有人再遭到伤害,他们一起同声高喊"印度万岁"(Jai Hind)。

第二天,75000名群众自发地来到甘地的祷告会,以示对他的感激,但他却守在自己的织布机前,开始了24小时的绝食,跟他同在的还有 Suhrawardy。

于是在那一刻我才终于明白，这的确是一座"欢喜之城"（City of Joy），而大欢喜往往存在于贫苦和无常之中。

观拖延症

老罗在罗辑思维里关于战胜拖延症有如下方法：拖延 a 时，去做有意义的 b。

美国作家、"资深抑郁症患者"安德鲁·所罗门在《忧郁》一书中对抑郁有过精准的描写："我四肢僵硬地躺在床上哭泣，因为太害怕而无法起来洗澡，但同时，心里又知道洗澡其实没什么可害怕的。"

"我在心里复述着一连串动作：起身然后把脚放到地上，站起来，走到浴室，打开浴室门，走到浴缸旁边，打开水龙头，站到水下，用肥皂抹身体，冲洗干净，站出来，擦干，走到床边，十二个步骤，对我来说就像耶稣受难记一样漫长。"

"我用全身的力气坐起来，转身，把脚放到地上，但是之后觉得万念俱灰，害怕得又转过身躺回床上，但脚却还在地上。然后我又开始哭泣，不仅因为我没办法完成日常生活中最简单的事，而且还因为这样让我觉得自己愚蠢无比。"

同样的描写适用于写作。

"我在心里复述着一连串动作：关掉手机，关掉网络视频，关掉迅雷下载，扯开网线，拿开纸巾，拉上窗帘，锁好门，去热一碗热牛奶，一口喝掉，去洗个澡，敷个面膜，出来抽支烟，点上一支印度香，泡一杯陈年普洱，静坐十分钟做视觉新心象练习，感觉光遍布身体，热身五分钟，做三分钟平板支撑，再去洗把脸，发现胡子该刮了，摸摸光滑的下巴，欣赏镜子里的自己，蹲茅坑，太无聊打开手机刷微信，再点一支西藏香，再抽一根烟，望向窗外，天亮了，这整个过程犹如西天取经般漫长。"

于是我去上了半年多的心智成长课程，当中似乎更进一步认识自己了，也生拽硬扯了不少朋友去上课，还跟一个18岁的女孩谈起了恋爱（持续了不到一个月），我知道你此时在想什么，你一定认为我被邪教洗脑了，好吧，你有你的自由意志。

但人类心灵的强大力量是毋容置疑的，例如阿什利塔·福曼这个老家伙，他1954年生于纽约的布鲁克林区，那年吉尼斯世界纪录刚刚创立，据福曼回忆，他小时候是个孱弱的孩子，"经常被人欺负"。然而，他非常喜欢阅读吉尼斯世界纪录，并梦想有朝一日自己的名字也能留在上面。

1970年，福曼开始接触东方玄学，并虔诚地师从印度精神大师Chinmoy，在他关于自我超越哲学的指引下，1978年福曼参加了在纽约中央公园举行的24小时自行车比赛。虽然只有两个星期的时间准备，但福曼依旧获得了第三名的好成绩，一共骑了652公里的路程。

他之后这样形容自己的这次经历："这是我人生中最为意义深远的时刻。当我骑上自行车，我意识到并不是我的身体在进行24小时的运动，而是我的内在心灵。通过冥想，我连接上了我们体内都拥有的用之不尽却很少使用的能量。在那一刻我决定开始试图打破吉尼斯世界纪录，以激励世人去寻找属于他们自身无比强大的内在潜能。"

1979年，福曼在家乡纽约获得了第一个世界纪录：叼着根骨头连做2.7万个青蛙跳。而他迄今为止保持最长久的世界纪录是在

1986年创下的：翻筋斗翻出 19.7 公里的距离。

于是在过去的 30 年里，福曼曾成功地将 236 项世界纪录收入囊中，仅凭他所保持的世界纪录个数，他就创下了一项无人可撼动的世界纪录。

福曼现在同时保持着 98 项世界纪录，据悉，这项"世界纪录中的世界纪录"在短期内还算安全，"据我所知，第二名只同时保有 20 个世界纪录。"福曼骄傲地说。

今年 4 月，福曼用 111 种语言朗诵了精神导师 Chinmoy 的诗歌（也打破了世界纪录），其中一句是这样的："我必须以梦想着不可能的方式重活一次。"

是的，我也在做着这样的梦。我花费半年时间，走访了 8 个城市，积累了 10 个小时的素材，拍出了一部半个小时之长，却四不像的片子。甲方要求以公司宣传片的目的出发去创作，并爽快地前后打了 30 万给我，可我由于受《我的建筑师》影响，一开始就建立了讲一个感情丰沛故事的野心，于是结果是出发点很宏大，可是在执行层面上我又落入了消极怠工的状态里，其中制片人由于几度绝望，中途差点放弃合作。

甲方在看了片子后说："看来以后不能任用身边人啊！"不过无论如何，最终我还是死皮赖脸地在北京租了一个放映厅，邀请了亲朋好友来看了两场，第二场更是拿出了捐款箱，获得了 2450 块的票房。我想此时你也能猜到，是谁出资赞助了这部在商业上彻底失败、艺术上拧巴的作品。

对于导演，我一直很喜欢科恩兄弟，我喜欢他们之间的合作方式、源源不绝的想象力、对待电影和外界的态度，以及观察这个世界的独特角度。

我也是双胞胎，但却从来找不到跟弟弟连接的点，我们之间经常充斥着冷漠和不合作，就连我要求他在纪录片里出镜，他都要先签署一份内容授权书，以保证最后出品的内容必须经过他的同意。

在国家大剧院后台的小房间里，我见过乔尔·科恩，这位独立电影领军人物科恩兄弟中的哥哥。为了那次简短的采访，我一夜没睡，不是因为兴奋，也不是因为短时间内恶补了他太多的电影而噩梦不断，更多的是一种无形的恐惧，这源于他对待记者的方式。

要知道，这个世界上，最不喜欢谈论科恩电影的一定是科恩兄弟自己。

曾经有一个记者在最后一个王牌问题也被他们轻易跳过之后，他无奈地说道："好吧，我还应该问些啥？这实在是一场灾难。"弟弟伊桑显得很惊讶，"我还以为一切都进行得很顺利呢！"乔尔接着说："对啊，《纽约时报》曾经登过我们的一张照片，我们闷闷不乐地坐在那里，似乎刚用斧头砍死了亲妈，我老婆看了之后说：'上帝啊，活生生一对混蛋。'"

当有人问他们电影《谋杀绿脚趾》里有何道德诉求和信息表达时，他们这样回答："没有。我们的电影没有任何信息需要表达。你发现里面有道德诉求了？我们有道德吗？"

在2000年戛纳电影节《逃狱三王》的首映礼上，科恩兄弟面对大批媒体，按惯例毫不配合地躲开了所有关于电影的问题，以至于一个记者站起来大声抱怨，乔尔理直气壮地回应了他："我们拒绝回答是因为你们的问题太过无聊！"

同样的事情并没有发生在我身上，短短的20分钟里他竟然自顾自地大笑了好几次，以至于刚递给他的名片都飞了出去，在这个过程中，他的双眼始终没有张大过，伴随着偶尔的四处张望，有些吸麻后的状态。

采访结束后他回到了正在举办活动的主会场里，选择坐在了最后一排，台上的嘉宾们正讨论艺术和市场的关系，他闭上眼睛，睡了过去。

面对乔尔，你总有这样的疑问：眼前这如此普通的人是怎么导出那么多部载入电影史册的黑色电影？如果换做昆汀，这会是一件顺理成章的事。

从影 27 年以来，无数的观众和记者都想知道科恩兄弟的那些疯狂想法从何而来，为此影迷们自发地成立了科恩兄弟研究会，大学里设置了他们电影的理论课。可乔尔却这样回应那些试图探究他们创作诀窍的人们，"我认为这些事情不应该得到鼓励，我很害怕五年后这些俱乐部里的某个人会刺杀伊桑。"

影评人喜欢讨论科恩兄弟电影里的符号意义，最著名的要数《米勒的十字路口里》一开始那顶被吹飞的礼帽，当被问到意义何在时，乔尔这样回答："每个人都这样问我们，但我们也不知道答案，它根本没有任何意义。"同样的回答也给予了《巴顿·芬克》里的蚊子。

在一个遍布着超支灾难和电影公司恶意干扰导演创作的行业里，科恩兄弟难能可贵地对整个电影制作过程有着绝对的控制，每一场戏从每个单词到每分钟的配乐都严格按照他们自己写定的剧本来演，这也包括了最后由两人共同完成的剪辑。他们从不超支，也不理会掌声和批评声。

他们总结过这种"绝对自由"的条件，首先自己写剧本，这样就没有人可以对你指手画脚。乔尔曾说过："如果没有一个完备的剧本，我不知道你怎么能开始拍电影。"除此之外，他们的电影成本一般很低，以至于制作公司允许他们像孩子一样在沙池里随意玩耍，至今耗资最高的《逃狱三王》也才2600万美元，这对于制片公司的财务报表几乎没有任何影响。

乔尔曾一度承认自己的精神偶像是库布里克，这位虽置身于好莱坞主流电影圈的权力中心，但却丝毫不丢独立创作精神和能力的伟大导演，"他找到了打败系统的方法。"乔尔这样形容他，似乎是在谈论自己。

制片公司对他们俯首称臣，好莱坞的大牌明星们也渴望沾点独立电影的仙气，尼古拉斯·凯奇、乔治·克鲁尼、布拉德·皮特、乔治·纽曼、汤米·李·琼斯这些老中青三代演员都曾出现在科恩兄弟的电影里，而且都把片酬降到了最低，也从不摆谱，因为他们知道如果想跟科恩兄弟合作，就必须按他们的工作方式来。

当年24岁的尼古拉斯·凯奇带着成百上千的主意来到了《抚养亚利桑那》的片场，他希望自己的演技能有自由发挥的空间，但是乔尔一次次礼貌地拒绝了他的加戏请求，以至于凯奇愤怒地称这两兄弟为"独裁者"。尽管如此，科恩兄弟也有害怕的大牌，他们尽管很喜欢马兰·白兰度，但却从不敢请他出演，因为"气场过于强大"。

"如果有人抱着不为娱乐观众的目的而去制作一部电影，那我真不知道他他妈的想干什么。"这是科恩兄弟对待电影的态度，并且一直贯穿在他们的职业生涯中。

年轻的时候两兄弟骆驼牌香烟不离手，很多次记者只能透过浓烈的烟雾看到对面坐着的乡村歌手般长发飘飘的乔尔，以及腼腆内向、一直把弄手指的伊桑。

在纽约大学的电影课上,乔尔总是坐在最后一排,有一搭无一搭地记着笔记。他承认自己在那几年"什么也没学到",最后30分钟的毕业短片讲述的是一个女人在跟自己的聋子男友做爱时,嘴里大声叫喊着隔壁室友的名字。

曾经的御用摄影师索南菲尔德这样形容两兄弟:"他们不想上深夜谈话节目,他们也不想上《人物》,他们根本不在乎这些,他们只想好好玩一把。"

两人的开山之作《血迷宫》采用的情节是詹姆斯·M.凯恩的典型三角叙事:妻子、丈夫以及情人。电影里的情节并不像典型的罪案电影一样推动案情的进展,而是告诉观众一些真相:我们经常性地通过感觉在生活中作出抉择,可感觉往往撒谎,这导致了我们对生活一无所知。

"我一直认为哥伦比亚大学图书馆的石刻上,在亚里士多德、希罗多德和维吉尔的名字后面应该加上凯恩的名字。"乔尔毫不否认前辈对他们的影响。

可在谈到自己的作品风格时,他们从不承认任何的分析。

1984年,在纽约电影节《血迷宫》的新闻发布会上,乔尔说出了山姆·雷米的美学宣言:"无辜者应受苦,罪者应受罚,人饮血而为人。"十年后当他们接受采访时,又加了一句:"死人必须复活",然后彻底否认了这段话作为自己电影美学根据的说法。

通过自筹80万拍摄的处女作面世之后,科恩兄弟很幸运,接下来的三部电影都有大的电影公司为他们埋单。

他们也不断从大师身上汲取养分,再加入自己天马行空般贴近现实的想象,《抚养亚利桑那》里有福克纳和奥康纳以及卡通片

《公路奔驰鸟》的影子,《谋杀绿脚趾》有钱德勒《长眠不醒》的影响。

两人的合作也变得愈发炉火纯青。在片场,他们像孩子一样创造了属于自己的语言。"英里"代表从银幕另一头传来的微弱电话声。"大使"是一个指向角色动机的姿势、眼神或者台词。"轮毂罩"意为巨响之后的共鸣,例如拳头砸在桌子上后烟灰缸发出的哒哒声。

尽管在电影片尾字幕上乔尔作为导演,而伊桑作为制片人出现,可实在要说分工,只能说在撰写剧本时,伊桑专职负责打字,因为他以前干过这行。就连他们在一起接受采访的时候,也似乎如"双头怪"一般,一个说完半句,另一个又会接下去说。

而当两颗足够叛逆的头颅碰撞到一块,所能激发出的创作力量是惊人的。

科恩兄弟总是在反好莱坞,戏剧张力深深地潜藏在现实世界之下。他们认为生活中的强盗罪犯从来就不是什么身怀绝技的高人,反而是一群无力面对生活,被社会遗弃的蠢蛋,就像世贸双塔汽车爆炸案里的恐怖分子,最后竟然还去租车公司索要押金。

伊桑的短篇小说集《伊甸园之门》展示了科恩兄弟电影故事的众多特点:对口音的关注,深挖族群冲突,对怪诞暴力以及冷幽默的喜爱。

这些特点在连得两个奥斯卡奖的《冰血暴》里被发挥得淋漓尽致,科恩兄弟置身事外地演绎了一场场的杀戮,观众很难理解其中人物的选择动机,一切犹如一团迷雾般的生活本身。

科恩兄弟的电影中曾出现过影史上最为触目尽心却又引人发笑的一些画面:即将被掩埋的人从泥土冲坐立起来,接着又被一铲子敲死继续掩埋；被压在窗户下面，接着被弹簧刀钉在窗台上的手；碎木机里的一条大腿，血浆不断从一侧的管道里喷出，杀人者表情麻木，使劲敲打着那条断腿。

对电影中为何会出现如此多的暴力镜头，科恩兄弟并无答案，他们认为这些镜头只是出现在了应该出现的地方，也就是所谓的"科恩感觉"，有时答案则更为简短："这就是戏剧！"

2001年《花花公子》的一次长时间访谈里，科恩兄弟显露出了采访中少见的幽默感，尽管有些诡异。

花花公子：（在《抚养亚利桑那》里）指挥那些宝宝们演戏是否充满了挑战？

乔尔：那很怪异。当你要拍一个宝宝的时候，你必须要在演员数量上乘以四。影片里我们有五胞胎，于是现场我们至少准备了15个宝宝。

伊桑：入画的宝宝和备选的宝宝，简直是场噩梦。

乔尔：我们有一个宝宝池子，一块很大的垫子，当我们不需要他们的时候，就会把他们扔进去。他们的母亲全坐在一旁织毛衣。

伊桑：每当我们需要一个宝宝，就伸手进池子里抓一个出来，那池子有点像烧烤堆。

乔尔：你无法指导宝宝演戏，这是最大的难题。你随便从里面抓一个出来，看他是否配合，如果不配合，你就把他扔回去，实际就跟拍动物戏一样。

伊桑：但是跟动物一起合作难度比跟宝宝大多了。

乔尔：两者根本无法比较。

花花公子：怎么说？

乔尔：那个池子。我们绝不能用它来放动物。

伊桑：相信我。目睹动物如何被监管十分令人震惊。你甚至不能在拍摄现场杀一只蚊子。

乔尔：每当我们在电影里使用动物，都必须通过美国人道主义协会的批准。在《逃狱三王》里我们曾经炸碎了一头牛，因此必须给人道主义协会寄去当时的录像。他们看了之后还是无法相信那头被炸碎的牛是电脑合成的，但我为此打了包票。还有一幕蜥蜴从岩石后面弹射出来的镜头，我们必须确保前面有安全垫接着。

在《抚养亚利桑那》里，科恩兄弟炸毁了一辆汽车，他们觉得那是一种高峰体验，给他们带来了温暖的、深深的自我满足。而乔尔在观看《黑暗中的舞者》时落下了眼泪，可他中途就离开了，事后回想起那部电影，他还是最喜欢比约克用铁盒子活活打死大卫·莫尔斯的一幕。

还是拖延症

2013年十一期间，跟随一帮老板，我还去了一趟法国，从巴黎出发，一路杀到尼斯和摩纳哥，我们开着三艘游艇在蔚蓝海岸上瞎转，途经一座有着3000年历史修道院的小岛，最终抵达戛纳。

小岛上的修道院总让我想起阿索斯山，无数次我痛哭流涕觉得自己无法承受父母的双重压力时，我都想着背包出走，去到一个谁都不认识的地方，阿索斯山显然是一个很适合的地方，至少比大理或者终南山靠谱。

为此我还专门研究过这个地方。

在希腊恰尔基迪半岛的东部，有一个形如手臂的小半岛，伸向碧波万顷的爱琴海。小半岛的面积仅360平方公里，山势奇伟、高峰耸峙的阿索斯山雄踞于半岛的东南部，顶峰海拔达 2033 米。

美国哥伦比亚电视台花费了几年时间申请采访，（BBC用了 40 年还是没能上岛）直到今年年初，岛上的修士们终于答应："好吧！来看看我们是谁。"而上一次有电视台上岛是在 1981 年。

他们祷告时的语言耶稣基督曾经用过，一切自从那个时候都没有变过，所有修士蓄着大胡子，身着黑色长袍，那代表着他们在世俗世界的死亡。一个修士的父亲在死前打电话来请求他回去见最后一面，他拒绝了，但心中绝无悔恨，因为他知道有一天他们会在天堂里见面。

岛上一共有 20 个修道院，一些像城堡，另外一些的规模则像小城市，130 平方英里的土地上只有修道院和教士。岛上的居民只有一个目标：如何能更接近上帝。他们深信地球上没有一个地方能像阿索斯山这样接近上帝。

修道院的主持根据修道士的体能及特长，分配他们从事耕种、绘画、酿酒、雕刻、管账、做饭等工作。他们自己种菜、做衣服，甚至还包括一个诊所，但平时基本上没多少人看病，因为岛上的教士们都极其健康。没有癌症，极少心脏病和老年痴呆。

岛上的修道院各派一名代表组成一个具有立法权力的议会和由 4 名修士组成的行政委员会进行管理，驻地设在卡里埃。他们做的决定从与欧盟的关系到新加盟僧侣的住宿不等。

不过，2000 年以后他们开起了商店和旅馆，免费为游客提供膳宿。每天晨光初露钟声四起，修道士们便开始 4 个小时的早祷，圣歌此起彼伏，7 时 30 分准时结束。当太阳落山时，随着钟声再次响起，修道院的门就要关闭起来，举行晚祷。一天 8 个小时与上帝的对话，由于太过于专注，有时甚至能出现幻觉，教堂里没有乐器，只有诵经之声，永不停息。

他们早上9点享用早餐，伴以一些红酒，一天一共两顿饭，每顿持续时间为10分钟，没有人说话，只有一名教士在一旁诵读经文。岛上没有电视、收音机、互联网，只有几部电话。

在悠长的历史里，修道院享有拜占庭帝国的庇护，迅速积累了众多财富。拜占庭帝国崩毁于15世纪，1430年，新成立的伊斯兰教奥斯曼帝国接管了阿索斯山。他们向修道院征收重税，在16世纪，修士的人数和财富衰减，但在19世纪左右，又因捐献以及来自其他东正教国家的新血注入而渐渐回复旧貌，尤其是俄国的捐助。结果人口在1902年一度达到了7000人。2009年，岛上的人口维持在了2000人左右，其中很多拥有大学学历。

小岛的生活并不单单是与世隔绝，更重要的是忘记一切过往。除去睡眠的三个小时，他们一分钟都不会停止祈祷，无论是在剪草、摘苹果、画画，还是与人交谈，他们的嘴唇或心一直在动，就像呼吸一样自然，祷词很简单："上帝耶和华请赐予我慈悲。"

岛上有多少个僧侣就有多少个故事，有人从美国长岛来，年轻时候奉Lou Reed和Leonard Cohen为精神偶像，接着成为了哈佛的一名神学教授，最后来到了岛上。入教仪式很简单，在烛光下削发，大主持从教徒头上剪下一段头发，给予他一个圣人的名字，一个僧侣就这么诞生了。之后是3年的见习期，他可以选择离去，周围的教士也有权利驱逐他。

岛上的居民仍然使用拜占庭时间，与外界有6个小时的时差，一天起始于日落，而不是午夜。1453年拜占庭帝国陨落，对于小岛来说那只是昨天的事。刚踏入小岛的人会认为那像是一个旅游胜地，但是岛上的修士们却认为小岛是一个竞技场，天使与魔鬼的战争每天都在继续，他们通过彻底的自我救赎在为世人还债。他们都认为与外界的联系十分危险，大部分的修士甚至连"9·11"都没听说过。

1941年春天，德国纳粹占领了希腊，修道士们请求希特勒保护他们，希特勒同意之后派了一队学者来到岛上，他们拍下了1800张照片，准备把岛上的宝藏分类，然后搬到柏林，这个时候苏联人帮了他们忙，希特勒疲于应付焦灼的战事，把宝藏的事忘在了一边。

希特勒所窥视的是圣山修道院拥有的大量无价中世纪艺术宝藏，其中包含圣像、礼拜衣和物件（十字架，圣餐杯），以及其他基督教文本、帝国的金币、圣物等。

"我们在岛上学到的第一件事就是拥抱和热爱死亡，因为死亡是通往另一个世界的车票，而终其一生，我们都在准备这张车票。"每个岛上的修士对死亡都能给出这样相同的答案。

如果你想进入这座修士之国，须持希腊外交部的介绍信去卡里埃换取入境证，每年大约有3500人拥有这样的资格。另外女人是严令禁止入岛的，因为她们只会给这片静修之地带来麻烦和干扰。

住在尼斯的几天里，午夜我们坐着奔驰中巴车来到了蒙地卡罗大赌场（就是007给自己做心脏复苏的地方），赌场的人想给父亲一张500万欧元的筹码卡，让他去赌场里面的大户室，被他严词拒绝。他带着随行的老板们围满了一张21点桌子，自己当庄家左手的"第二庄家"，一人玩两家，负责掩护全桌人阻杀庄家，可明显效果不佳，每次当一个庄家连输三把之后，就会换上一个狠角色，接着就是一场杀戮。父亲对输赢显然不在乎，有一次在澳洲赌场，小赢了两万澳币后，他最后一把全押了出去，引起了赌场里的一场小骚动，最后这些钱全还给了赌场，这是他赌博的信条，当晚赢的钱最后一定会全押出去，因为你是花钱来买体验，赌场赢的钱本来就不属于你。

在美食上，我们在巴黎凯旋门边上的 DAB 海鲜店里被"土豪"了一把，四个服务员端来了四个三层的海鲜塔过来，足够 20 个人吃的份儿，而我们只有不到一半的人，光是生蚝和龙虾就快把人吃吐了，最后全被法国老头导游的女儿打包带回了家。而在巴黎塞纳河边上的米其林餐厅里，主厨没有给我们搭配餐厅最出名的烤鸭，而是一人分了一块硬如砖块的牛排。

在巴黎，我们住在先贤祠边上的精品酒店里，上楼能听见楼梯嘎吱嘎吱响，隔壁就躺着雨果、巴尔扎克的灵魂。随行的法国高级导游老威是一个 65 岁的老头，一路因为与我比较投机，差点认了我做干儿子，并介绍了他 19 岁的女儿给我认识。他自小由母亲带大，老太太从小就告诉他要选择自己喜欢的事去做，可自己却因为无法忍受衰老而在 59 岁的当口自杀了。老威年轻的时候组过一支叫企鹅的乐队，自己当主唱，后来工作了也是个享乐主义者，每天工作 10 个小时，同时也玩乐 10 个小时，睡眠时间只需 4 个小时。

在巴黎的花园广场，我见识了他玩乐的功力，本来是三人的午夜啤酒时间，可不到半小时，他就从外面招呼来了 10 个街头流浪艺术家，有替人做按摩的，有画像的，还有玩摇滚的，也有职业背包客，都是二十出头的年轻人，可他都能无缝对接。他融入环境的优秀能力也帮助他结识了自己的广西太太，这是他的第四段婚姻，除此之外，他还在中国的酒桌上创造过连喝 27 杯白酒的纪录，对方派出来的挑战者倾尽全力，也只把白酒之国的尊严捍卫到了第21杯。

最后一天晚上，大部队撤离了法国，我跑到巴黎穷人区的披萨店里，跟一个福建的二代聊起了人生，也算是为我这本无可救药的书再做一些努力。

跟许多留学欧洲的女生一样，娜娜学的是奢侈品管理类的学科，她有一个每月用掉一瓶香水的法国男友，班上的中国同学每天烧钱度日的生活状态令她很难融入，除了平时通知一下考试时间，她一般只跟其他国家的学生在一块儿，于是也很快掌握了法语。在戛纳的香奈儿专卖店里，她为中国人只会买包，却从不建立对成衣的审美而感到悲哀。从敷衍了事的奢侈品管理班毕业后，她又在巴黎学起了艺术品鉴赏，除了需要熟知欧洲艺术史之外，她更获得了零距离接触一些伟大艺术品的机会。

娜娜的父亲在当地是数一数二的实业家，她对他的理解并不多，只知道在最艰难的时候，当身边很多老板跳楼入狱的时候，父亲曾跟她在北京步行了两个小时，本来父女之间的谈话时间，却被一个电话全部占据，原来父亲一直在劝说一位老客户多买两套房子。父亲目前并没急着交班，反而让每个孩子都先去追寻自己想要的东西，这也许是因为他们家里的小弟弟还未长大的缘故。

两个小时过去了，娜娜因为明天还要赶回戛纳，所以匆匆告别，与二代的接触中我时常有这样的感觉，当我问起家族、传承、阴影这些字眼时，总是很难得到出彩的回答，他们有的默默承受，有的则还远未开始思考这样的问题，有的当然也"逆来顺受"地担当起了重任。而由于父辈没有阅读习惯的原因，二代也似乎更相信生活经验比死读书更有价值。

2014年我又见了一次马三，他新交了一个90后女友，是那种漂漂亮亮，在人多时几乎不说话的女孩，我不知道这样的结合有什么意思，难道只是为了找一个听话的孩子养着？一个真正的男人需要的是一个女人，一个货真价实的女人。

马三开着崭新的玛莎拉蒂来接我，我给他发过书稿，他说这书写得有点不够深入，就连他自己那章看了都没什么触动，"也许是我要求太高了"，他又加了一句。

在去另外一个城市的路上，马三跟旁边的一个准备自己创业的二代聊起了"存在感"，他说："假如你没有父辈的资源和帮助，你能为这个社会和身边的人创造什么？你自己的核心竞争力在哪里？"

这是个老生常谈的问题，并不是每个人都敢真实地面对，但问题的关键不在于你爹是不是李刚，而是在于假如你爹是李刚，那么你想用他来做什么，你对自己和这个世界的理想是什么？

在书稿拖延的将近一年时间里，如果还要加一条有意义的活动，也许高尔夫算是。我初中就曾接触过这项运动，当时在练习场挥杆，还打坏了人家的一根灯管。年近三十，这才真正迷上高尔夫。高尔夫是这样的一项运动，它反复地在证明一个颠扑不变的真理：人最大的敌人就是自己。木杆讲究大开大合，铁杆着重干脆利落，切杆必须收放自如，而推杆，则是直觉和信心的产物。这一系列的动作推演几乎就是人生过程的写照，我们从同一个发球台出发，充分释放天性挥出一杆。随着成长，是一个个艰难的决定，到底该用什么杆，是攻果岭还是过渡一杆？到了果岭前，也就是人生的巅峰，我们是否能做到收放自如？而最后的推杆，不应受之前发挥和果岭条件的影响，而是坚持自己的内心，推出果断的一杆。

罗胖的另一个克服拖延症的建议是让种子再飞一会儿，也就是打腹稿，可眼看这盆植物已经失去了生根发芽的机会，我只得硬着头皮开始写。这几乎是每一个靠文字糊口的人的心得，你每天都必须写，就跟运动员一样，每天都要保持训练，写作果然是个体力活儿。

　　当然，如果这一切都不奏效，那么还是按罗胖最后说的，既然没有这个意志力，那么这个世界上还有很多LOSER，你就大方承认自己是其中一员吧。

　　写字是个体力活，跟父亲对谈则更是，在南方的一座城市，父亲刚结束一次大规模的演讲，吃完20盘蛇肉后，我跟他对谈了一次，试图加深对他的理解，当然，也是对我自己的一次梳理。

　　小王：不久前，我读了写你的一个书稿，其中最后一段让我很震撼，就是你小时候在贵州黔西县城，有一天游完泳经过县城的电影院，突然看到爷爷戴着高帽子，胸前挂着一个牌子，上面写着：打倒反动学术权威、三反分子。你突然一下子成了狗崽子，周围人看你的眼神也突然变了，你说这一幕令你一辈子自尊心都变得非常强，而且极其敏感。

　　老王：对，那天晚上11点你爷爷被带回家里，我一直躲他，不愿碰他的手，之后连走路都不愿跟他一起。

　　小王：后来呢？

　　老王：一开始是怕他拖累我，后来十五六岁到了乡村去当泥瓦匠，很多人关怀我，都是我爹的学生，他们都会说一句话："你爸爸是个伟人"，我这才认识到我爹是同学们尊重的一个教育家。他当时是黔西一中校长，每周都会在广场上面对全体学生做一次时事开讲，纵论天下大事，很多学生为此打开了眼界，受益良多，然后很多学生都受到过他的恩惠，比如冬天学生穷得没衣服穿，他就把衣服给了他们，他自己后来都忘了，但是学生们记了一辈子。

小王：但是极强的自尊心还是建立了起来？

老王：我当时去（兰州）读大学受到同学们的一些歧视的时候，我的那种反击和尖刻那是非同一般的，因为贵州人会有一种自卑。

小王：当时有励志吗？

老王：当然有，当泥瓦匠就是为了改造自己，就是觉得自己的血统不纯正，一次两次的逃学就是为了当泥瓦匠。复课以后是1970年，我就没去，我爹找我说让我读书，我说读书无用，他说为什么无用呢？我说你看看你自己最后都成了臭老九，他没法说服我，就让我当了两年泥瓦匠，后来回去混了两年书读，又跑到乌江水泥厂去当民工。有一天我在打篮球，后来有人告诉我："王洛家，你爸爸来找你了，他好有风度啊。"我就远远地看着你爷爷穿着个风衣，戴着个眼镜走过来了。他见到我就一句话："洛家啊，你要回去读书了。"我说："为什么读书呢？读书无用。"他说："不对，邓小平出来了，有希望了，有可能会恢复高考，还是要读书。"

1974年我回去继续读书，读高中读到1975年毕业，由于出身不好，只能当兵，当兵就两条路：文艺和体育拔尖。当时就立志，用了4年时间苦练手风琴，成了宣传队的独奏演员，打篮球成了当地代表队的主力队员。可还是没出路，只能在当地体委带女篮，当体育报的撰稿人，非常刻苦，但也很绝望，不知道出路在哪里，当知青也不行，因为打篮球手腕打断了，挥不了锄头。你爷爷带我去见县城的教育局局长，他那个狂妄我一辈子也忘不了，我就提出一个小小的要求，说能不能在县城当老师，人家说："给你一个区里面的已经相当不容易了。"后来就到区里面当代课老师，直到1978年我们四兄妹一起上了大学。

小王：你到后来跟爷爷关系怎么样？

老王：现在回想起来，我很感激他，我这辈子的知识的奠基是从你爷爷身上学到的，从小学一年级开始，你爷爷每天都会带着三份报纸回家，一份《参考消息》，一份《文汇报》，一份《贵州日报》，每天午饭他开始纵论天下，午觉过后，他都会在床上躺着给我们念一个小时的四大名著。我当时有很多问题也会问他，包括王阳明的心学、龙场悟道、知行合一。但我有一点没继承他，一是我比他更敏感和脆弱，他跟我讲过"文革"中两次想自杀，一次是万人大会"泰山压顶"，第二次是你奶奶想找他离婚，这两次他都忍下来了，如果是我，我会自杀的。同时我又在某些方面超过了他，因为时代不一样了，他一辈子都是教书匠，我一辈子换了五种职业，不断地跨越和创新。我们老家的乡亲都说我很像我的爷爷，我的爷爷是奠定了王氏家族基础的一个人物。

小王：你之前谈到过你没有真正意义上的朋友，这话怎么说？

老王：那你跟我说说什么是真正意义上的朋友？

小王：就是毫无利益沾染的知己。

老王：在今天这个社会，这不是春秋战国，不是计划经济的时代。朋友是什么，朋友相互之间是真诚的，第二是同气相求的，第三是互相关爱的，如果这样说，我的朋友遍天下，但是第一不是酒肉朋友，第二不是江湖朋友，反而真的是君子之交淡如水。说我没有朋友的是最功利的。你首先自己要是强者，而不是去祈求朋友，我不知道你为什么老要追求所谓的朋友。

小王：你自己会有孤独感吗？

老王：我可能继承了你爷爷的乐观和豁达，而且我不像一些人最后会变得曲高和寡，我是一个同流而不合污的人，我是一个生活家，我跟贩夫走卒白道黑道都能找到交集点，我跟他们打球，跟他们喝酒，都能找到一种人间自有真情在的东西，至于说吾道不孤这不能强求。而且我跟其他成功者最大的不同是我从不埋怨别人、环境和社会，就总是怪天公对我不公。

小王：为什么会这样呢？尤其是永远能从项目里看到一个美好的未来。

老王：这跟我从苦难中走出来有关系，这会产生两种结果：一种是洒向人间都是怨，二是洒向人间都是爱。包括我们家都被那个时代给毁了，我都没埋怨过，因为你爷爷没埋怨，我始终相信只要子子孙孙有能力，这些都是短暂的碎片，最后都会复兴起来的。这就是一种极大的自信，从苦难中走过来的经历。由于这点，当客观环境对我有利的时候，当阳光照耀我的时候，我就感觉非常兴奋了。我根本不想命运对我有什么恩赐和偏好。我一路走过来是一个独胆英雄，我从来没有贵人帮助过我，我一辈子从来没得到过便宜，甚至我一次次的选择从"圈养"到"放养"，我一路都是相信从来没有神仙皇帝，只唱国际歌，不唱东方红，包括我现在从来不同流合污，不走捷径。一次次都是我施恩于别人，不求别人照耀我，都是我照耀别人。

小王：但你怎么保持这种乐观，因为你接的项目一般都是走进死胡同的，一般人眼里已经是"绝症"了。

老王：这个职业是以挑战为乐趣的，没有挑战就没有它存在的价值。就像登山运动员，别人看得不可思议，对他来说是个很愉快的事情，这是一种职业冲动。

小王：这么多年，有没有力不从心的时候？

老王：力不从心的时候肯定有，但我跟别人最大的一个区别就是做任何事情，我都有一个类似冰山抢险队砍掉最后一根绳子的手段。

小王：砍掉绳子？

老王：就是你为了拯救其他人的时候，你是有砍断生命之绳的一种准备的。任何一个项目接它的时候，我都会设计一个流程，长计划短安排，我不能说包治百病，但我们尽量往好方向走，同舟共济，彼此相濡以沫，但是过程当中如果你出现背叛和作假，你有负于我，我就斩仓，无非就是损失一些收入，但对我来说我心底坦荡，就是宁愿天下人负我，不愿我负天下人。

小王：还有就是跟政府合作的时候，是如何做到全身而退的，例如成都最近出了那么多事，工作室 2003 年就给他们做过战略策划，为何毫无牵连？

老王：在我们跟成都蜜月的时候，至少有 10 家公司找过我，但是全部被拒绝，这就是我们做人做事的特点，从不同流合污，甚至 20 年来从不拿回扣，很多人都不相信。

小王：你一直在说"道"，那么"道"是什么呢？

老王：一个知识分子最大的价值，就是传道授业解惑，这是韩愈说的，这是知识分子和文化人的最高境界，但是关于师有几种，一种是经验之师，就是大学里面教书的，一种是师承之师，但还有一种更高级的，就是王阳明说的师，通过知行合一，来开拓一个时代，来建立一套学说，来影响甚至惠及后人，留下文化遗产。对于我来说下海不是简单解决生存问题，因为生存问题对我来说很简单，那我的目的是什么呢？我又不想挣大钱，别人还认为这是假的，因为挣大钱意味着我失败了，挣大钱是不能干这个行当的，你可以去挖煤、做房产代理和资本运营，这就是我这些年能走远的结果，就是金钱只是顺带的结果，你不能利益最大化，而是价值最大化。二，你又不能当官，我很早就远离了，那么你还想第三种生存，几乎所有人都不相信有第三种生存，但是我们做到了。有了第三种生存你才能传道授业解惑。而我作为个人要对时代和自己有个交代，之前出的那些书都是个过程，最后我还是想给未来一个交代，就是一本哲学书籍，就是《非常道》，就像登山一样往高在冲击这个山，凭我这50年的丰富的阅历，凭我这知行合一的上千的案例，凭我这一直以来孜孜以求的一种思考，我相信我肯定会拿出这么一本书出来，至于它能流传多久是顺带的结果，但是我尽心了。

你现在已经28岁了，你认为你了解你父亲吗？

小王：逐渐了解吧。

老王：你以前是什么心态呢？

小王：抗拒，逃离射程。

老王：为什么会产生这种……

小王：选择性的屏蔽。因为跟建立自我是矛盾的，你很容易就按照上一辈人的说法活一遍，就没啥意义。

老王：那你是什么时候……

小王：包括你的手下都有这种痛苦，像他们说"在大象横行的森林里，野鸭子也要有它的叫声，但它必须是呱呱叫的野鸭子"。就是很悲哀的一个现实，就是这个机构里永远都有一个人，给你封顶了，出去永远都是以你为中心。

老王：那你什么时候开始去掉屏蔽，开始了解你父亲呢？

小王：上完课之后吧，因为课上说自我存在感，也就是所谓的

EGO是一个虚无的东西,而这也正是人们一直在苦苦追寻的。当你对"我"太在意的话,很容易活得很小。

老王: 那么当你调整过来开始了解的时候,你会发现跟你之前感受的完全不一样吧。

小王: 还在研究吧。因为很难说清楚,例如"道"这种东西。社会上分两种人,一种是主流的,公认的很牛的人,还有一种是比较含混不清的,你很难说清楚他的价值是什么。

老王: 因为全世界都找不到这样的公司,它没有一个可参照的东西,所以它是一个传奇,你光是把我们干过什么如实展示出来就了不得了。

小王: 你过两天要去澳门见个老板,听说是关于传承的事情?

老王: 他第一次邀请我去澳门,是坐船过去的,一下船就有很多美女捧着鲜花来迎接,门口是五六台加长林肯和劳斯劳斯,然后待了两天,打了两场球,饮食赌场演出各方面都很棒,从始至终都是他儿子在鞍前马后地协调和接待,他自己很低调。

第二次见面的时候,他提出一个要求,就是他儿子在老家要结婚,邀请我参加,我从来很少参加别人的婚礼,刚好时间也腾不出来,事后听别人讲,他的这场婚礼是老家历史上最辉煌的一次,党政军民学东西南北中全来了,从来没有一个人可以合并同类项,搞得那么隆重,还安排了两天球赛,酒店全包,这在当地江湖上是第一次。第三次见面的时候,他跟我说婚礼上最感动的一件事就是自己儿子长大了,致辞的时候,他和老婆都哭了,就是那种对父母的理解,我说你这么坚强的一个汉子怎么会有那么柔情的一面呢?他说你可不知道,我们这辈子太苦了。他说我奔到今天,真是难以为人所知啊,所以儿子今天能理解我,我真是太欣慰了。

他接着说:"你听过很多老板给你讲故事,我的这个更精彩,所以再一次邀请你来澳门,我和儿子都在,你来听听我的故事。我现在的心愿就是让儿子顺利接班,但又不能让他遭受那么多苦难。"这就是一个父亲很真实的表述,这在中国是很普遍的。就是虎毒不食子,包括我们书院班里有个学员,他儿子在企业里说自己被父亲弄废了,当我们说愿意帮他儿子的时候,他带着儿子一起下跪,之前那么强势的一个父亲,到最后变得如此柔弱,因为他觉得儿子不接班,一切都白干了。

附录 | 我们和父亲

王大骐

父亲总说我和弟弟是他的阴阳两极，分别代表感性和理性，不知道这是差 15 分钟的出生时间不同导致，还是基因中已注定，总之这都是我们第一次动笔写自己的父亲，一个用 26 年时间采访的对象，其过程可谓艰难。

这篇稿件刊发前的一个星期，我的爷爷刚刚在贵阳去世，王家的最后一个老人就这样走了，葬礼上我并没见到父亲的身影，他去了梵净山看一个高尔夫球场的项目。邀请他的老板知道此事后，惊讶于他的"伟大"，认为这太不可思议。

我跪在灵堂坚硬的地板上，心里一直在咒骂。

爷爷躺在棺材里，身上铺满了鲜花，只露出一个头来，我的面前是一帮穿着紫色 POLO 衫、白色 T 恤的年轻人和中年人，他们用当地的方言念着不着调的佛经，手里鼓捣着鼓和铜锣，面前摆放着一幅释迦牟尼的彩色画像，背后通了电，在屏幕上放射出万丈光芒。

边上的中年男子悄然点起了一支烟，转过头去猛吸一口，朝爷爷通电的灵柩方向吐出一团浓雾，然后又立马转回头来，大声吟诵，露出一嘴黄牙，仿若钟乳洞里倒挂的石柱。

半小时后，我跪在地板上冰冷的膝盖已然快散架，这时候师父说："不行可以蹲着！"我赶紧站了起来，松松血脉，蹲在地上。

长跪环节结束后，师父开始带着我们几个贤孙围着爷爷的灵柩绕圈，每到一个方位，他就往地上吐去一口浓痰，弄得我以为这乃法事的一个必要环节。爷爷被刷上粉末的脸一次次地从我身边经过，我想就算他活着，也不愿躺在这么一间肮脏的屋子里，此时隔壁房间的麻将声似乎就快盖过师父的声音，自动麻将机显然加快了糊牌的频率。

几圈之后，师父从地上拿起一只活公鸡，用它的鸡冠在灵柩的透明玻璃上画着符，接着双掌紧握，不断变换手指的方位，仿佛是在把法力灌输进灵柩里，绕完一圈之后，他把公鸡狠狠地扔出了门，我只能猜测他似乎是请了什么不好的东西出去，因为他之前已经以掷标枪的动作扔了三支香出去。

我们这个时候还跟在他的屁股后面，突然他手一抬，示意我们蹲下，接着拿起画满符文的"锦旗"，开始在灵柩上挥舞，我想如果身为共产党员的爷爷有灵，肯定会坐起来说"滚出去"！

"伴奏"的鼓声和锣声开始变得急促，师父大喊一声"快！"领着我们飞速地绕着灵柩奔跑了起来，我紧跟在他后面，开始无法控制地大笑起来，可又觉得不妥，只得强忍，于是乎面部肌肉几近抽搐。

午夜零点临近，师父拿出一大锅饭，给每个人的塑料纸杯里添了一勺又一勺，嘴里念念有词："子孙后代富过李嘉诚……读书都上哈佛"。

第二天爷爷的遗体在鼓号队的带领下终于进入了火化炉，自动传送带上金色的纸质棺材就像等待烘焙的面包，外面鞭炮大响，礼炮齐鸣，我最后望了一眼爷爷的脸庞，快要哭了出来。

礼毕，亲戚们都夸我是贤孙：虽然不相信师父的那一套，但还是老实地做足全套。

关于死亡

火化结束后的晚上，父亲请亲戚朋友们吃了一顿饭以示答谢，摆了足足四台，喝了不少茅台酒（他只喝茅台），最后在酒店的房间里，我问他为什么缺席，他说他相信的是厚养薄葬，在老人有生之年尽孝，死后一切从简，并引用了陶渊明的一首诗。他认为人死是一件再自然不过的事情，这样才能彻底与山川湖海相容，并且他也知道自己当天不能出现在现场，因为那会导致很多老板来送大礼，这一下就坏了规矩。

父亲是一个很直率的人，他鄙视葬礼上假惺惺的哭啼，更欣赏放浪形骸的古人对待死亡的态度，他们放声歌唱，纵情大笑，以庆祝这一节日的到来。我在葬礼上恰恰有几次差点大笑出来，一次是装神弄鬼的法师带着我们一帮孝子贤孙绕着爷爷的灵柩奔跑，一次是面对台下70多号人，听大伯念悼词的时候，死亡带给我最多的竟然是一种滑稽感。我们对任何东西都失去了敬畏，祖宗早已不是神灵，而流于形式了。

狼性

父亲是小县城里出来的人，全家总共六个子女，在那个年代孩子的命似乎都不太金贵，也许是太多根本无暇顾及，每年夏天在河里淹死几个也是常有的事。父亲一次走远路去亲戚家参加婚礼，那个时候才十来岁，大人们捉弄他，灌了他不少米酒，回家的路上他就躺倒在了麦堆里，整整睡了三天，一个好心的农妇才用水把他浇醒，给他喂了些饭，缓过劲后接着上路。进了家门，只是迎来一句"回来啦？"

父亲于是也这样教育我们，从小就把我们踢到水库里学游泳，小学的时候给了我们几十块钱，让我们独自在昆明城里玩，夜里10点前不让回来。六年级被送去跟美国海军陆战队的教头学跆拳道，并且是全封闭，一待就是一个月，每天光着脚在石子路上被汽车赶着跑。学完跆拳道父亲曾经让我和弟弟对打，最后我一个飞腿把弟弟的嘴唇踢爆了。16岁去美国时，当其他家长都在机场哭成一片的时候，他只是来了句："走吧！"接着扭头就走。当母亲多次担心我们就此消失的时候，他的回答总是："优胜劣汰，既然这样也就没有存在的必要了。"

可惜这些都没培养出我们的狼性，我们小时候从来就不像父亲，我们欠缺西方人提倡的领袖才能，也不是孩子王。在碧桂园小学，因为是"北佬"，我的床铺经常被暴发户二代用水淋湿，冬天洗澡的时候门常常被踹开，然后"哗"的一盆凉水劈头盖脸地淋过来。初中弟弟每个星期都被同一个人按在地上，当众羞辱。可这些事我们从不跟父亲说，因为他是个陌生人，因为我们是知识分子家庭。当时我也不能还手,因为人家有高年级的几个哥哥,我只能学古惑仔,认了一个喜欢戴蛤蟆镜的同学做大佬。

巨大的沉默

我很少跟父亲在家里吃饭,他总是抱怨饭菜跟猪食一样。从小父亲就带着我和弟弟走南闯北,就连留学在外的几年也不例外,暑假回国永远都是精彩纷呈的一次次旅行,在那段时间里,我几乎走遍了中国的大江南北,每次都被强迫写下游记和感想,为的是"不像驴子一样转一圈"。我们吃的是"大锅饭",每顿饭台面上几乎都能见到不同的叔叔和阿姨。而如今每次当我们在同一个城市,他都会打电话叫我去吃饭,每次去也还都是一桌桌陌生的面孔,虽然那些面孔往往就是中国一幅活生生的权力金钱脸谱。

多年以来,这些饭局的内容千变万化,但是主角却只有一个。我有时会为父亲的滔滔不绝而感到窒息,这彻底挤压了其余人发表言论的空间,也让我成为了众多沉默者中的一员,丧失了与父亲交流的机会。

父亲曾当着众人在饭桌上毫不留情地数落我,以至于我因为羞辱几欲哭出来,这样的场景周而复始几次后,父亲又开始大大地夸奖我,他把我出的一本关于留学经历的书说得天花乱坠(这当然是他的强项,不管你怎么定义它,是"忽悠"也好,是思想也好,他一直保持着这样一种兼具理性和激情描绘事物和远景的能力),一激动甚至说我的镜头感很强,以后应该搞电影,他先给我砸两个亿。

可你却又不得不承认,压倒众人的气场,以及信心爆棚乃至于夸大其词的"演说",往往是老板和官员信服你的两个条件,混沌无所知的中国,我们每个人每天都在给自己打鸡血,希望自己能跑到最后,而不至于被这个飞速旋转前进的时代所抛离。

父亲在我们出生不到半年的时候就去了新华社内蒙分社当记者,一去三年,偶尔回家,平时和家里联络只靠和母亲通信,如今一大摞的信件还保存着,里面竟然没有丝毫肉麻的情爱,充斥着的是关于工作和未来人生的讨论。于是乎从小我就认识到记者的行当注定是要"妻离子散"的,我的姥爷当年在新华社甘肃分社也是无暇照顾我母亲,反倒是母亲从小在家里做饭等姥姥姥爷回来吃。

新闻

我在兰州的家里曾看到过一张父亲大学时期的照片,他在里面相貌英俊,目光如炬,我母亲说这就是锐气,也正是你们身上最欠缺的。

父亲从来就拒绝把新闻做成"易碎品",他总惋惜我做记者两年多,并没写下太多有文献价值的文章。而每次见面,他总能一口气说出10个新闻选题,听的时候兴奋,可具体落实却是无比困难。当我抱怨印度之行并没拿下重头人物的时候,他说这并不重要,好的新闻记者眼里处处是新闻。

1986年当他成为新华社总社小分队的一员时,被分配到的题目是:开放改革促进了精神文明建设。按照惯例:手中有了点子,只要下去找几个例子,就可以关起门来写稿子。可他却选择了广东作为考察地,在完全没有找过任何一位省市领导人采访的情况下，只靠与基层干部和群众打交道，就写出了《广州人经受了三次冲击波》。

而当我言语中对中国的未来充满了消极的论调，对老板不屑一顾的时候，他总说我是"一根筋"，知其然而不知其所以然，俨然一个愤青。

他认为，在一片光辉灿烂中肯定有阳光照不到的阴暗面，可更为重要的则是，在一片污泥浊水中也说不定会长出一朵鲜花。用一个角落来证明阴暗同用一朵鲜花来证明纯洁一样，都是实用主义。要历史唯物主义地反映时代真实，就必须大跨度地立体地透视出事物发展的历史进程。

之后的《中国走势采访录》是在70天纵横中国的采访中写出来的，那个时候我们住在五羊新城的家里，广州炎热的夏天没有空调，熟睡的我半夜起来，睡眼朦胧中总能见到屋外亮着灯。那是父亲在"爬格子"，伴随着几次他端起水桶冲湿自己的声音。那时没有谷歌和百度，资料全靠自己手抄，写这篇文章之时，我的电脑旁摆放的正是尘封已久的一摞摞采访本，里面潦草的字迹记录的正是改革开放初期一个年轻人无比活跃的思想历程。

年轻的父亲仰慕"政治家"般的新闻记者，他们是黄远生和范长江。他曾说："真正的记者敢于碰硬，敢于纵论天下风云。"他也从不满足于"一问一答"的旧办法，而必须与采访对象以争论的方式，撞击反射，刺激出新的思想。

如今父亲开始变得柔软，他每个星期会主动打电话来询问我的工作，还会在微博上关注和评论我的留言，当我大喊大叫的时候，他也不说我"日鼓鼓"的了。

一次在香港，他突然塞给我一些港币，让我吃些好的。接着在我独自一人去夏威夷前,他又拿了些美金给我,最近一次是在悉尼的赌场里,当我输完了桌面上的筹码之后,他把自己的一部分分了给我,最后临走前又塞给我300澳币。不知为何,这总让我想起小时候的一篇课文,那位父亲冒险翻过铁路路基,为的是到站台另一边去给远行的儿子买几个橘子。

在很长一段时间,我对于中国的一切认识几乎都源于我的父亲。

游船从葛洲坝的水闸中缓慢驶出,来到了宽阔的江面上。月光下,两岸的山脉只能看出大概的轮廓,悠长的汽笛声在峡谷中回响。站在船头,父亲逐一背诵起那些关于中国大江大河的诗词,从前后赤壁赋,到李白杜甫描写三峡的诗篇,每背一段,他都会跟当时仍在上初中的我绘声绘色地解释诗词的意思和出处。脱离夜晚单调的景致,我似乎感受到了古人游弋于山水之间的豪迈。

从小到大,父亲跟我相处的大多数时间都是在类似的旅途中度过的。琐碎的家庭生活从来引不起父亲的兴趣,他喜欢在外面跑,以至今日他还为自己"每年坐150次不同的飞机,睡200张不同的床,吃300顿不同的饭"而骄傲。上小学的时候就曾跟正在拍纪录片《北方的躁动》的父亲转遍了胶东半岛。青岛蔚蓝的海水、烟台的苹果及餐桌上必不可少的炸蝉让我至今难忘。

上了初中,父亲也已下海三年,在市场上建立起了自己的江湖地位,从"王记者"变成了"王老师"。每到节假日,父亲就会趁着某地邀请他去看项目的机会把我们一起带上,他从不用操心安排行程,到了当地总是有人盛情款待。对于居住的城市深圳,当时的我们知道得很少,甚至连商场都没逛过,然而初中还没毕业，我和弟弟却已游历了大半个中国。

除了频繁的出差，父亲在家中的日子也时常有来自各地的人登门拜访。如果是炎热的夏日，父亲就索性穿着件白色背心、大裤衩，踩着拖鞋在会客室里和朋友神聊。而我一般则会搬个板凳坐在旁边听他讲述各种出差见闻、老板成功的幕后故事。回到学校宿舍，再把从父亲口中听来的新鲜事添油加醋地给同学转述。很快在班里我就获得了"水王"的外号，广东人把吹牛叫吹水，他们对我所讲的各种见闻总是半信半疑。但在父亲面前，我却始终只是一个聆听者。

也许是在外面见的东西太多了，到了高中，面对中国课堂上老师刻板的讲课我兴趣索然。每天在课桌底下看着从家里拿到学校的各色书籍。到了高二，学习成绩已是惨不忍睹，于是被父母送上了飞往英国的航班。没想到一出国就在外面待了六年，国外虽然有蓝天白云，保护非常完好的自然风光，当地人也大多不愁吃穿，但生活却仿佛是停滞的，感觉不到在中国那种身处巨变中的冲突和矛盾。

每年暑假回国，父亲照常会带着我们在全国各地转，那时父亲公司的大部分业务已变成了为中国各个城市及区域的发展出谋划策。这就意味着每到一个地方我们不仅能体验当地的风土人情，还能听当地的官员讲述他们发展中遇到的各种困难与挑战。"太阳每天都是新的"，父亲经常这样描述自己的工作。跟随父亲，我们在四川甘孜州和康巴汉子一起在草场上狂欢，他们的马队在我们的车边驰骋；在东北的黑河我们渡过黑龙江的河水来到对面俄罗斯的远东重镇布拉维申斯克，与当地政府商谈两座边疆城市未来的合作；在新疆的喀什，我们起个大早在市里古旧的清真寺外聆听阿匐洪亮的诵经声。

跟随着父亲,走遍中国。这块土地对于我来说已不是一个简单的概念,而是一个可以分拆成许多独特区域的集合体,每个里面都有鲜活的记忆。从国外大学毕业以后,我立刻回到了国内。

父亲说:"你在全中国也找不到像我们这样让人兴奋的工作。"于是我进入了父亲的公司,开始奔波于中国的各大城市之间。在同事面前,我从来不说"我爸",也开始称呼他为"王老师"。但被经理、同事照顾、保护却仍然是躲不掉的。更重要的是,我越来越意识到自己对于中国的认识完全是由父亲巨大的能力所赋予的,这其中缺失了自己寻找的整个过程。

"他说你要逃离他的阴影。"当父亲公司的一位区域经理跟我说这句话时,我能够相信他说这话时的失望心情。在父亲手下工作两年后,我成为了一名记者,在媒体圈没有人不知道父亲的名字,他是他那个时代最有名的记者之一。

义乌国际商贸城,全世界最大的商品批发市场,站在里面面对数千家店铺,很容易让缺乏目的性的人迷失其中。来到这个被各种媒体报道过无数次的中国改革的样本城镇已经第三天了,我试图找到它最近的变化。之前在父亲公司工作时轻易能见到的各部门政府官员突然变得异常繁忙以至于无法接受采访,唯一接受我采访的一位外贸局的处长惜字如金,不断地问我到底想报道什么内容,我真希望能明白无误地告诉他。

在快捷酒店的房间里拨打了数个电话却无法约到采访对象,我坐在酒店的床上不知所措了两个小时。这时手机显示父亲来电了。他问我采访进行得怎么样,我含糊其词。他接着告诉我他正跟吴晓波和《第一财经日报》的老总秦朔在上海一个会所里聊天。

"晓波在那边认识一个编辑比较熟悉当地情况，他可以帮你联系一下。"还没等我回话，电话那边已经传来了吴晓波的声音，他让我过十分钟打电话给《南华早报》的编辑。"动用那么多资源帮你，再写不好就说不过去了。"父亲说完这句话就挂了。我突然明白了什么叫"阴影"。

（本文原标题《父辈的旗帜》，刊载于《南方人物周刊》2011年20期）

后 记

"滋养我者,必将毁灭我",我一直考虑将这句话文在身上。

如果没有父亲,书里的一切采访对象都将不存在。每当我采访长辈的时候,他们总会问我一个问题,"你会接父亲的班吗?"我的回答千篇一律,甚至无聊,"没法接,他那是无形资产,没人可以替代他。"

也许这是对的,每个财富的第一代积累者,其企业身上都深深地印着他或她的烙印。这似乎无人可以取代,他的社会关系,他的江湖地位,他的逻辑思维,他的酒量,他的人格魅力,他的说话方式,这一切的一切,你必须突破,否则你只能成为一个守大门的。

可如何突破?在物质条件充分满足之后,一个人如何能找到前进的动力?当一个人从未受挫,他又如何能经受住风雨?当一个人没尝试过饥寒交迫,受人歧视的感觉,他又如何有改变命运的欲望?当一个人出生在人人自我的年代,他又如何与社会和自己的企业相连接?当一个渴望自我实现的新时代横空出世之时,

后记

他该如何调整与家族传承的关系？

父亲的事业做得越大，我就越担心后继无人，无形的理论我没有兴趣研究，有形的如书院之类我压根儿没参与过任何形式的经营和管理，一直以来，我总是作为一个局外人，不近不远地观看着周围发生的一切。年近三十，我开始感到恐惧，不是自我的失去以及虚空，而是对家族基业的继承。

为此，我踏上了寻访拥有相同背景孩子的历程。当然，这些关系也是通过父亲获得的，还有杂志社的工作。回首过往，我所有的事竟然都是父母安排的，小学以及初中高中，美国的交换生一年，加拿大的预科和大学，一直到现在，我还可悲地拿着家里救济的每月一万块钱在做着所谓的采访。

半年过去了，我不知道自己悟出了什么，立志于何事我还是没有头绪，拖延症依旧折磨着我，身体也已日益萎靡。体检的结果是中度脂肪肝，并在一年内犯了3次痛风，尿酸数值一度飙升超过600，大拇指脚趾和脚掌一旦肿起来，就会又是一个蚂蚁爬满骨头的不眠之夜。

讽刺的是，我也就一周喝大一次，三天吃一次海鲜，从广州到了北京后，更是一个月才有一次酒局，作为一个本欲声色犬马、快意人生的人，这应该是最大的悲哀。一位中医大夫在把过脉后说我肝火旺，并说他行医多年从未遇到这样的人，有接近的，但他们早已被社会和单位推翻，无力反抗。他建议我平时应多独处，自我观照。

我尝试过瑜伽和徒步，健身和太极，灵修与团体分享，接下来找到了高尔夫，一项断断续续从事了十几年的运动。在下场摔了几次球杆之后（一次还砸到球童身上），我的心开始静下来，并悟出了一个早就应该明白的道理：无论事情好坏，不要抱怨外部环境，我是一切的源头。

这一点在我修订书稿的时候遇到了极大的挑战。从外地回来，拖着不断渗脓汁、被磨破的膝盖（酒后跳街舞的恶果），我两周没有洗澡，也没怎么出门。这正好给了我一个老实编写书稿的机会，可就在修订完第三稿，加了两万字的内容后，我在储存的时候，鬼上身似的点了否字。

就这样，三天30个小时的工作全部作废，更重要的是一腔热血丧失殆尽。

我变成了一头困兽，开始辱骂自己，差点把电脑从19楼扔下去。这个时候脑子里出现了一个声音："你写的这些东西有意义吗？全是垃圾，别他妈无病呻吟了。"

我很熟悉这个声音，它时不时地会出来提醒我是一个废物。就像有一次《南方人物周刊》杂志社的年会上，我第一次得到了主编的表扬，他说："你表现得很好，我要把这事告诉你父亲，你并没活在他的阴影里。"

听完这话，我的泪水不停地滴了下来，接着一个人来到了外面的草地上，跪倒在地，对着夜空，嚎啕大哭起来，因为主编的一番话，让我意识到，至少在记者这个行当，自己已经永远无法超越父亲了。

我不知道这条寻访的路还要走多久，我也不知道我的个人价值到底在哪里。在遇到了太多人抱着感恩的心和为他人而活的时候，我感到更迷茫，在遇到太多人找到了自己的灵魂寄托时，我显得更为孤独和不合群。

我的虚无很猥琐，因为寄托在无物质条件担忧的前提下，外加懒惰，但我的虚无绝对真实，因为好几次，当我从不同的床前醒过来的时候，我感到人生是如此的无意义。

就像曾经教会我疯狂英语的李阳，他说："我是早晨起来半个小时的时候，感到非常恐怖，非常害怕。觉得特别没意义，活着也没意义。"

为对抗这种痛苦，李阳会进卫生间，原地跳100下，洗个冷水澡，待血液加快循环后，才把那个在虚无中无限下沉的自己拯救回来。

我的办法是去走访，与各种各样的人探讨人生的意义。

在翼装飞行大师克里布斯（世界翼装飞行第一人）看来，钱无非是"印着死人头的纸张而已"。为了完成自己一次次飞翔的梦想，他的生活相当拮据，经常吃 Raman 泡面度日，只要有多余的钢镚，他都会毫不吝惜地砸入事业，用以支付全球旅行以及购置专业设备的费用。

日本摄影艺术家杉本博司跟我说过一个故事。老头第一次古董收藏起始于纽约，那个时候这位初出茅庐的艺术家遇到了一个大收藏家，藏家手中的一尊古代佛像引起了他的注意，但价格出奇昂贵。不过藏家欣赏他的摄影作品，因此提出以他的几张作品来抵掉部分的价格。倾家荡产外加自己的几幅得意之作，他终于把佛像迎回了家。独自静心观摩之时，他竟有种被救赎之感。从此古董成了他触摸和穿越历史的重要物件。

一个是最前沿的极限运动狂人，一个是禅意十足的"古老"摄影师，但他们面对生活，几乎给出了一样的答案：人的一辈子很短，总要为一些自己认为有价值的东西去燃烧生命。

第一次见克里布斯的时候，他瘸着腿，膝盖上绑着固定器，几个月前刚从南非一次致命的"坠毁"中活过来，膝盖完全粉碎，里面插满了钢钉，可他当时已经"夸夸其谈"起新的征服，以及这项运动在中国伟大的商业未来。而杉本博司，我问他何时退休，他开玩笑地说："也许会在死前的五分钟。"65岁的老头子眼下还有几十个艺术项目准备付诸实现，所有时间已被彻底排满。

一本时尚杂志上介绍了当代最伟大的钟表匠乔治·丹尼斯，85岁的大不列颠老头去年11月刚刚去世，他一生只制作了37块表，但每个零件直到最后一颗螺丝都由他亲手完成，这很罕见，因为自文艺复兴起，机械钟表一直是分工制造，其中繁复的34种手工艺一般人极难掌握，可丹尼斯竟然完全是无师自通。除此之外，他还发明了同轴擒纵机构，被誉为250年以来机械表领域最伟大的发明。

丹尼斯经常一个人连续36个小时摆弄零件，房间里连收音机都不开，他说自己在"聆听寂静"，可就连这他有时觉得还是吵。在他去世前不久，绿色的工作台上还摆放着一个据说已经完成了80%的钟表，为此他耗费了10年的光阴。

丹尼斯的庄园有20个房间，屋外摆放着一排老爷车，其中有辆上世纪30年代单圈成绩最快的宾利，由他自己负责维护。他手上一直戴着一块欧米茄，定期检查内芯以及上发条，以确保其运行良好，分秒不差。中午饭时间，他喜欢一个人在小酒馆里喝上一品脱苦啤酒。

可中国第一代富豪们都是洗脚上田，他们本身没有可相信的东西，因为明天能否活着都是个问题。这就像我在北京去一个富豪的四合院里，里面摆满了他历年的各种藏品。世纪初LV的野生动物皮做的箱子，像杂物一样堆到了天花板上，明代的黄花梨大木柜矗立在房间内，据说连故宫博物院都没有的皇帝的鸟笼使用了玉、象牙、紫檀木等好几种材质，还有一块拿出来会满堂生辉的翡翠，多少人拿着支票本追着他要。

每经过一个厢房，他手指处都会配以口头禅："厉害，这东西厉害！"逛完一圈下来，你感觉穿越了时空，回到了某王爷的宅子里。可最令人感叹的是他最后拿出来的一个东西，那是一个化妆盒大小的箱子，里面是最上等的玉器和宝石。

他说："哪天出事了，我拎着这个箱子就走，只要有这些东西，我就能东山再起。"

这让我想起了马云辞去阿里巴巴的职务前在企业家群体里说过的话："我研究过中国的商人，善终的实在不多。"还有陈丹青的话："中国人就是去他妈的，活着最重要。"

没有可信之物，人便要寻找刺激，以获得一种存在感。日本有的人当年到最后甚至开始赌起全副身家性命，先是老婆和孩子的，然后进入一个房间，两扇门，一生一死，选择了死自己就必须去死。

而真正的贵族是有一种荣耀感的，因为他会与生俱来地承担起社会责任，就算路边一个人有事，他也会去伸出援手，他们有改变社会的抱负，同时为了这个理想可以献出生命，这是一种敢死的决心，这也让他们有别于他人。

在罗伯特·弗兰克所著的《富人国》一书里曾这样写道："20世纪80年代以前，继承遗产的家庭仅限于贵族家庭，他们对亲自养育孩子的传统相当重视。他们很少谈钱，他们教育孩子要懂得保持低调，绝不能让家族蒙羞，要选择令人尊敬的职业，避开唯利是图的工作。他们给孩子灌输的观点是：贵族是有别于普通人的一个族群，拥有更多的自由，也承担着更大的社会责任。"

正如华尔街大佬的二代们，索罗斯的儿子正攻读欧洲现代史的博士学位，同时还成立了一个社会公正基金，摩根斯坦利 CEO 的女儿组了乐队，成了音乐人，摩根大通 CEO 的女儿从事的是新闻业，高盛 CEO 的女儿成立了一个提供女性教育机会的项目，而前纽约市市长布隆伯格的女儿则是一位职业骑师。

如果人生是一场牌局的话，那么中国财富的传承人们，他们从出生开始就拿着一手手的好牌，以至于他们根本不知道人生游戏的真正趣味所在，而除了拥有金钱这个保姆之外，他们似乎说不出还继承了些什么，那么当见惯不惊、麻木不仁成为了人生信条后，除了说出"我交朋友不在乎有钱没钱，反正都没我有钱"之外，他们还能做些什么呢？

希望这本小书能呈现其中的一些问题，至于答案，根本一点儿都不重要，关键是提出问题。

而这本书也是我回国 6 年的一个回望，很可惜回首过往，由于懒惰和敷衍，我并没留下太多精彩的文字，以至于区区 15 万字的书稿，完稿后竟然有精尽人亡之感。

在此我要感谢我的父母，没有他们的言传身教和无比的包容，我不可能是今天的我，而如果没有父亲强制性地从小把我带在身边，我不会具备超越同龄人的阅历，当然我现在更希望拥有一颗透明的心，能穿过谎言去拥抱这个世界。

其次是我所供职的《南方人物周刊》。我不是一个勤奋的记者，但是在《南方人物周刊》的四年多里，世界在我眼前变得更为广阔和立体，更重要的是它逼迫我去记录和观察这个社会，否则这本书将显得无比单调。

后　记

最后我要感谢我所接触到的每一个草根老板，以及他们的后代。作为一个突然闯入这个圈子的陌生人，他们给予了我足够的信任，并尽可能地袒露给我自己的人生经历，对此我感到无比的幸运，也深知这份信任的重量。

最后我想以德国作家黑塞《悉达多》里面的一段话给这本书划上一个句号（也许只是一个分号）。

走过许许多多的弯路，我逐渐从成人变成了孩子，从思想家变成了平凡的人。而这条路仍属不错。仅仅为了再度成为孩子并从头再来，我需要体验那么多的愚蠢与罪孽，那么多的谬误与恶心，那么多的幻灭与悲伤。但是事情本应如此，并非差错。我需要先成为无知的愚人，然后才能发现自我中永恒的阿特曼，我需要造作罪孽才能重新开始生活。这条路愚不可及，仿佛是螺旋形，也许是原地绕圈子；但无论他会引我到何方，我都将循路前行。

——黑塞《悉达多》